文影拾趣

山鹰·著

吉林文史出版社
JILINWENSHICHUBANSHE

图书在版编目（CIP）数据

文影拾趣 / 山鹰著 . -- 长春：吉林文史出版社，
2020.6（2024.3重印）

ISBN 978-7-5472-6929-9

Ⅰ．①文… Ⅱ．①山… Ⅲ．①文艺评论-中国-当代
-文集 Ⅳ．①I206.7-53

中国版本图书馆CIP数据核字（2020）第093969号

文影拾趣
WENYING SHIQU

著　　者：山　鹰
责任编辑：王　新
封面设计：四川悟阅文化传播有限公司
出版发行：吉林文史出版社有限责任公司
地　　址：长春市净月区福祉大路5788号　　邮编：130118
电　　话：0431-81629363（总编室）　　0431-81629372（发行科）
印　　刷：三河市嵩川印刷有限公司
经　　销：全国新华书店
开　　本：170mm×240mm　1/16
印　　张：13.25
字　　数：238千字
版 印 次：2020年7月第1版　2024年3月第3次印刷
定　　价：46.00元
书　　号：ISBN 978-7-5472-6929-9

印装错误可与印刷厂联系退换。

C O N T E N T S 目 录

001 / 文字凝固的雕塑

015 / 穿行于善和爱的土地

023 / "二郎山"文学群体观察

028 / 在历史和小说里轮回的《瞻对》

033 / 共享、共性、共识

047 / 家园的守望

054 / 你听，那一座小城的声音

059 / 乡关此处是上里

062 / 叩问山水总关情

068 / 真实细节与虚构情节的官场原态

073 / 诗人的禅定与涅槃

079 / 风摇铃响诗成章

084 / 知与不知，爱都在心底

091 / 风情自在文深处

094 / 潜意识中的战争情结

099 / 脚下的路途　黎明的激情

104 / 茅盾文学奖小议

106 / 从《二姊娘》看个体命运的底层叙事

110 / 那些命运，那些事

1

114 / 普通的人，普通的事

118 / 让爱回归

122 / 我看南方夜雨

131 / 坐品山水站听风

139 / 西康，西康

143 / 乡村的温度

149 / 《香格里拉之门》如何开启

152 / 有一种梦，用文字构筑

155 / 雨城方言　乡音乡情

159 / 灾难文艺题材创作二三杂言

162 / 再说《爱的天空》的女性心理描写

164 / 心灵捡拾土地之字

170 / 遥见攀枝花

172 / 回望时空的眼睛

174 / 川康遍地众生图

182 / 成都，带不走的只有你

184 / 在雨城，与音乐相遇

187 / 墨香色彩付真心

190 / 聚焦雨城年轮的人们

193 / 这些年，他们一直在路上

196 / 古道侠行藏汉情

203 / 由著名与非著名而想到（后记）

文字凝固的雕塑

——《茶包》，一篇关于川藏茶马古道原生态散文

早在 20 世纪 30 年代，周文的散文《茶包》就堪称关于川藏茶马古道的经典。从雅安荥经走出的周文，作为川藏茶马古道成千上万的见证人之一，用他的文字为川藏茶马古道上的背夫筑就了永恒的雕塑，将一段藏茶历史定格在一篇散文中，那就是《茶包》。

初次阅读《茶包》，你会被这篇散文独特的风格所折服，更会为其中所描写的川藏茶马古道上的背夫生活所震撼，那种对雅安先辈生存状态的书写，作为雅安人无法不心怀敬畏。只要阅读《茶包》，川藏茶马古道便拂去了历史尘埃，那一段被人淡忘的历史——中国千年茶文化的重要脉络；那条在川康群山弯曲的山路上存在的古代中国西南对外交流的必经之路，如泛黄的影像又重现在读者面前。

《茶包》一同周文其他小说作品，用白描的写实手法表现了 20 世纪川康地界藏茶运输的背夫们人生的沉重和无奈，让我们体验到周文旨在表现原生态的民生写作理念，这种原生态的白描至今仍呈现其特有的魅力。因此，笔者把它称作原生态散文。笔者将从以下几个方面论述周文散文《茶包》的历史和原生态散文价值。

一、《茶包》的历史文献意义

1.1 雅安历史地理以及川藏茶马古道文化的起源

研究《茶包》，我们必须首先对周文家乡雅安的历史和地理有一个比较全面

的了解。

雅安的历史悠久。汉源县的"富林文化"是我国南方旧石器时代晚期的重要文化遗址。雅安古属梁州，"青衣江国"地，是历代郡、道、府、州所在地，战国、秦置严道县（公元前312年隶属蜀郡），西汉设都尉，东汉设汉嘉郡，隋朝时设雅州，唐代时设置雅州、黎州两督府；北宋迁州治所到今雨城区，仍设雅州；元代时曾隶属陕西省，到清雍正年升州为府，另置雅安县。民国初年改道，1939年建西康省，雅安成为西康省省会。

从地理面貌看，雅安地处四川盆地向青藏过渡地带，跨盆地与高原两大地形区。区内山脉纵横，地貌复杂多样，著名的二郎山、夹金山就在雅安境内，由于位于四川盆地的边缘地带，丘陵平地少，全区多山，今山地面积占辖区面积94%，属于四川邛崃山脉和大雪山脉。

由于雅安地处四川盆地西部边缘、青藏高原向成都平原的过渡地带，因此，气候类型为亚热带季风性湿润气候。境内气候南北差异大，年均气温在14.1℃—17.9℃之间，降雨多，多数县年降雨1000毫米以上，有"雨城""天漏"之称。湿度大，日照少。按照《中国农业气候区划》的划分，雅安市属于亚热带季风气候区。由此，这个地方总的气候特点是：冬无严寒、夏无酷热、四季分明、雨量充沛、雨热同期、无霜期长、热量充足。春季回暖早、夏季气温较高、秋季多绵雨、冬季霜雪少，全年夜雨多、终年雾日多。因此，位于成都平原边缘的雅安的蒙顶山其名得来据《九州志》云："蒙者，沐也。言雨雾蒙沐，因以为名。"

由于境内地质地貌复杂，地势高低悬殊，气候的区域性、过渡性和复杂性特征突出。气象要素的垂直差异大，立体气候明显，部分山体从山脚到山脊先后可见亚热带、暖温带、中温带、寒温带、亚寒带和寒带的植物。大相岭（即泥巴山）横贯于本市中部，使得南北部的气候差异大。优越的大气候环境，复杂多样的小气候类型，有利于多种动植物的生长繁衍，尤其适合茶叶栽培。

得天独厚的地理环境和气候条件，孕育出至今令中国人骄傲的茶文化。蒙顶山"山顶受全阳之气，其茶芬芳"，被誉为世界茶文化的圣山，雅安是世界茶文化的发源地。史料记载，早在西汉时期（公元前54—50年），雅安出现了名山县人吴理真亲手种植的茶树七株，"灵茗之种，植于五峰之中，高不盈尺，不生不灭，迥异寻常"，这是我国人工种茶较早的历史文字记载之一，至今已有两千多年。从那时起茶就成为雅安农事的重要内容之一，作为一项正式种植品种走进了农村的千家万户。雅安一带的茶树种植业尤为普遍，很快便成为四川的主要产茶区。

唐高祖武德元年（618年），朝廷推行州县两级制，雅州领严道、芦山、名山、百丈四县。到唐肃宗乾元元年（758年），又增加荥经一县。雅州共辖严道、芦山、名山、百丈、荥经五县。关于当时全国各地茶叶种植情况，茶圣陆羽在《茶经》里是这样记载的："唐朝四十三州郡产茶，雅安、芦山郡上列贡茶。"宋代王存《元丰九城志》又载："雅安芦山郡，灵关一寨一茶场，名山百丈二茶场，荥经一茶场。"到宋代乾德五年（697年），朝廷将天全百姓"编为土军三千，茶户八百"。实行准军事化生产管理，从事茶叶栽培、采摘、焙制，以备尝边民。天全"九峰之民皆种茶"所指的就是这一时期。

雅安西面接壤的便是世界屋脊青藏高原。高原干燥、高寒、缺氧，藏民饮食以糌粑和牛羊肉为主，缺少蔬菜，而茶叶中含有丰富的维生素等，可以弥补其饮食结构的不足。可见，茶在藏族同胞的日常生活中占有多么重要的位置。据《华阳国志》云："邛笮山，故邛人、笮人界也。"当年的邛人、笮人、牦牛夷生活居住的地方，实际上就是今天的汉源县、石棉县、甘孜藏族自治州的泸定县和康定市的鱼通一带。这些地方距四川的重要产茶地区雅安只有一百到两百公里左右。从雅安把茶叶运到这些地区，仅用七八天时间。正是因为茶叶种植发达以及雅安处于川康高原的过渡地，与藏族聚居区山水相连，毗邻接壤，离藏族居住地路途近的地理优势，所以茶叶种植有规模且产量大、品种优，汉藏民族之间交往频繁、语言沟通更顺畅的贸易优势。雅安茶叶自然在古代中原茶饮对藏族居住的销售中占尽先机。在古代运输技术简陋的情况下，为满足藏族兄弟"宁可三日无食，不可一日无茶"的生活需求，开辟了茶叶贸易的商贸通道，这条通道被历史学家称为"牦牛道"，其实就是我国最早的"茶马道"，即川藏茶马古道的前身，周文的家乡荥经正处于川藏茶马古道上。

唐朝，随着西南、西北边疆各少数民族对茶叶需求量的不断增加，甚至达到"不可一日无茶"的程度，唐代中央政府意识到茶叶于边地在商业贸易和国家政治统治两方面的重大作用：可以利用少数民族日常生活对茶叶的依赖，达到对少数民族的控制和统治之政治目的。于是开始推行"榷茶制"，这一制度将与吐蕃、匈奴等的茶叶交易由私营转为官卖，内地茶商与边疆的茶叶贸易从民间自由贸易变成了由中央政权控制下的官方贸易。唐朝廷所采用的是以茶叶换取边地良种马匹的方式："以腹地之茶，博蕃人之马"。这种"以茶易马"的贸易格局，被史学家称为"茶马互市"。这是中国古代对外贸易的一种模式。

"茶马互市"始于唐初,最早主要在西北一些偏远地方进行,由于贸易规模的日渐扩大,唐朝廷出于自身安全考虑,防止吐蕃换取茶叶的庞大马队进入内地,开始给予地处四川雅安特别的重视,其缘由是非常明显的:雅安是当时四川的主要产茶区,并且和藏族地区交界。从此雅安除每年要向唐朝廷提供数量巨大的茶叶保证官府在西北地区的互市易马,同时,朝廷特许雅安茶叶可以在碉门(今天全县)、灵关(今宝兴县灵关镇)、黎州(今汉源县清溪镇)等几个地方与藏族进行茶马交易。由此可以看出,雅安藏茶开始从民间商业贸易逐步向国家安全过渡。

1073年,宋王朝与西夏发生战争,战争造成陕西境内以茶易马之路受阻、马源路断。为了保证军事需要的马源,宋王朝必须开辟新的马源进入地,因此,作为西南茶叶主要产地的雅安区域内,雅州(今雅安市)、碉门(今天全县)、黎州(今汉源县清溪镇)和名山(今雅安市名山区)就成了宋朝以茶博马的重要之地。随着茶马互市规模的不断扩大,朝廷换取的马匹增多,雅安输入藏族聚居区的茶叶数量也逐渐增多,从唐代的几十万斤发展到二百万斤,到明代时高达四百万斤以上。虽然到清代时由于清王朝对边地少数民族统治政策的变化,不再以茶易马,"茶马互市"被"茶土交流"替代,但是雅安每年输入西藏的茶叶已超过一千万斤,凸显出雅安藏茶的国家意义。

人们要追寻那些土地上曾经的故事,心底总是会问:雅安"茶马互市"作为中国古代历史上的重大事件之一,曾对国家的财政、军事、经济和中国汉民族与少数民族的交往交融产生十分重要的意义。那么,始于唐,盛于宋、明两朝,经历清代、民国,在一千多年的历史风云里造就的一条通向雪域的、延伸向南亚乃至世界的茶马古道,留下与丝绸之路同样辉煌的古代中国对外贸易的南方走廊,与古北方和南方丝绸之路齐名的古道上,留下了怎样的变迁和故事?曾经那些用步履丈量古道的人过着怎样的生活?川藏茶马古道从形成开始,像一棵不老的常青树,如一条永不枯竭的江水,任历史变迁,斗转星移,生生不息,在那么落后的运输条件下,靠什么把茶叶运到世界第三极?

《茶包》揭开了川藏茶马古道的谜底。《茶包》这篇作品详细地展现出雅安丰富优质的茶叶资源、古老悠久的茶叶加工技术;川藏茶马古道行走千年的背夫们,靠背运这种最原始的运输方式在茶马古道川康地域段,一代又一代用脊梁支撑起崇山峻岭里的繁荣商贸,让雅安藏茶蜚声雪域高原,走向南亚,他们是连接世界的群像。

因此，对于川藏茶马古道上背夫生活这一独特的历史民俗风景的考证，参考周文生平记载，他在荥经生活成长的少年、青年时期，正处于 20 世纪初的时间点，川藏茶马古道的运输依然靠人背马驮的方式，结合关于雅安背夫的后人描述等，笔者认为，散文作品《茶包》的价值已不仅仅局限于其文学意义，同时在历史的角度、民俗考察的角度，都有其可靠性和真实性。

1.2《茶包》是川藏茶马古道历史的原生态再现

雅安种植栽培茶叶的历史和规模，使本地从唐代起的"茶马互市"逐渐繁荣，以至于形成以雅安为源头的川藏茶马古道，直到 20 世纪中叶（1939 年）西康建省，由雅安经天全、泸定到康定的公路修成，川藏茶马古道才逐渐冷落下来。

作家恰出生于 1907 年，他成长的时间正好是 20 世纪初，从时间上推算，这时川藏茶马古道还在作为茶叶进入藏族聚居区的主要途径使用。1915 年，8 岁的周文过继给其大伯母姜氏为养子，姜家在荥经开有茶行，在这样的环境中周文亲见亲历了川藏茶马古道的衰落，也目睹了川藏茶马古道上背夫的生活，散文《茶包》出自一个历史的亲历者之手，其真实性为我们考证这段历史和茶马交易、茶土交易方面都提供了依据。

周文生长地雅安荥经县，正处于川藏茶马古道"大路"的第一县。周文于 1924 年从军，"随军辗转在川康边境"（《周文文集》第四卷，P353），1928 年，21 岁的周文从西康省主席刘文辉开办的"士学馆"毕业，被分配到康定西康二十五政务委员会工作，在泸定县化林坪修建路段工程队任督察员。这也为周文目睹背夫生活和川藏茶马古道的运输方式提供了生活源泉。散文《茶包》进一步从文学的角度展现了历史的原貌，可以证明川藏茶马古道路线确实是从雅安起源延伸的。

那么，关于从雅安至康定的茶路，虽然由于年代久远，古道几经改变，但从方向所指来讲，基本上没有超出以下范围，即有关史料上说的"大路"必经过荥经。

周文在散文《茶包》中所写的背夫行程，恰好是从作家家乡荥经到打箭炉（今康定）这一段。作家在文中向读者和川藏茶马古道的研究人员明确地标注了关于川藏茶马古道的历史坐标，并使其地理路线得到佐证。

关于川藏茶马古道的衰落问题主要与印度茶进入有关，也可以在周文的散文里找到答案。文中写道："可是自从藏民拿着英国运来的枪进占金沙江沿岸以后，英国制造的印度茶可以直接用喷着浓烟的火车运销康藏，而内地那些古旧城市中的茶商便多半倒闭的倒闭，关门的关门。"这就是晚清时期清政府被迫与英国殖民主义者签订的中英《藏印条约》和《藏印续约》，印度茶大举倾销西藏对于雅安边茶这一民族产业产生直接影响。在这个问题上，1935 年《四川经济》三卷第三期《南路边茶中心产区之雅安边茶业调查》中明确记载："民国七年（1918 年）南路边茶销藏数量为八百万斤，到民国二十二年（1933 年）下降到五百一十万斤，下降比例达到百分之四十以上。印茶大量入侵的结果，使南路边茶在西藏市场的占有份额日渐萎缩。"

这篇散文所具有的历史的真实性、文献性，是基于周文历来提倡的文艺大众化创作观。从 20 世纪 30 年代到建国初期，周文一直致力于狭义大众化方面的推广工作，这也是他一生在文学理论方面的突出贡献之一。

早在 20 世纪 30 年代周文就对鲁迅的《好东西歌》、瞿秋白的《东洋人出兵》等大众化作品评价道"也是具有历史意义的文献"（《周文论文艺大众化》P5）。他主张"真正地了解群众的生活、思想、感情与人物性格、风俗习惯、语言等等，并加以真实地表现"（稽山《坚持为大众谋利益——周文文艺大众化理论略》），由于周文的文学创作常常是"过去经历过的生活、看见过的各种各样的人物，都也在脑子里再现出来"，这些文学观点势必主导作家的文学创作风格、作品的表现对象、写作手法等等。由此，之前对于周文作品的研究中，人们最为一致的观点是"描写真实生活和人物取胜的"。是现实主义手法对川康边境乡土题材描绘的"川康边境的历史画卷"（刘传辉《川康边境的历史画卷——谈周文小说的特色》）。所以，我们有理由作出这样的定义：对于研究川康边境历史和考究川藏茶马古道历史的历史研究领域来讲，周文的散文作品《茶包》真实地记录了川藏茶马古道最后的辉煌，记载了这条古代中国西南重要的经济和交通要道的民情风俗，它是研究川藏茶马古道历史的重要文献，在相关史学领域也具有应有的地位和文献价值。

二、《茶包》的原生态写作价值

20 世纪 30 年代的散文作品，大致可分为两类。一类散文对"人"给予强烈关注，是"侧重于外视点的一类散文，即议论性的杂文和记叙性的通讯、报告文学"（苏光文、胡国强主编《二十世纪中国文学发展史》P218），作家们运用这些形式去关注中国人的生存状态，这类散文笔锋犀利、呐喊中具有浓烈的批判意义，把中国人血淋淋的生活状态展现出来，旨在唤醒国人；另一类散文是"侧重于内视点的艺术性散文""显示出本体化与本土化"特征，人们常称之为文艺散文，这类散文的文风"或流丽，或朴拙，或澄澈晶莹，或理趣渊深，有名士的，有战士的，有东方情趣的，也不乏西方情调的"（苏光文、胡国强主编《二十世纪中国文学发展史》P220—221）。即使与同周文的创作观点颇为相似的当时的"鲁迅风"文学流派的散文作品相比较，我们也很难找到与《茶包》相类似的作品。有人认为可以将夏衍的《包身工》提出来比较，但众所周知，在文体上细致划分的话，周文的《茶包》为散文，而夏衍的《包身工》属于报告文学体裁。

由于《茶包》是周文仅存的散文作品，众多研究者在研究周文时不得不把研究的重心倾重于作家的小说作品和文艺理论，对于这篇散文的关注点只是为了佐证周文小说所表现的西康边地的严酷生活状态，而没有从散文创造的角度，独立成篇地去研究其文学价值和美学取向，探讨它的文学价值——散文的原生态写作意义。

2.1 川藏茶马古道背夫生活的原生态再现

如果说川康茶马古道的背夫用脊梁背负着生活，那么，周文作为一个见证历史的作家，就是以其笔墨，背负着历史的苍凉走向阅读者，其深刻的感染力让我们对这篇散文的美学价值——原生态之美的探索欲罢不能。

"原生态"这个词是从自然科学上借鉴而来的。生态是生物和环境之间相互影响的一种生存发展状态，原生态是一切在自然状况下生存下来的东西。有位从事民族民间文化保护工作的学者说："生态文化不能离开生态去谈，它不是从文化去谈的，而是从生态去谈的，用最形象的比喻就是'一方水土养一方人'。"

"生态文化，是指这里有独特的地貌、特殊的血统，只要是部族符号起作用的地方，一定是民间文化保存相对完整的地方。"这位学者说："如果部族还延续原来的习性、习俗，以及这个民族劳作、歌舞、表达情感、婚丧嫁娶等等这些形式还存在，如果这个文化在这种环境中诞生，就是原生态文化。"

首先，笔者对于周文的《茶包》赋予原生态写作的评价，并不是为了取用当今流行术语，而是基于其散文作品那种貌似平淡的铺叙写作手法，散文中一气呵成的现实描写，确实有别于 20 世纪 30 年代各大家散文作品的风格。这种散文风格来源于作家曾经生活的现实环境，是一种地域生活所给予的基调。因为，对于一个人，一生都是有一个基调的，这是多少文字都藏不住的底色，一个作家在创造文字作品时，无论其文字华丽也好，朴素也罢，他的生活底蕴和文化沉积都会自然流露和释放。这源自作家创作的潜意识，正因为这种拷贝自生活底色的潜意识的自然流露，周文在《茶包》中向读者呈现种种毫无雕琢的川藏茶马古道的几千年的民俗，正符合"原生态"之定义。

通过查阅史料，可以知道周文的出生地荥经，无论是对于南丝绸之路还是川藏茶马古道，都不失为古道上的一大重镇。川藏茶马古道以雅安为起点，从雅安向南，踏着南门坎石梯登上严道山，一路经对岩、八步、紫石、飞龙岗、麻柳场，便到了古城荥经。

荥经，古称严道县，是雅安境内建立县制最早的地方之一。远在秦汉时期，荥经就因出产煤、铁、铜等矿藏，成为蜀中经济发达地区。唐宋明清时期，一直是边茶主要生产基地，是茶马互市的主要通道。荥经作为川藏茶马古道"大路"上的第一县，其茶叶出产丰富，边茶加工历史源远流长，尤其以生产"康砖"茶著称。

据《荥经县志》记载：明万历年间，荥经全县边茶产量已达八千担（每担一百斤）清雍正、乾隆年间，更达二万三千三百多担。正是在这种背景条件下，该县与藏族聚居区的茶马交易有着悠久的历史，从事背夫为生的人也不计其数。周文在荥经出生、成长，在川康荒蛮的土地上从军、行军，耳闻目睹，置身于其中，品尝着生活的艰辛，呼吸着川藏茶马古道背夫们散发的气息，眼看着那些熟悉的人背着茶包上路，背着茶包从年轻走向衰老。可以想象这对于作家来说是何等深刻的记忆，而背夫文化正是在川藏茶马古道这一经历千年风雨的地形环境中产生的原生态现象。因此，《茶包》之于散文创作也归属于一种原生态的写作风格。

为此，笔者特意把近年来许多关于川藏茶马古道从雅安到康定这一段的考察的文章或者采访实录，在几个问题上与《茶包》中关于背夫的描写做一个比较。

A. 关于组成背夫的社会人员：

《茶包》中写道："他们这里面，有很多自然是乡里种田的，然而有些确实无田可种挤到这山里斜谷来住的汉子。""十几个人结着伴，一串串地在半崖的羊肠小路上扫着上面垂下来的树叶一步一步地走着。"

杨少淮在《川藏茶马古道》中写道："从事茶背子业者，都是为求生存的穷苦人。其中尤数雅安、天全、荥经、汉源、泸定一带的贫苦农民最多。背夫中男女老幼无所不有。有父子同行的，兄弟同行的，还有祖孙三代同行的。（P38）"

B. 关于背夫的年龄：

《茶包》写道："孩子到了十来岁红喷喷的一张脸的时候，便带着同去在老板的面前学着看脸色，开始背茶包，起头自然是两包三包，慢慢就加多起来。""老一辈的胡子白起来背脊驼下去了""杂白的胡须""年轻力壮"。

民国二十六年（1937年），南京金陵大学刘珍先生受国民政府派遣，赴康藏调查南路边茶产销情况，川康道上的茶背子给他留下了深刻印象。事后，他在《南路边茶调查》中写道："川康道中茶背子，每日皆在五百人以上，下至十岁幼童，上达六秩高龄的老者。"

C. 关于背夫的打扮：

《茶包》描写的是："他们休息，全凭一根拐子，这东西，恰有屁股那么高，是圆滚滚的一根木棒，接近屁股的一头有一个五寸来长的横木。大家在树叶下沙沙地走了一会儿，便把拐子在石边一立，让拐子下端的尖铁块插稳在石与石的中间，屁股就原地不动的，靠在横木上，然后用竹圈子刮着脸上的汗珠。"

汉源文史学者李锡东采访汉源宜东至今健在的背夫时，记录的口述如下："背夫们依各自体力，最多者背20包，足足400斤！将长条茶包层叠摆好，用竹签串起固定，放在称弓背架子上。随身自备沿途食物：玉米面和一小袋食盐；胸前系椭圆形小篾圈，专用于刮汗；手拄一根丁字拐杵，拐尖镶有铁杵，称'拐笆子''拐墩子'。因茶包一旦上背，沿途不得卸下歇息，只能用这根拐杖作为支架，抵在背架子底部横梁上，以使背夫能挺直腰背歇息片刻。"（《茶马古道——从草鞋坪到飞跃岭》，张久福主编）

D. 关于背夫们的行走生活：

在饮食方面，《茶包》里只有寥寥数笔："当他们年轻力壮的时候，在这些鸡毛店经过，把茶包子一放，把自己带在身边的馍从贴胸汗臭的衣兜里面取出来吃过后就抱着手没有事""可以啃一啃玉蜀黍的硬馍"。我们由此可知当年的背夫负重入藏途中的吃食极其简单。"馍"是什么样的馍呢？据近年来的实地采访记录："中午简单地吃点儿玉米耙，晚间住旅店，吃上一碗豆腐或豆花，便是背夫们最好的享受了""当晚若吃一碗豆腐另加5分钱，第二天清晨一碗豆花又是

5分，撒上自家带的盐就算一顿。"（《茶马古道——从草鞋坪到飞跃岭》，张久福主编）

在住宿方面，《茶包》描写道："走进店子，在那成年潮湿的土墙边把茶包子一放，自己就在柴火旁边躺下去。"

凝练的笔墨，寥寥数笔，把川藏茶马古道背夫的形象镌刻得富有肌肉，使读者通过文本阅读领略那曾经的人和他们困苦的生活。阅读《茶包》，逆回到20世纪初那遥远的年代，作家的白描文字，如同将川藏茶马古道制作成了文字素描。于是，在时光流逝里阅读者泛黄的记忆变得清晰起来，因当代商业喧嚣声所消退的听力也变得敏感。

这时，我们听到那穿越几千年的拐子敲击川藏茶马古道的叮咚声，背夫们在如山的茶包重负下的喘息声，我们更听到背夫们失去亲人的哭声，听到他们喜生儿子的笑声，听到背茶途中因为伤病的挣扎声，听到他们为自己年老力衰、为同伴死去无尽的叹息声，也仿佛听到背夫掉下悬崖的惨叫声，听到浓郁的西康边地特有的方言声，听到解冻的河水滚着冰碴儿的声音，听到了荒凉的西康的呻吟，贫穷的背夫生与死的挣扎呼叫！

我们看到荒凉的大山高耸入云，看到绵延不绝的崎岖山道，看到密林深处川藏茶马古道石级上的青苔，看到虎狼出没的冰雪之路，看到夜幕将至时的旷野里孤立的幺店子（鸡毛店），看到一幅川藏茶马古道从繁荣渐渐走进荒芜的历史蒙太奇镜头。

因为懂得，所以悲悯。笔者曾经关于背夫和马帮的生活做过一些采访。家族中就有一位姨婆在20世纪30年代开"幺店子"，店子里住过很多背夫和马帮。当笔者把周文的《茶包》用雅安话读给老人听时，老人确信周文当过"背背子"（雅安方言，即背夫），要不然不会知道这些生活。再放眼现今雅安的山水，《茶包》中的崇山峻岭并没有因为岁月的流逝而失去险峻荆棘，因此，这篇作品将背夫的人生百态、川藏茶马古道民风民俗，自然地、毫无雕饰地展现出来。作品从文字到内容，没用技巧勾勒，只是随着作家情绪的波动而去体验。体悟这种白描写实的散文手法，让人感觉其美妙诱人之处就在于：淡淡之间，进入阅读者的心灵，荡起一圈圈涟漪。回味之后，猛然发现，那些平凡的字句中蕴藏作家多少的情感，饱含着作家多少用意。

《茶包》里，那些静静地平躺在纸上的文字，用心阅读就从纸上活跃了起来。当代散文家余秋雨说过："文化的源泉是原生态的文明。"这种长久风行的文化形态是各族人民智慧的结晶，是各个历史时期人民生活的生动写照，直接产生于民间，并长期流传在一个特定的区域中间，反映着时代生活的方方面面，可以说是描绘各个历史时期人民生活的生动画卷。

《茶包》强烈的地域性、保存了川藏茶马古道的文化特征，使它具有川藏茶马古道文化的独特基因、独特形态的"根"，存在、延续原来的习性、习俗以及背夫的劳作、情感表达、婚丧嫁娶等等这些形式，因此，成为不可忽略的原生态的散文现象。

2.2 川藏茶马古道区域的原生态方言

周文的《茶包》的原生态创作形式，自然地再现了川藏茶马古道的背夫生活，运用了 20 世纪初西康地区的地方方言，使整篇文章充满了浓郁的乡土气息、原汁原味的民众生存形态。即使到了今天我们在本地人的口中也依然可找到那些依稀的乡音。

比如："擦脱""围腰布"，捆好是"扎好"，"圆滚滚""竹圈子""一步挨一步""硬跷跷""打偏偏""息店"，地方话喜欢加个"子"。

形容乌黑叫"乌焦疤弓"，形容两眼无神是"白果"（银杏果），"阁落"，整齐是"齐斩斩"，形容茶包和树叶擦挂是"扫过"，把受不了说成"遭受不着"，把习惯做什么说成"惯了"，形容很瘦是"瘦筋筋"。

笔者作为本地人士，对于作家在作品中所运用的地方语言，可以更为真切地体会到周文散文的原生态韵味，也从中更为真切地体验着川藏茶马古道区域的民事风情。

2.3 散文《茶包》的文学意义

《茶包》的文字是诗，即便是朴素的言语，也透出茶马古道日落的苍凉。《茶包》经由周文的双手，白描了千年古道的人情故事，变成流淌在读者心头的历史。

周文的《茶包》，没有严格意义上的逻辑顺序，甚至没有什么精巧的布局，所有的文字都是因为川藏茶马古道所覆盖的地域文化，在他灵魂深处深刻记忆的喷发，如同岩浆的滚滚不绝，细腻而抒情，潇洒且干净。这篇看似清清淡淡、粗糙的文字，琐碎而平凡的民俗闲事，一群在社会底层挣扎的生命，鲜活的地域方言，是具有人性本真的原生态文化——根和源，是我们的"精神植被"。周文尊重文化原生态，其散文呈现出的原生态性就是最本质的艺术，是真的生活和情感。通过他的"原生态"散文，以最好的方式保护了雅安这个地域的"文化植被"。

对于写作者，人生记忆产生的深刻影响毋庸置疑。文学的基调来源于作家的人生经历。个人经历与写作者的一生定下的基调是掩藏不住的底色，周文先生的生活底色必然在《茶包》中向读者呈现毫无雕琢的茶马古道民俗风情。

《茶包》完整地保存了川藏茶马古道的文化特征，传承了川藏茶马古道文化的独特基因，茶马古道是它独特形态的"根"。原生态散文主张表现人类生活的存在，延续原来的习性、习俗。《茶包》里背夫的劳作、情感、婚丧嫁娶和行走等等这些形式恰恰是原生态散文欲表达的文本精神。

周文先生融合现实的散文写作方式，明显地形成了自己的创作主张和创作态势，积极容身当下的生存和自我的生活，最大限度地提供和发现原生态的人文精神和文学品质，以个人对周遭现实（物象）的关注，促成感官、身体和精神的"我在"，从而彰显一种崭新的散文写作理念——原生态写作。如果将阅读视野延伸到周文的小说作品中，我们更能全面而准确地体验到作家在原生态写作方面的态度，也更能体验周文内在的写作追求了。

从《茶包》可以看出，散文写作中，个体经验、学识和对事物的认知角度是一个非常重要的根基，像泥土和水、阳光对于地球生命一样，个体经验不仅使得作家有内容可写，也形成了作家文本迥异、风格独立的重要标志。个体经验和个人的天性以及后来的文化环境，尤其是个体内在的隐秘意识的飞纵和缭绕，高升与低潜，导致了人和人品质、精神世界与现实理解、个人生活观念和艺术主张的相异性。

散文家杨献平认为："每个写作者都有自己的生活场，这个生活场在某种程度上是不可僭越和替代的。这方面，有两个基本因素，一是生活的现场，就是个人所在的地域和生存状态，个人的一种生活遭际和命运。二是心灵的现场，先天因素、人文精神、观念意识、个人品质，构成了作家内在的一种个人现场。这是散文写作的'现场回归'，就是要回到散文的'我在''在我'两方面品质，也是彰显原生态或者现场写作的散文理念的根本要素。"

文字美学的最高境界是以内心关怀笔尖所触及的生命，以生命中那些让我们动容的东西感染我们心中的柔软，让我们通过阅读文本对隐藏于浮华之下的质朴憧憬与向往，甚至去追问和找寻。

　　《茶包》以凝练的笔墨、生动的方言，把背夫的人生百态，川藏茶马古道民风民俗，自然地、毫无雕饰地展现出来。把背夫的形象入木地镌刻成不朽的雕塑，使读者通过文本阅读领略那曾经的人和曾经的生活。尽管从文字到内容，没用技巧勾勒，但《茶包》文字的美妙诱人恰在于此。淡淡之间，进入视野，之后，渐渐品出平凡字句下蕴藏了的情感，抚摸到字里行间的悲悯。纸间的文字活跃度，诱导着个人思绪与大地的苍茫相拥，与远古先民对话。这应该就是原生态散文的美学魅力和写作价值吧。

　　《茶包》源于社会底层生活的原生态展现，让人思考：原生态不仅仅是一种文学艺术，它也是西康作家的一种人生态度，甚至是信仰。作为写作者放弃了浮华，选择了大地的厚重是必然之路。岁月淘尽浮华泡沫，沉淀出的金子便是真实而宝贵的文化。选择原生态，历史也就选择了他们，因为历史从来就在那里，素面朝天，再好的装饰技巧也掩饰不了其本真。

　　《茶包》之于当今文学在于：不同的表现方式，各路文艺思潮，只是路径不同而已。写作的终极目标应该是满含深情的现实关注，应该是对生命尊严的思考与呐喊。如此，写作才能犹如周文先生的《茶包》，以生命的原态承载起生命之重！

　　可惜的是周文只给我们留下了《茶包》！

参考文献：

（1）《周文选集》，人民文学出版社，1981 年版。

（2）《周文选集》，四川人民出版社，1980 年版。

（3）《雅安县志》，1928 年刊印。

（4）《雅州府志》，光绪十三年春季补刊。

（5）《川藏茶马古道》，杨少淮，金城出版社，2006 年版。

（6）《四川简史》，陈世松主编，《四川简史》编写组编著，四川省社会科学院出版社，1986 年版。

（7）《中国农业气候区划》，网络资料。

（8）《天全州志》。

（9）《四川经济》三卷第三期，《南路边茶中心产区之雅安边茶业调查》1935 年。

（10）《周文论文艺大众化》，陕西师范大学出版社，1996 年。

（11）《二十世纪中国文学发展史》，苏光文、胡国强主编，西南师范大学出版社，1996年。

（12）《荥经县志》。

（13）《从草鞋坪到飞跃岭》，张必福主编，2003年。

（14）《论周文》，《理论导刊》编辑部，1998年。

穿行于善和爱的土地

——评杨宓的小说《爱的天空》

每一部小说都凝聚了作者的心血和智慧，每一部作品都蕴含着一定的思维与思索，那些文字要表达的是什么，想要告诉人们什么，又能给人们带来什么启示呢？

这，也许就是现实题材小说应该回答的首要问题。

2008年，雅安本土作家杨宓取材于生活，反映当代社会人们之间的友情、亲情和爱情的长篇都市情感小说《爱的天空》，带给我们的启示是什么呢？

"给小说取名《爱的天空》就是想表示我的小说中所有的人都心怀博爱、善良，小说中没有恶，只有偶然的错，而且每一个人物都尽量塑造成完美的。"

作家和笔者在讨论《爱的天空》时的一番话已经道出了作家创作《爱的天空》的真正意图："要表现人性的美，表现现代中国人仍旧保持的中华民族理性的美德，人物从形象到思想都要力求致美致善。"

把杨宓的《爱的天空》称作是都市情感小说，主要是基于小说所塑造的人物和故事都发生在成都——这座中国西南最大的城市。由于成都是《爱的天空》故事的发生之地，笔者解读小说的精神气质，必然注意到小说故事背景与成都有着极为密切的关系。

关于这个城市，笔者想多留几行文字。

成都自古为西南重镇，这座城市文化遗存丰富，具有2300多年建城史。三国时，成都为蜀汉国都，五代十国时为前蜀、后蜀都城。秦汉以来，成都就以农业、手工业兴盛和文化发达著称，历代都是中国西南地区的政治、经济、文化中心和长江流域的重要城市。汉代成都与洛阳等并列为五大都会之一。唐代商贸繁荣，与扬州齐名，称为"扬一益（成都）二"。宋代成都印刷的"交子"是世界上最早使用的纸币。南方丝绸之路的起点城市就是成都。杜甫的著名诗句"窗含西岭千秋雪，门泊东吴万里船"，生动地描绘了成都当时作为长江上游重镇和西南经济文化中心商贾如云、车水马龙的繁荣景象。

现代成都秉承了深厚的历史文化底蕴，具有开放的胸怀。它是亲切的，没有拒人于千里之外的那种味道的城市。这个市民的、平和的城市，提供、创造、产出了这样一种平民化的生活方式，形成了一个城市所独有的魅力：平和、浪漫、宽容，"和谐包容，智慧诚信，务实创新"的城市精神，"进得来、住得下、不想走"的温润感，正适合一群都市男女演绎他们的爱情故事。杨宓居住的雅安，离成都一百多公里，在现代化交通工具的今天，可谓咫尺之遥。因而，作家选择了这样一个地方开展故事，承载作家欲宣扬的中国文化精神是再恰当不过了。

小说围绕李玫和丁伦夫妻与洛波、海伦、洛薇之间的纷繁复杂的友情和爱情展开，并不惜笔墨向人们描述了李玫与洛波、李岚与洛波、李岚与郭钏、洛薇和洛波这些都市男女之间的情感纠缠，通过丁伦和海伦、丁伦和王艺之间情感与友谊的讲述，从而揭示了现代生活中存在的几种典型纷杂的人际关系。

既然是情感小说，当然离不开"情"这个主题，如同大多关于情感的小说一般，杨宓的这部三十五万字的小说当然以爱情为主题。不过，《爱的天空》却把这个"情"进一步延伸，它所表述的不仅仅局限于爱情，更侧重于把故事重心放在向人们述说亲情和友情。故事要对我们表明在现实的周围，爱情、亲情和友情往往是交织在一起的，男女之间的友情可以升华为爱情，婚姻中的爱情包含了亲情，人们之间的友情也可能发展成为亲情。几对男女之间以错综复杂的爱情、亲情和友情互相交织为内容的《爱的天空》自然就比单纯描述爱情的言情小说增加了难度，搞不好就会黑豆搅麻糊，乱成一锅粥了。

在这样一个复杂的叙事格局下，作家杨宓如何处理小说的结构呢？读过《爱的天空》后，读者不难发现，这部小说是用平实而淳朴的语言把各种情感放在了一个浓缩了的生活圈去写的。

小说以三个女人：美丽智慧的李玫、活泼可爱的藏族姑娘洛薇、青春靓丽的时尚姑娘李岚，搭起一个戏台，加上归国投资的商界精英丁伦、豪爽英俊的洛波为主线，以美丽的青藏高原、时尚的都市为背景，把代表友谊的杜小枫和沈达夫妻以及郭钏、王艺、海伦、俐俐等性格鲜明的人物一一请上了这个舞台，展示出一出又一出都市情感的戏中戏。

当然，《爱的天空》重点是要突出爱情——现实中已经很少有人所期望的那种爱情了。纵观当代婚恋百像，爱情的情感里面掺杂了很多世俗的东西，让人无奈！让人不敢相信爱情存在得那么单纯。那么，这部小说要告诉人们的是一种什么样的爱情呢？我们不妨先看看作者对于现实爱情的看法。

正如作家在后记中写道："现实社会中，由于拜金主义盛行，人们变得浮躁和势利，金钱和地位左右着人们的婚姻，爱情似乎离我们远去。以爱情为基础跨越金钱门第的婚姻成为异类，也多成为人们精神层面上的追求。"作家要通过缠绵悱恻的爱情故事，"揭示爱情故事背后的关于道德、关于伦理，关于人性的一些东西"。杨宓要通过他的小说"折射出的宽容和博爱"。这就是要读者通过阅读，领会作家所要表达的是中国儒家学说所倡导的要义了。

确实如此，纯粹以爱情为基础的婚姻，成为人们可望而不可即的空中楼阁。社会上，爱情和婚姻状态的混沌，使具有社会责任心的作家，意识到已经到了必须用作品对社会的爱情异象进行思索，并用中国传统文化来引导婚恋者拥有正确婚恋观的时候。杨宓自觉地担当起这份责任，叙述一个现代的爱情故事，向读者传递着纯中国的爱情和婚姻观，召唤人们灵魂中的善良、友爱、宽容、美好的品质，展现了中国式情感中克制自我的理性光辉。因此，《爱的天空》是一部描写典型中国式爱情的情感小说。

从《爱的天空》这个标题就可以看出：小说带着浓郁的中国式爱情色彩，"天空"二字含义高远而包容，其蕴含了弘道传义的中国文化特色。

那么，还有爱情吗？小说的回答非常肯定！真正的爱情是不需要形式，更无须讨价还价的，它是一种无言的爱，一种宽容，一种内心的自律，一种对原始的动物欲望的克制，一种对诱惑的抵御。虽然这些可能预示着悲壮的结局，但华夏儿女的爱情确实带着中国传统文化的深深烙印。小说通过李玫、丁伦、洛波、李岚几个主人公的爱情态度以及他们感情的纠葛，反映社会现实中平凡的中国人骨髓里仍旧深埋的中国文化的遗传基因！

谈到中国文化，我们必然先谈到儒学对于中华民族精神的形成产生的重要影响。孔孟儒家重视对家庭、国家和民族的责任和义务，把个人价值置于社会价值之中，提倡"修身以道，修道以仁"，以"立德"作为理想人格的第一标准，所形成的讲究克除私欲的自律精神，见利思义的义利观，敬老尊贤、抚幼长善、孝亲敬友的人伦道德观念，两千多年以来儒家的这种人生价值观，一直影响着中国人的思想行为和社会实践，已深深地融入中华民族共同的文化、共同的心理素质之中，成为中华民族精神的重要组成部分。

正因为有了这种中国文化的共同认知，在《爱的天空》里，我们可以反反复复地从不同人物面对爱情、面对欲望、面对利益时的表现，体味这种现代中国人潜在的民族共同特质是怎样战胜外来的欲望放纵的，同时，也不会对人物情感的产生感到突兀，感受到作家想用中国传统的伦理道德观对于现今某些激情小说侧重一味对自我感观刺激的描写的批评警示。

笔者在阅读中总是想到一个词：战争，传统文化与现代文化的战争；诱惑与克制的战争。

读杨宓的《爱的天空》不断地唤醒着我们内心深处那些民族的、中国的，被现代工业文明所掩饰了的文化心理特质，那就是，作家创作小说的根源和动机来自这种中华民族的集体无意识——儒家文化的原型。

一、欲无度者，其心无度

《爱的天空》言爱、言欲，却贯穿了中国人对于"爱"和"欲"二者的态度，是多么富含辩证的思想智慧。肯定地说，这样的智慧来源于儒家的正情节欲的学说。

人不仅是一个有理性的个体，更是情感动物的精灵。林语堂先生在其《生活的艺术》中说："如果我们没有'情'，我们便没有人生的出发点。情是生命的灵魂。""没有情的灵魂是不可能的。"

儒家认为人情其中包含了爱和欲，爱和欲是不学而能的。人的情感与本性与生俱来，情感为个人的欲望所指使，往往随情而生，随意而动。在人生的整个过程中，个人情感属于一种感知的体验，具有更多的个人因素，容易与整个他人世界相冲突。因此，儒学总是崇尚于至善这一生命意义的高度，对人生情感"正情节欲"。即：将人的情感规整到合乎"仁德"的德善道之上，尽力克制仁德欲望，使其制约在一定的道德规范之中，合乎性善本能的要求。

爱和欲，是出自某种生活境遇所感而产生的生命情感，归根到底是产生于一种生命的欲望。对于有着中国文化教育影响的人来说，一个具有道德品性的人不可能把追求感官的满足当成人性的必然驱使。在中国人心里，君子所追求的一定是仁、义、礼、智。正是如此，杨宓努力在小说中为我们塑造了传统的中国君子群像，融入了自己对这二者的思考。

洛波，一个来自雪域高原、英俊豪情的援藏人后代，秉承了父母乐于助人、不畏牺牲精神的血性汉子，他勇于牺牲自我，面对来自异性的诱惑，不断地克制自己欲望的冲动，使自我的生命情感得到升华。

在小说中，洛波之于李玫：马背上李玫的身躯贴近所引起的躁动，露天温泉边李玫引起的眩晕，洛波动心动情，但没有逾越，只是作为男人本能的心理感受，他爱上李玫，但，当他到成都得知李玫已经是他人之妇时，洛波痛苦却毅然地停止了这场爱情的追逐。

洛波之于李岚：他出于理性，抗拒着来自李岚火热的表达，面对李岚浴后的身躯，洛波原始的欲望也曾冲动而与她相吻，但是，当他想到自己对于李玫尚爱，如果接受李岚将是不负责任的举动，理智和中国男人的仁义思想便战胜了最原始的欲望。

小说以洛波偶遇了都市白领俐俐、富婆戴菲等诱惑时，他的本能欲望虽然一次次被外部的诱惑激发，思想深处的德善却始终筑牢了抵御动物性欲望的防火墙，使洛波的人格渐得完善。

尽管洛波不止一次受到李玫的冷语，受到丁伦的白眼，然而，在被误认为拐卖李玫的孩子而被拘留时，他不顾自己的冤情，甚至宁可遭受牢狱之灾，也不愿意暴露孩子是自己与李玫所生，说出李玫和丁伦夫妻的难言之隐，置他们于难堪的境地。洛波的这种爱已经超越了男女之间的肉体的性爱之欢，是舍我其谁的纯粹之爱、无私的大爱，奉献的是人世间珍贵的情。

作家运用大量的笔墨描写了洛波在城市欲望中行走所遭遇的诱惑和挣扎，向人们讲述了一个中国男人内心情与欲的战争，以故事形式呈现儒家看待生命的辩证法。人的欲望作为人生命属性的一个重要组成部分，要全部去尽是不可能的，不现实的。即我们常说的：欲无度者，其心无度。唯有中国文化恰当地把握了人的欲望本质。作家也从这一理念出发，解剖了洛波作为现实人的本质：人的理智和崇善之心可以克制诱惑和欲望。从而让人物既维护了至善的人生目的，又倡导人们知其欲无度，而尽力节欲，知其心无度，而全力正情的传统道德。正如王充在《论衡》中所说："君子则以礼防情，以义割欲，故得循道。"杨宓巧妙地通过跌宕起伏的爱情和欲望的故事把一个有着典型中国道德特质的君子形象——洛波，呈献给了读者。

洛波和李玫在生死之际，思维迷顿中交合，并且李玫由此生下一子，是整部小说的矛盾冲突的焦点，也是读者颇为质疑认为显得虚假的情节。如果作家借用沈达之口，用弗洛伊德的理论向丁伦解释，还不足以说服读者相信其君子行为，那么，作家借一个具有藏族神秘意象的老阿妈之口说道："他们是无辜的，罪不在他们。"更具有一种中国文化的神话意味：那就是，一切皆是天命。这使得读者更能从中国的视角理解作家竭力塑造的完美洛波，理解那来自冥冥之中的命运之手的安排。引发读者内心深处的某种同感而忽略这个焦点，却为洛波无言之爱，为其节欲真情而感动。

二、爱人不独利，善莫大于恕

对于《爱的天空》中的另一个男主角丁伦的定位，笔者想到了两句儒学的经典名句："爱人不独利""善莫大于恕"。丁伦对于李玫的爱是毋庸置疑的，作为男人，妻子与他人生下孩子，并一直着意隐瞒，不管出自任何原因，对于丁伦这样从学于西方教育，而在血液骨髓中沉淀了中国文化思想的成功男人而言，其内心所受到的伤害都是可以想象的。

作家在小说中塑造了一个有血有肉、爱恨分明的丁伦，小说浓墨重彩地描写了丁伦由怨恨到宽恕的情感历程，目的就是在于引领读者在阅读的过程中，进行伦理道德、大爱大善的思考。因为，博爱和向善的儒家文化"仁爱"思想可能在一定程度上医治当代社会由于工业化和技术至上而带来的人们关于婚姻、家庭、爱情和事业多方面的思想迷失。作家想要激发人们保持善心，自然无为，去掉人为的争斗和私欲，整个社会能够和谐健康地发展。

在《爱的天空》故事里，丁伦对于李玫、洛波走过了一个怨恨到宽恕的情感历程。为了证明洛波不是人贩子，丁伦把一个男人难以启齿的隐私决然地公之于众。生活常识丰满了我们的阅读感受，像丁伦这种失去生育能力的男人，所遭遇的有损男人尊严和自尊的痛苦，我们容易理解，更能联想到生活中他们必须要隐忍于心的这种际遇，当他对一直默默爱着自己并曾经主动示爱而自己又将之拒绝的海伦脱口说出："海伦，我需要你！"做出意欲放纵自我欲望的举动，这是人在痛苦、迷茫中的自然反应。但是，海伦的一记耳光和诚恳的劝慰："丁伦，如果这样，你就再也找不回李玫的爱。"使丁伦可以及时终止疯狂，并为自己的失控感到惭愧；所以，在商场上，丁伦和海伦既是竞争对手，又是知心好友，他们从残酷的商战对手变成了真诚的合作伙伴。

爱和恨是人生命过程中不断生成、发生着的最大迷惑，是人生情感世界中最主要的、最不可或缺的组成部分。可以毫不夸张地说，人的生命从始至终都是在爱恨的情感交织中度过的，爱什么？恨什么？怎样爱？怎样恨？不仅困扰着每个人的一生，甚至一世也说不清道不明。现实生活中，人们凭什么去爱，凭什么去恨，往往由自己生活境遇的感受不同而决定，这是依据个人心理体验而存在的，是一种个性特征突出的生命情感。

因此，可以看出儒家学说在人生的观念中，从来就没有回避爱和恨的情感问题。从整体上看，儒学力求于将个人的爱与恨通过展示至仁至善的生命内涵，上升为一切人的生命情感。从某种意义上讲，爱和恨不仅是情感问题了，而是一个人的行为表现。通过《爱的天空》中的丁伦，作家不仅自己作出了思考，而且向读者传递着这样的信息：希望通过爱，构建让人身心完善发展的美好世界；希望通过恨，清楚一切使人身心受到可能性伤害的行为事件。

恨的终极是唤醒人的爱，通过爱去实现人生的最高的至善境界。爱人是儒家思想的核心，也是仁的中心，有爱则仁，具爱则具仁。丁伦做到了，所以他感动着周边的人们，感动着读者。作家娓娓讲述的情爱故事，春风化雨般地对我们进行了一场国学的"仁爱"教育。

如果说丁伦和妻子李玫的和好是爱，那么，对洛波的谅解，则是善。清代曾国藩在其家书中曾经有一句名言："善莫大于恕"。儒学认为，一个人品性中最完美、最善良的本性都不可超越这一至高的境界。因此，我们看到丁伦的宽容；看到李岚对洛波示爱遭拒绝后还一往情深竭力帮助洛波；看到海伦虽然爱情失意，仍然帮助自己的"情敌"李玫；看到王艺在土地拍卖中败于丁伦，却最终与丁伦握手言欢，同意进行合作，成为商业合作的伙伴；看到洛薇得知洛波和李玫的关系后，仍旧把象征爱情的腰带送给洛波……

《爱的天空》演绎出人生品质的至高境界：宽容，至善。也让读者领悟到中国式的大爱、大善，并做出自己精神的选择：从物欲中回归，让仁爱的光辉照亮我们的心灵之旅。

尽管小说中不乏多处涉及男女性爱、情欲的诱惑的段落，但是，这些文字只是文学艺术表现显示生活的一种手段，是有别于那些用描写感官刺激、身体写作以博取发行畅销的"很黄，很暴力"的激情小说的。由此，我们不会感到泛情和滥情。相反，读者可以在人物跌宕起伏的情感变化中受到人生的启示和理性的召唤。

通过这番对作品的解读，读者也能看到杨宓在《爱的天空》的创作中深谙一个道理：宽容，这是儒学至善品质的表现；懂得仁爱才懂得宽容；深知道义，明白礼节就可以去除人的妒忌之心。只要懂得了在生命进程中用宽容之心来调理自己的情感自流，就可以最大限度地降低由嫉妒产生的对他人、对社会以及对自己生命的伤害。作家在思考、弘扬这博大的中国人生观，欲用手中的笔把个人对中国式爱情的理解呈现在那些渴望爱情的人们面前，消除我们对于当代爱情的迷茫，找回人们心中的柔软和失落。

其实，无论是对于正情节欲，还是大爱至善的思想的传递，作家一直都在致力于此。不仅仅是在《爱的天空》中，从作家已经出版的散文集《且歌且行》、小说《蓝色子午线》等作品中，我们都不难发现儒家思想对作家创作的影响，不难找到作家的思考痕迹。但是，作家的《爱的天空》似乎更加全面地阐释了自己在伦理与情感方面的思考，更加表现出作家心中所渴望追求的思想和艺术的统一之理想。由此，我们也不得不赞叹杨宓对中国传统文化那种执着的守望，敬重作家那份强烈的社会责任感和使命感，这就是中国传统知识分子的良心！

必须承认，当代现实社会的商业色彩正在对文学发生着深刻的影响，小说《爱的天空》故事取材于林林总总的现实生活，反映不同性格的中国人对爱情、婚姻、家庭和友情的态度以及其中的情感纠葛，是比较生活化的小说。当然，这并不是说这篇小说就是真人真事，它是社会现实生活中一些社会现象的组合、浓缩和反映。作家作为现实的人，面对商业化进程的加速不可能与之绝缘，而且没有哪一个作家不希望自己的作品得到读者的喜爱，都希望其作品畅销，但是，作家的社会责任就是要通过自己的文字反映现实，并给予读者人生的启示，将阅读者的精神世界推向人类文明更高的境界。我们欣喜地看到，杨宓作为作家在文学商业化的今天，没有迷失自我的精神追求，自觉担当了作家的这一责任。《爱的天空》在思想、艺术和畅销上所寻求的契合点，是当前文学创作可以借鉴的。

笔者对《爱的天空》这部小说中所显现的儒家思想的解读仅是其中一个视角，也许不同的读者还可以从中解读出不同的含义。"文学是人学"，只要我们从《爱的天空》中，得到对于现实生活的积极做人的启示，那么，作家在创作中所耗费的心血就值得了。

2008 年 2 月 13 日于雨城

"二郎山"文学群体观察

近年来，雅安文学创作呈现出欣欣向荣的良好局面，一批有志于文学的写手脱颖而出，佳作问世于全国各大文学刊物。他们以本土历史文化、民风民俗为题材创作的文学作品，反映出雅安当代人文精神的价值取向。这些业余文学爱好者，在沉重的生存压力和工作压力下，坚守着心灵的文学圣土，在这个物质至上、物欲横流的社会，还守望着自己的精神家园。因为这份坚守，雅安本土文学才不至于在全省、全国悄无声息，寂寥落魄。

毫不忌讳地说，自 20 世纪 80 年代末本土文学刊物《青衣江》停刊以来，本土业余作者的文学作品失去展示交流平台，文学创作一直停滞多年，在四川省内呈现边缘化状态。我们看到现今活跃于本土的作者，大多数是《青衣江》时代培养起来的，而这一批人随着岁月渐逝，也已步入中老年。令人担心的是，长久以来的应试教育和实用主义思想的泛滥，热心写作的年轻人越来越少，本土文学新人屈指可数，乏善可陈，"80 后""90 后"喜爱文学写作者微乎其微。本土文学创作队伍已经濒临断层。

对于一方水土而言，文化艺术是人民的精神食粮，物资的丰富，高指标的 GDP，决不能解决精神意识的匮乏，相反，更需要精神文化的雨露滋润。在我看来，影像要在空气中氧化，因为湿度腐蚀会产生霉变，数字化技术一旦遭遇机械事故将分崩离析，只有文学作品始终如一地在时间、环境的变迁中，向后辈讲述着一个地域的文明，一次次证明它的永恒。地域文化传承需要文学，雅安日新月异的变化需要文学的刻画，需要文学放声高歌。

这两年，本土文学有识之士自筹经费创办了《二郎山》《雅韵》《若水》《浅草》《西康文学》等文学艺术刊物，旨在为文学写作爱好者提供发表作品、交流学习的平台，也为培养文学新人、吸引新生力量的加入。这些文学刊物的创办者，期冀着用一本文学刊物凝聚起一点一滴的文学朝露，汇聚成小溪，流入中华文学的大江大海。他们朴实地期冀着，用一本简朴的期刊，写下时间长河里这方水土的爱恨情仇、痛苦欢乐。他们只想把先辈们在这里创造出的辉煌文明的火炬，举得更高，燃得更亮，让人们看到改革开放四十年来，本土文学创作正在积蓄着一股冲向全国的志向，看到振兴雅安文学的希望。创作成为广大作者的共同愿望，这股力量如同地下炙热的岩浆，等待着喷薄而出的时机。

应该注意到，在高擎本土文化火炬的群体中，《二郎山》季刊所不容忽视的文化价值和在本土文学史上的意义。《二郎山》在本土文学圈里所引起的文学连锁效应绝对是值得一个文学评论者重视和关注的焦点。

关注《二郎山》文学群体的创作活动，是一个文学评论者应该拥有的最起码的敏锐度和洞察力。文学评论者既是文学的旁观者，更是文学的参与者。正是由于此，才让我们不动声色注视《二郎山》的主要参与者，近距离地接触他们，悄然地研究雅安的这个文学群体。姑且让我们把在天全出现的一本文学刊物和一群文学垦荒者称为"二郎山文学群体"，以便梳理一群人对文学的拓荒足迹。

2007年，杨贤斌、代学宁、李存刚、何文、王志勋几个爱好写作的70年代出生的人，相约二郎山喇叭河。一帮志趣相投的小伙子聚会，把酒之间，谈论最多的除了文学还有什么呢？尽情之处，萌发了自己出资办一个文学刊物，为本土文学创作搭建平台，凝聚更多文学爱好者的想法。他们热血沸腾，当即决定用天全闻名遐迩的二郎山做刊物名称。

这几个跋涉在文学的道路上的年轻人，带着赤诚之心要创办起《二郎山》文学刊物。然而，办刊的道路绝不是像几杯酒燃起热血那么容易，创刊初，除了县里给了一万元，其余不足部分，编辑们到处拉赞助，才基本解决了印刷费。因为这种实干精神，在他们不懈的努力之下《二郎山》诞生了。简易的刊物让雅安在《青衣江》停刊近二十年后，有了一本纯粹以文学创作为目的刊物。他们是本土文学的实干家，也是真正想为雅安文学做点事情的群体。

目睹《二郎山》从一本县级文学刊物逐渐辐射到雅安七县一区文学爱好者的蹒跚步履，方能为文学爱好者不懈努力所感动。为了保证刊物能够生存下去，编辑们在工作之余，和天全县上的企业单位负责人进行友好洽谈，每期给予赞助，以此弥补了印刷经费的不足。有时，他们甚至用自己赖以生存的工资来保证出刊。这样为文学而"乞讨"，为繁荣文化而低下头颅的日子，持续了两年。两年，在时间上似乎很短，又似乎很长。白天忙于工作，黑夜相聚在一起为钱发愁，其中的辛酸和迷茫，唯有经历了方能知晓。

2010 年，出刊 12 期后，《二郎山》休刊。这是雅安文学刊物的又一次晕厥。令人欣慰的是，当年年底，《二郎山》和"二郎山文学群体"所点燃的星星之火燎原开来，这一年，宝兴县《夹金山》创刊，荥经县《若水》第 2 期编印，名山县《蒙顶山》创刊。2011 年春天，休刊一年的《二郎山》得到天全县委、县政府的重视，重新出刊。历风雨，见彩虹，这本文学刊物苏醒后，风格大变，开本缩小，设计风格更加简略凝重，编辑、排版、插图、彩页都做得更加精美了。

至此，雅安文学期刊"两山一水"的格局基本形成，雅安文学爱好者的作品有了更广阔的展示平台，文学期刊也在办刊质量上进入竞争时代。因为"两山一水"文学刊物稿源需求量较大，雅安文学爱好者们三十年来，初次产生了被刊物推动着创作更多作品的紧迫感和兴奋劲。雅安文学同仁开始了频繁的民间交流和切磋。可以这样认为，有这样的文学局面，《二郎山》起到了无以替代的作用。

《二郎山》先后改版 4 次，逐渐发展为每期 72 页、容量 8 万字，已先后发表近 200 万字的作品。刊物主发市县本土文学爱好者诗歌、散文和小说。无论这些作品水平如何，都让我们嗅到浓郁的乡土气息，听到对故乡热爱的歌声，拨动了对生命的关怀与悲悯的心弦，触摸时代强有力的脉搏。吸引天全文学爱好者的目光，培养和发掘出一批颇有灵性的写手。

这本县级刊物，立足本县，以大山宽阔的胸怀，间选外来优秀稿件，主动向雅安其他区县创作活跃的作者约稿，邀请国内知名作家撰写作品在《二郎山》发表。开阔襟怀的办刊不仅凝聚了天全县的作者，并且让刊物走出了小圈子，融入大环境，让这本县级刊物充溢时代的风姿。

这片文学贫瘠的土地上，因为《二郎山》的崛起而有了勃勃生机。很快，一群以《二郎山》办刊者为核心的创作群渐渐形成。以李存刚、杨贤斌、何文、王志勋、龙小勇等为代表的文学写手，创作的散文、诗歌不断登上各级文学刊物。他们的作品或着笔于现实的疼痛，或抒发对故乡的赤子情怀，或聚焦于国事家事。

《二郎山》文学创作群的作品风格鲜明，个性十足。李存刚的医事散文，以独特的视角，向读者展现了在医院这个社会的一角所看到的人性最隐秘的部分，他用手中的笔作为手术刀剖析时间与肉体、虚荣与浮华、尊贵与卑微的病灶，引起全国散文界瞩目。何文那略带忧伤的诗歌，携着高原边地的野性和天全民谣的质朴。人们耳熟能详的《康定情歌》，据说歌里的张大哥和李大姐原本是到康定谋生的天全人，那种爱情的朴实和热烈至今仍让世界感动和传唱，而何文的诗就传承了让人羡慕的基因。杨贤斌的散文细腻，王志勋的散文激情而理性，等等。从他们的作品中，我们既可以看到一个个文学创作者从稚嫩走向成熟，也可以感受到能这个群体形成的强大气场。

在《二郎山》群体的带动下，天全的业余文学创作表现出强大的创作热情，形成了业余作者自发聚会，相互对作品研讨提建议的良好文风。同时，越来越多的业余作者向市、省乃至全国性刊物投稿，不断有佳作登上全国文学的展台。

文学是一种个体性很强的精神活动，灵感和激情于一个写作者而言至关重要。但是，仅仅凭借刺激而产生的创作激情毕竟是少之甚少。如何保持创作热情，多出作品，寻找生活之中的点滴感动和摇曳火花，从而放大它们，看透其背后的真实，形成鲜活文字作品，成为业余写作者亟待解决的问题。对于基层业余文学创作者而言，作品的成功发表会刺激他们的创作激情，长此以往，必然使他们将个体写作转换成生命的常态。

我们观察到，《二郎山》创作群体集体出征文学征文赛，"以征代创"的文学活动形式值得基层业余写作者借鉴。《二郎山》文学群不把埋头写出的作品仅当成私家花园的花花草草自我欣赏，自我陶醉。而是寻找各种征文战机，主动出击，积极参与，无论是行业征文还是文学协会征文，无论是县级的还是全国的，《二郎山》文学群体都是抱成一团，集体征战，对于参加征文的作品，他们相互评价，提出修改建议，力争以最好的文字形式进入征文评选。通过应征，他们检验出自己作品的优劣，也向文学水域投出越来越有力的石块，引起一片片涟漪。这个群体在各级文学征文中，每每有所斩获，获得各级奖项无数，甚至有囊括市级征文奖的不俗战绩。

在唯名气和关系而发作品的文学腐败时有发生的当下，《二郎山》群体"以征代创"的文学活动，促进了天全基层文学写作，摒除业余创作者随心所欲的写作惰性，让基层业余作者保持创作激情，雅安本土基层作者看到了成功的希望。

一本地方文学刊物能够存活下来，除了办刊人的努力，资金保证也是至关重要的，从《二郎山》办刊的经历中我们发现，繁荣地方文学，必须得到政府政策的指导和资金上的支持。《二郎山》能够从小到大，从稚嫩走向成熟，在本土和省内有一定的知名度，天全县委和县政府是功不可没的，县委、县政府在政治思想方面指导这本文学刊物成为政治上合格的精神文化产品，同时，天全县委、县政府重视从资金上对本土文学创作扶持，也保证了《二郎山》刊物的顺利发展。

　　文学作品对一个地方的知名度的提升所起到的作用已经不容置疑。地方经济发展和地方文化的发展应该是相互促进的。经济的繁荣是文化艺术繁荣的基石，文化艺术繁荣是地方经济发展的助推剂。历史已经证明，物质文明达到一定的高度，如果缺乏了文化精神产品，物质社会将面临信仰缺失、道德下滑、心理焦虑等一系列精神迷失的社会病症。对一方山水而言，表现地域政治、经济发展的文学作品既有历史价值，更是地域人民群众的精神食粮。因此，如何保护和支持一个地域的本土文学发展，理应成为当地政府的工作之一。

　　《二郎山》文学刊物及文学创作群体在雅安的异军突起，为文化相对闭塞和落后的地方参与文化大繁荣、文化大发展提供了一个范本。

　　长途漫漫，唯有步履不停，对于雅安文学而言，《二郎山》还会是蓝天下的二郎山吗？

在历史和小说里轮回的《瞻对》

——读《瞻对，一个两百年的康巴传奇》

　　阅阿来先生的《瞻对》后，叹大气磅礴，更叹：历史就是历史，尽管创造历史的人肉体灰飞烟灭，却仍把痕迹和密码留在时间之河。

　　《瞻对》对阅读者而言，有着强烈颠覆大多数人阅读习惯的魔力。小说在现在和过去之间穿梭，需要阅读者思维跳跃方能跟上作家的写作轨迹。小说将传说的迷幻和史料的严谨衔接契合，重现了藏地历史风云的层叠起伏。《瞻对》重在讲一个藏族居住地"非虚构"的历史。而历史，不管以何种立场书写，却不能掩盖其本来面目。阅读《瞻对》时有感叹，作家从芜杂史料梳理出一部浩浩荡荡的藏地风云，需要付出多少耐心和毅力。两百多年的时空距离，浓缩在十个篇章里，除去偶尔铺陈一点儿作者的自我感悟，其余的留给故事里的人和事，兀自诉说。这些特质，使这部藏地历史故事，超越了传统意义上的小说，给人带来的冲击不言而喻。

　　《瞻对》冷静呈现的非虚构历史故事，让我们看到了诸多惊人相似和重复的历史，诚如阿来先生在小说中所说："所谓现实题材，都是正在发生的事情，开写的时候有新鲜感，但写着写着，发现这些所谓新事情，骨子里都很旧，旧得让人伤心。索性又钻到旧书堆里，来（寻）踪迹写旧事。又发现，这些过去一百年两百年的事，其实还很新。只不过主角们化了时髦的现代妆容，还用旧套路在舞台上表演着。"这让人想起一位著名历史学家的名言：一切历史都是当代史。阿来这一番话，体现出作家对历史与现实的深刻认识，他把瞻对这方土地的故事，风干留存，而读者却可从中参照出当代故事在遥远未来提前泛黄的底片。

　　受阶级论历史观的影响，我们曾经对历史事件的认知习惯是阶级对立产生历史，总是依照主观想象和需要，将生命的个体行为归结为阶级行为，从而忽略了"人"的复杂性与多面性，忽略了人的情感在特定环境里的动物性本质和偶发冲动。对于当代小说而言，文学在文字表述方面之于流派并不是一码子事情。对于广大小说阅读者来说，阅读愉悦往往产生于文本故事的叙述，审美感受来源于故事人物展现的生活所引起的共鸣。由此，作家作品和读者阅读品位之间的差距，不免产生对作品阐释的差异。通俗地讲，是不同作者对某一部作品的阅读体验，出现歧义，或者侧重不同。小说家们在小说中所记录的仅是个人现实主义之分门别类而已。之于小说，叙述的故事属于个人现实主义或者不是完全依靠想象的非虚构的东西或者境遇，不用解释，抑或无法解释。讲述者极力让现实生命的经历进入文字，让不同的阅读者从中得到不同的阅读体验和审美愉悦。所以，虚构与非虚构，属于站在文学理论研究的角度之解读。作为阅读者，何必纠结于文学理论去限制对文学作品的理解和想象呢？所以，《瞻对》引起的读者反映和不同看法，倒也属于正常。

《瞻对》的精巧表述深藏在冷静的故事流向之中。反复读《瞻对》会发现：从文本表面看，小说一改传统现实主义小说以人物经历为主线索，但《瞻对》的主线索仍然存在，这就是瞻对，一个康巴藏族聚居区！阿来先生预设中立的叙事立场，以最接近历史、退出历史事件漩涡的立场进行创作，他以一个地方区域作为小说的主要脉络，围绕这个主线铺陈出其前尘往事，这里的每一个历史节点出现的人物，无论是当地豪酋还是来自汉区的满汉官员，乃至清朝皇帝，民国权贵，一一登上《瞻对》的历史舞台，在此地演绎出各自的性格、才智、无奈、焦灼，构成了《瞻对》的刀光剑影，鼓角铮鸣，演绎出个体的生死聚散，精彩命运。

《瞻对》作为历史故事，小说脉络洒脱而严谨。我们不难发现这部小说以史料为蓝本，但不拘泥于刻板。小说呈现故事的时候，有历史的地方按历史写，历史达不到的，便以民间传说补充。诚如阿来先生在接受采访时谈道："我这次写作靠两方面材料，一个是清史和清朝的档案，另一个就是民间知识分子的记录。民间材料的意义在于，好多时候，它跟官方立场是不一样的。更有意思的是，除了这两个方面之外，这些历史事件也同时在老百姓中间流传，因此又有一种记述方式叫口头传说，也就是讲故事。这里面就有好多故事，保留了过去很多生动的信息。"

金庸先生慧言："《资治通鉴》令我了解中国历史的规律，差不多中国人也按这个规律来的。"《瞻对》再次淋漓尽致地诠释了这一态度。这个藏地偏隅，时间不同，但所有以征服为名的战争中都具备相似因素：阴谋与杀戮、背叛与反抗。随着金川战事中的班滚、番酋洛布七力等"瞻对"枭雄轮番登场，阅读者记住了瞻对是一个出"夹坝"的地方，两百年瞻对，成也"夹坝"败也"夹坝"。

　　阅读《瞻对》，看得出阿来先生在调查瞻对历史的过程和写作中对贡布郎加所付出的精力和笔力。阅读者会对贡布郎加这个人物留下深刻记忆，作为一个读者，我认为关于贡布郎加的章节是《瞻对》一书值得反复琢磨的章节。这一章节富有的传奇色彩和人物个人魅力，是整部小说的亮点。小说讲述了贡布郎加以瞻对为大本营，四处发兵，不断攻克其他土司的地盘，甚至兵不血刃占领了比瞻对实力强大的德格土司的领地，影响剧增。西藏噶厦政府随即发兵攻打贡布郎加，结果贡布郎加战败身亡，历史终结了这个豪酋的段落。整个小说中，作家用了三个篇章讲述贡布郎加的残暴与狂傲、征伐和计谋、残酷和无情，人性的复杂，我们犹如看到一朵恶之花在历史时空里如何开放，又如何凋谢，在贡布郎加匆匆的历史背影上，作家冷静呈现出康巴草原曾经的狂野不羁。小说在这些章节，直接引用了许多史料，却不给人枯乏感，且让人有阅读下去的欲望。

　　阿来类似于民间史诗的叙事方式，将当时清王朝出兵镇压的气魄，民国政府的调停出兵以及一系列治藏措施，劳师动众等重复而古老的故事一一道来，反映出汉藏之间剪不断理还乱的历史纠葛，这些故事的聚合彰显了一方土地生生不息的顽强生命力。

　　现实主义小说的创作者对故事真实性表现出不屑，主要源于现实主义小说写作依赖想象力和虚构。虚构小说内在贯穿的典型观，依靠想象的概念来展开故事；人物塑造和完成往往着眼于从一般而特殊，在普遍意义下将寻找设置为最高目的。然而，当下许多现实主义作家创作闭坐书斋，依赖支离破碎的生活现象构造小说情节，这种堆砌过度的结果让小说的虚构和想象沾染了不真实的嫌疑。因此，拉开了阅读者的阅读距离，让喜欢阅读小说的阅读者哀叹纯文学领域经典小说为数寥寥。基于现实的再造和虚构不接地气，所以，才促使了一些小说作家在进行小说创作时用"非虚构"途径这种新小说创作形式来开辟当代小说创作手法的探索，体现出小说家们对现实主义小说沦落的反抗。

　　《瞻对》用史典文献的实证坦现，让文字隐去了文学面孔而显出非文学的另一面来。小说成功运用的民间口传文学部分，让小说呈现出另类的美学的风格：其故事和历史"没有历史现实那么可靠，但它在形式上更生动、更美"。由此引来纯文学爱好者、史学家和社会学家关注，属于当代历史小说以"非虚构"手法叙事的首例。

分析阅读《瞻对》的过程中，笔者感受到阿来先生以其文字表现出对历史本真的敬畏，其精神在形而上的意识里更显平凡、真实。尽管，《瞻对》的阅读历程总有一种被大量的、毛坯式的本相真实劈头盖脸地倾泻，阅读习惯被颠覆，轻易抓不住小说文字深层的隐义的感觉。然而，当我们跋涉过两百年瞻对历史的文字之途，这片藏地曾经存在的藏汉人物，那些化为尘埃的生命，小到农奴，大到清朝皇帝，众多官员就空前集合于面前。这种大量人物的聚合并没有以整体淹没个体意义，相反，综合式群像却完成了藏地瞻对的典型创造。小说群体人物的推呈方式，打破了传统史诗文学对单个人格的典型化的艺术形式，这种全景式的群体人格表达，突出了这部非虚构历史小说的艺术追求，着实迥异于我们习惯的历史题材小说。作者以群体人物为收拢目标，群体中的个人都为非中心人物，但决不单打独斗，与其众多人物并列组合。这些人物表面毫无联系，内则充满一致。彰显出近年来非虚构文学作家作品的整体综合式典型观，从而完成了人性刻画的深度和人性所展示的丰富性。

《瞻对》首创的这种历史小说非虚构表述方式，对当代中国小说创作技术的探索和贡献不可忽略。不论《瞻对》属于何种文学流派，何种样式，均以向阅读者显示出历史客观的真切自然。藏地的生活史以其原本的淳朴和粗糙、复杂和单一，活泼生动地跳动着残酷的逼真和确切，缩减了文学与历史的距离。阿来先生这种民间传奇和历史结合的非虚构小说，传承了中国传统小说的基因，中国小说起源魏晋，基于古代神话传说，至唐朝的传奇小说，不仅篇幅比以前扩大了，而且注意到结构的安排和人物的性格描写、形象塑造，内容由志怪述异扩展到人情社会的广阔生活领域。窃以为，"非虚构"小说的某些特质正是一种当代小说的返璞归真的寻根之旅。

近年来，有识的中国作家掀起"非虚构"小说的创作。从梁鸿的《梁庄》及《梁庄在中国》、王小妮的《上课记》、李娟的《羊道》、郑小琼的《女工记》、乔叶的《盖楼记》及《拆楼记》等现实非虚构作品，直至阿来先生的《瞻对》，历史非虚构作品都取得了成功和热捧。值得注意的是，他们的成功可能引来浮躁的小说创作者的一哄而上。应该承认，直至今日，此类作品也有文字上的软肋：这些成功作家的非虚构小说文字的表现方式尚不如他们的虚构小说成熟。小说因为过于重视事实原态，文字的美感退居其次，总让阅读者难以领略作家自己已经出版的虚构小说的语言特色，阅读心理上意犹未尽而心存遗憾。

应该注意到：在对待历史和现实问题上，小说感性地反映历史和现实的真貌，史书是理性地对历史现实的记载。文学家和历史学家的社会分工毕竟不同，小说家叙事视角不同，在创作中可能让叙事者、隐含作者以及作家本人精神立场的角色混淆，以"非虚构"形式创作历史小说，对于记录历史和创作小说毕竟有所区别，其中涉及把握分寸的问题，也考验用"非虚构"方式创作历史小说的作家对题材甄别之功力。目前，许多小说作者心态浮躁的状况，也许会导致普通阅读者直接产生学术化误解和抵触。如果这种小说意识扩展到所有作家的创作态度上，无形中或多或少让当代文学努力建构的价值理念和精神信仰被解构。个人认为，无论虚构还是非虚构的小说在文字表达上还是应该保持精神艺术的目标，文学作品不是形成文字之后就可以推向大众，而是经过语言和材料的千锤百炼抵达简化逼真的叙述。

尽管现在"非虚构"受到了新闻史典的"非虚构"和文学的形象化的双向制约，作家的主体支撑尚不能如虚构文学那样能达到艺术效果，但随着作家对"非虚构"理解的进步，追求写作技法完善的主体意识增强，"非虚构"文学作品必将更为独立地表现出现实效应，塑造更形象的生命形态，阐述出作家内心不可名状的社会融合意义。

共享、共性、共识

——熊猫电影周与你一起看电影

人类对自己生存环境的认识正在不断地加深，在艺术领域对于动物和自然的观照也在不断地扩大。动物电影作为一种电影类型，近年来迅速崛起，且形成法、日、美三足鼎立的局面，这些国家的电影人以各自的创作理念和影像风格让动物电影呈现出不同的影像特色。这类电影蕴含深厚的生命伦理内涵和很高的电影审美价值，映射出人类对自身与动物关系的思考。这就是为什么近年来以动物为题材的电影异军突起的主要原因。

2009 年在雅安举办的"熊猫电影节"，来自世界各地的动物电影带我们走进了奇异的动物世界，让我们通过电影同自然和动物亲密接触，享受到前所未有的视觉大餐。也引发了我们对人类、自然、动物之间关系的一段段思考，掀起情感的波涛，从而对我们生存的环境倍加珍惜。

一、天堂边的徘徊

加拿大送展影片《伊甸园的边界——与灰熊在一起》记录了加拿大生态环境保护者查理·拉塞尔在俄罗斯南堪察加自然保护区与灰熊相处的一段真实经历。

该片导演杰夫·特纳和苏·特纳是一对加拿大夫妻，二人组成的野生动物制片组，在过去的 20 年里一起专业地合作制作影片。在这段时间里，他们自创剧本，自做导演，制作和拍摄超过 20 部片子，并且赢得了许多奖项。杰夫和苏的电影创作与熊有紧密的联系，从 1991 年开始，二人共制作出了 6 部关于熊的不同影片。拍摄《伊甸园的边界——与灰熊在一起》这部感动人心的动物影片耗去了他们一年时间。该片也因为其富含的思考、精致的画面成为杰夫夫妻的代表作。

堪察加半岛，俄罗斯的最东边，一个神奇的地方。这里有很多世界上最危险的动物包括遇到加拿大生态环境保护者查理的灰熊。作为一个代理母亲，他很艰难地把这个小孤熊再次介绍给这个充斥着潜在的食肉动物及捕食者的世界。

影片一开始查理向人们提出了一个问题：对于动物而言，到底是什么使动物具有危险性？查理认为，是人类对动物的不了解使得人类无法预测它们的行为，因为无法预测它们，所以惧怕它们，人类对动物的惧怕感的唯一解决方式就是杀死它们。拍摄者的镜头下残忍的画面触目惊心：一排排被杀死的灰熊，关在笼子里失去母亲的小灰熊的无助眼神，无声地控诉着人类对待动物的暴行，只要心灵之中尚存善良的人都会因眼前的影像而震撼。

蒙太奇镜头下，美丽的堪察加半岛深处，静谧的河流，寂静的山林，如茵的草地，查理和他救助下的小灰熊——梅里斯和安迪走进我们的视线，镜头却很快切换到那些失去母亲被关在笼子里的孤儿小灰熊。小灰熊们的眼神里充满了劫后余生的惊惶，撕扯着观者的心，引起一阵叹息。接下来，查理剪来树枝为它们铺上床后，两只小灰熊趴到树床上相互依偎着慢慢地闭上眼睡去的镜头和前面镜头形成鲜明的对比，让人希望着在这短暂的画面中开始和小灰熊一起迎接平静的降临。

查理和灰熊的日子在继续着，闪过的堪察加如画美景中，梅里斯·安迪和查理漫步其中。影片开始出现大量的小灰熊戏耍的镜头，生动的配乐让每个观影者面对这样的画面，不由得要相信：伊甸园就在眼前。也许你会由这些生灵联想到可爱的孩子，温暖了我们在生命的迷茫之途僵冷的心灵，心中那块尘封的柔软复活过来，爱怜弥漫，一种爱的冲动在灵魂的窍穴里升腾起来，抑制不住地想对周围的生命付出呵护和关切。如果有这种感受，拍摄者摄制这部影片的目的已经不知不觉根植在观众心中，我不禁暗赞：还有什么比这种于无声处悄然而至的实现更有力量的呢？

在观影过程中，我感悟到某些应该说出来的东西，从而更加与影片在情感与认知上交融。人类的错误往往从谬传开始，查理对灰熊的认知过程是人类对这种动物的谬传的开始，灰熊伤人的传说在东西方皆有，像中国孩子小时候就常常听到外婆讲《熊家婆的故事》《狼外婆的故事》一样。在人们一代代口传的故事中，熊这种动物被妖魔化、血腥化，人们由此产生的恐惧根深于心。

这一点查理深有体会，1961年，亲身的经历改变了查理对灰熊恐惧的感觉，因为他参与了父亲和哥哥拍摄的一部关于灰熊纪录片，开始改变了对灰熊的认识。既然灰熊可以被人类的谬传误解，那么，在地球上存在的其他物种呢？有多少是被人类真正意义了解；人类因为不了解与我们共存的其他物种，走到与动物对立的一面的情况还少吗？即使是人类之间缺乏了解，沟通不畅而带来的困惑和敌意也时有发生。所以，我一点都不怀疑人与动物间要想和谐地共享地球，首先应该尝试着去了解动物。看到查理曾经救助的小灰熊思凯和巴克的回归，我愿意把灰熊的回归看作对爱的依恋，是对家的渴望。我总在想，无论是人类还是动物，只要相互爱护、相互尊重，彼此之间就存在依恋。

查理在堪察加的七年，作为灰熊孤儿的"母亲"，查理要用不让灰熊反感的方式喂养它们，教会它们辨别能吃的植物，教会它们捕鱼，教会它们滑雪，保护它们不受其他野生灰熊的伤害，查理认识到灰熊是一种身体强壮但是感情容易受到伤害的动物，灰熊思凯被滚落的石头砸到了头，它以为是查理砸的，查理不断地安慰思凯，影片里反复出现查理说"对不起"的画外音，似乎是人类对这种被他们长久误解伤害的物种的一种忏悔的声音，让观影者为之动容。

查理通过与灰熊相处的日子以为在不断地走近人类与灰熊的界限，有时，他甚至以为他已经逾越了这条界线。在影片结尾，当小熊梅里斯被野生大公熊吃掉，小灰熊安迪意识到住处存在危险而带着查理走向火山深处，查理才知道到了与安迪分手的时候，人和熊背向而去，我们似乎明白为什么影片的拍摄者要将片名定为《伊甸园的边界》，同时，我们惊喜地发现当我们试图了解一种动物时，我们就能感受到一种从未有过的奇妙的感觉。

世界已经变得越来越小，在这个极度萎缩的世界里，人类应该对其他的物种给予尊重，野生动物对人类的进攻，常常是因为人类对除人类之外的动物极不尊重而造成的，没有尊重，何谈互相扶持，相互依存？人类应该学会尊重动物，才能赢得更好的生存环境。

二、爱，需要距离
——略评电影《拯救鲁娜》

美学上有一种美叫作距离美。在与动物相处的情况下，人类和动物之间到底应该保持怎样的距离？这已经成为热爱动物的人为之思考的哲学命题。加拿大动物影片《拯救鲁娜》试图寻找出一个答案，找到人类和动物之间相望相知的那段距离，使人类与动物生存的空间充满美感。

《拯救鲁娜》是一部讲述关于生活在温哥华岛的与父母失散的小虎鲸鲁娜的故事。当它和人成为同伴的同时，人们也爱上了它。岁月如梭，它成了被人惧怕的珍宝。对原住民来说，它是灵魂酋长；对船员来讲，它是个傻朋友；对生态环境保护者而言，它是个起因；在科学家看来，它是困扰；对政府官员来说，它是危险；在电影人苏珊娜·切索默和迈克尔·帕菲特的镜头中，它是一个孤独、可爱的小鲸鱼。

于是，围绕拯救小虎鲸鲁娜人们陷入了一场观念之争，生命之间的距离成为一个悖论，发生思想之争在所难免。

该片出自一对夫妻搭档导演：苏珊娜·切索默和迈克尔·帕菲特，二人是加拿大作家和纪录片电影工作者，善于描写人类和自然世界之间的关系。

迈克尔出生于英国伦敦，毕业于南加利福尼亚大学，并获得了新闻学学位。他写过四本书，并为《国家地理》杂志和《Smithsonian》杂志写过很多文章。与他人合作为 IMAX 电影公司和南极洲电影公司编写过剧本，并为 IMAX 电影公司的获奖影片"Ocean Oasis"（《海洋绿洲》）编写了剧本。与他人合作编写了 WNET 和自然频道的影片"Under Antarctic Ice"（《南极洲冰层下》）的剧本。他还自己驾驶飞机在南北美洲、格陵兰岛、新西兰和澳大利亚上空飞行了6500 小时。

苏珊娜出生于加拿大的魁北克省，在新斯科舍省长大。她在欧洲、南美洲、非洲、大洋洲、南太平洋和北美洲都制作和拍摄过影片。她曾获得多伦多大学的经济和历史的文学学士学位和戴尔豪斯大学的发展经济学硕士学位。20 世纪 90年代初，她在布拉格担任英语教师，在波罗的海国家进行毕业论文的研究工作。她与人合作编写了美国版的《Blame it on the Weather》（《因天气指责它》）和一期《国家地理》杂志中的一章。

苏珊娜和迈克尔为国家地理频道导演、制作和拍摄了 20 多部影片，这些影片涉及范围很广，比如海雀、格陵兰岛的冰融化、Nunavut（努勒维特）的因纽特人、荷兰的海平面上升、南太平洋的生态学热点和欧洲的少数民族。他们导演和制作了关于澳大利亚环境的片长 1 小时的纪录片《The Search for the Never Never》（《寻找梦幻地》）。他们的首部影片是关于坦桑尼亚难民的《Letters from the Forgotten People》（《被遗忘的人们的来信》）。

2007 年，他们为 CBC（加拿大广播公司）、Knowledge Network（知识网络）和 APTN（加拿大原住民电视台）制作这部长纪录片"Saving Luna"（《拯救鲁娜》）。

影片以壮观的虎鲸种群场面开始，随着展现小虎鲸的可爱镜头逐渐推移，提出了电影探索的矛盾焦点。矛盾来自三方：代表政府的加拿大渔业和海洋部、莫亚湾原住民和影片导演，这三方在对待与种群失散的小鲸鱼上展开了争论、交锋和努力。

影片的导演迈克尔·帕菲特认为：人类和动物之间存在一道看不见的墙，一道由恐惧和敬畏构成的墙，如何穿越这道墙是本部影片和人类有待探索的课题。

莫亚湾的原住民酋长麦克纳·奎恩则坚持认为：不一定只有人类的生命才是伟大的。

以玛丽莲·乔伊斯为代表的政府认为：人类应该远离动物，以免给动物带来伤害。观影者在这些观点的引导下一边观看，一边陷入深深的思考：在保护动物的同时，我们怎样把握与动物交流的距离？

我们跟随与种群失散的小虎鲸鲁娜走进矛盾的漩涡，鲁娜在蔚蓝的海湾里跟随船只游玩，人们看见它的惊喜感染着我们，一份感动随之产生，这时，我们特别想知道：为什么会感动？答案是显然的，我们不知不觉中身临其境，感受到那份热爱动物的人与小虎鲸真诚交流的和谐之美。这些镜头使人不得不认为鲁娜具有热情的性格、强烈的社会需求，它与人类彼此是有所依赖的情感从镜头里扑面而来。

观众在感情上已经参与到了救鲁娜的过程。在这里所体会的感情，是科学理性与人文诗意交相辉映的风景。我们看到父母之爱、子女之爱、友谊，当然也稍微有些伤感。如果考虑它在形式和细微差别上令人困惑的多样性，爱可能是所有情感中最为复杂的。

科学研究表明：虎鲸是一种喜欢社交的动物，它们像人类一样有着对彼此的需要；达尔文曾经说过：除了人类，动物也可以懂得幸福和痛苦。影片运用了大量的胶片表现鲁娜与人们感情交流的镜头，甚至出现虎鲸与人的互相凝视的感人一幕，这深深打动我们柔软的内心。看到鲁娜对爱的渴求，与人类交流的渴望，甚至让观影者感到，这头小虎鲸丰富的感情绝不亚于人类。在这些镜头面前，我们不禁感叹，在我们的生命里，自己有多少可以与一种动物共享的时刻？当这个时刻到来，我们可以感到它已经成为精神的一部分，好像自己的灵魂随之畅游在蓝色大海。从动物的行为，人类可以看到自己的行为，甚至触摸到自己的灵魂，并认识到许多我们以前未知的信息；一只虎鲸的孤独，一个渴望交流的生命，难道没有折射出我们在环境日益恶化、物欲构筑情感交流的屏障背后，内心无可依托的恐慌？

影片中一段科普很有意思。根据科学家的研究，鲁娜与人类过多的接触百害而无一利，研究海豚和鲸鱼的科学家凯西·金思曼认为，从长远的角度看，海豚和鲸鱼与人类接触越多，受到的伤害越大。所以，加拿大渔业和海洋部开始在鲁娜出没的海湾实施一项保护措施"冷漠的爱"，阻止人们接近鲁娜。矛盾逐渐明朗，热爱鲁娜的人们想尽办法，甚至不惜触犯法规去接近鲁娜，但政府设立的管理员仍在坚定地执行"冷漠的爱"。而可爱的鲁娜却想出各种办法与人类接触。在迈克尔看来，鲁娜已经到了"为了得到友谊，不惜牺牲生命的崇高境地"。它察觉管理员的意图后，隐身水底，突然出现在船边，跟随船只来回于十五海里之间，它在管理员斥责接近的人时，去亲吻管理员……看到这一切观众也和莫亚湾的居民一样沉浸在一种难以自拔的感情漩涡中。

人们开始为鲁娜的自由抗议"冷漠的爱"，开始寻求帮助鲁娜回归族群的途径……

影片一段给人印象极为深刻的"鲸鱼拉锯战"让动物与人的情感彻底融合，触碰泪点。当政府决定捕捉鲁娜运回它的族群时，酋长麦克·马奎拉发起了一场"温柔的绑架"行动，原住民带着自己的信仰、划着独木舟，唱着空灵歌引导着小虎鲸鲁娜奔向碧海的远方。他们走出莫亚湾，在渺无边际的大海上，人歌唱，鲸腾跃在海面，浪花飞溅，人鱼"通灵"的感觉使人泪水充溢眼中。这一刻，观众会突然发现这是一种情感的融合，与人类的崇拜和道德觉悟关联，拍摄者已经情不自禁沉浸于其中，鲁娜在告诉我们一个属于大自然的故事，它已经创造大量生命的神话，一个关于大海与生命、动物与人类的奇迹。

当两天后，鲁娜终于被诱进围捕圈时，围网的门却始终没有关上，反对者和实施者都沉浸在悲愤的情绪中，最后鲁娜得以逃走。温情，结束了一场看似不可调和的战争，人类的理智在自己的感情面前溃不成军。

身处现实，许多人身心被浮躁侵蚀得千疮百孔，每个人都渴望着获得感动以修复麻木的神经。在光影的世界里，《拯救鲁娜》带给我们的不是悲伤、痛苦，不是任何强烈的情感，是平和安静、汩汩流动的感动，这份情很容易让人忘记，然而，在被忘记之后变成一种淡淡的甜美。这无疑就是这部片子所提供的最美回味。

我们看到了种种纯粹的情感：无论何时都把对方放在心中特殊位置的友情；充满了牺牲精神的慈悲亲情；我们找回了近乎不可能出现在现实世界的情感。情感如火，需要我们投入炉中去熔炼，我们才能得到温暖；情感是水，只有把它贮于坝内，才能使我们得以滋润；情感似鸥，在波涛汹涌阻断陆地、当我们精疲力竭却看不到彼岸时，听到鲁娜一声温暖的呼唤；情感如灯，在暮色苍茫笼罩四野、孤寂如我陷入迷途时，它更是一道永远的目光凝视着行者的步履！因我，也是行走在生命长河的种群！

鲁娜是幸运的，有无数的人爱着它，护卫着它；鲁娜是不幸的，它始终没有逃过人类拖船的伤害，鲁娜真的像迈克尔说的那样为友谊付出了生命，于是，观众顿悟：友谊两个字，远比我们在现实中的理解强大得多。影片到了这个时候，观众其实已不关心人与动物的距离问题，不再纠缠于围绕保护鲁娜的矛盾各方的孰是孰非，而是陷入了这样的沉思：只要我们向与我们共同生存的动物付诸所有的爱，地球就会更加美丽。我甚至怀疑影片的片名《拯救鲁娜》中"拯救"二字暗含了两层意思：人类对动物的拯救和人类对自我的业已消失的某些情感的自我救赎。

夜色苍茫，渔火阑珊，当影片定格在空旷的海面，鲁娜空灵的叫声回荡着。那是在告诉人类，生命是伟大的、平等的。

三、翻越幸福的那道墙

1984年2月22日下午，一只饥肠辘辘的大熊猫径直地往山下走，一条叫"巴斯河"的小河挡住了它的去路。它刚踏进小河，一下就滑倒在水中，水流很湍急，它拼命挣扎也无法站立起来，只得随波逐流……恰在这时，家住宝兴县永富乡永和村的女村民李兴玉和石家明砍柴回来经过此地，"扑通"一声跳进刺骨的河水救下了它。随后，李兴玉将这只获救的大熊猫带回家中救治，并报告了蜂桶寨自然保护区，当保护区的管理人员接走大熊猫的时候，李兴玉站在巴斯河桥上，听着"哗哗"作响的流水声说："就叫它'巴斯'吧，因为我们是在巴斯河里救的它。"大熊猫巴斯就这样走进我们的视线。

获救的巴斯出落得"亭亭玉立"，并且"身怀绝技"，在一次次不凡经历中为自己赢得了"美女巴斯"和"传奇巴斯"的称号：

1987 年 7 月，"巴斯"应邀到美国加利福尼亚圣地亚哥市表演半年，观众达到 250 万人次，在此期间，还被美国、加拿大、澳大利亚、德国、日本等国 700 多家报刊、电视台、广播电台誉为"超级杂技动物明星演员"；

　　1990 年，"巴斯"成为亚运会的吉祥物"盼盼"；

　　1991 年，"巴斯"应中央电视台邀请参加全国春节联欢晚会，作为"特邀嘉宾"，表演了系列拿手节目；

　　1992 年、1993 年，"巴斯"受林业部门派遣，赴广州、深圳、济南、北戴河等地展出，为国家实施大熊猫栖息地保护工程计划"工作"；

　　1998 年，它为异种克隆大熊猫献出了体细胞，直至早期胚胎的形成，这一创新成果被中科院、工程院评选为 1999 年中国十大科技进展。

　　巴斯最后定居于福州动物园，安享晚年。

　　2008 年，福州电视台导演郭唯为它拍摄了专题纪录片《巴斯狂想曲》。本片记录了福州熊猫夏天在高山避暑的一段故事。熊猫是高山耐寒动物，为缓解它们在夏季高温的福州所带来的身体不适，福州的动物工作者特地在市郊的千米高山上建了一座熊猫山庄，每年夏天都送熊猫在这里度过两个多月的避暑生活。本片通过一个暑期实习的大学生对正在避暑的熊猫巴斯的心事所进行的种种猜想，从人文视角探讨动物的生存以及人与动物的关系问题。

　　这部 20 分钟的短片以一个医科大学实习生的视角观察固然是有局限性的，但是其中所包含的意义又是深刻的。推近的镜头里，大熊猫巴斯前掌扶着铁笼的栏杆，眺望远方，郁郁寡欢，观影者立即被这样的镜像吸引。接下来导演的镜头在巴斯舒适的房间、饲养员尽心磨制的药粉和巴斯孤单呆坐的镜头之间切换。女大学生的声音讲述对巴斯呆坐的猜想，然而人类的结论是天热了，巴斯不适应气候。

　　而我，作为观影者却分明感受到来自巴斯心灵深处那份乡愁，这镜头里"无言独上西楼，月如钩。寂寞梧桐深院，锁清秋。别是一般滋味，在心头"的气氛扑面而来。这大概也是导演想要从人文角度传达的一种观点。

　　观众在影片中看到的巴斯避暑的经历不可谓不奢华。宽大的避暑山庄、专职的保健医生、饲养员和配方科学的食物。然而，导演不是想展示这些条件，如果这样，镜头就不会反复出现葱郁的山峦、修建坚固的避暑山庄，还有巴斯默坐墙角的郁郁寡欢，看到这里我们似乎明白外面的风景虽好，但不属于大熊猫巴斯。在钢筋水泥的阻隔下，巴斯永远也回不到那个她深深眷恋的自然，毕竟她原本应该属于青山绿水的雅安。其实，细细一想，生命中最悲伤的莫过于与理想的境界只有一步之遥，但就是无法跨越阻隔的那道屏障。像这只曾经世界瞩目、光环围绕的大熊猫巴斯一样，一个离开故乡的游子，走得再远，成就再大，内心却始终没有融入身处之地，那种乡愁之痛便会在独坐时分悄然降临。

透过巴斯游离的眼神，我更多地品味到幸福其实没有什么具体的标准，跟金钱多少、地位高低等东西无关，与心情有关，真实地做自己就是一种幸福，心情舒畅，活力迸发，快乐、充实、开心，每天都觉得天是蓝的，树是绿的，生活是美好的；幸福其实和生存的方式有着紧密的关系。

选择一种方式，你可以幸福地拥有，也可以悲伤地失去，完完全全看做主角的你如何去演绎罢了。人类尚不能在社会群体之中自在地选择自己的生存方式，因为他们要顾及许多作为群体动物的游戏规则，而巴斯这样的动物就更充满了无法按自己生存规则生活的无能为力，毕竟，它们面对的是这个星球处于霸主地位的人类。所以，巴斯的内心就充满了无奈和寂寞。影片就是要告诉观众：既然这样，人类关怀动物最好的办法就是让它们按自己的方式生活吧，人类一厢情愿的关怀方式也许带给动物的不是幸福，而是一种折磨。

同在一片蓝天下，人类和动物共存共乐，那么，各自以自己喜欢的方式生存，翻越阻隔动物的那道墙，也许是最迫切需要的。

四、我们都有一个家

在大熊猫物种被发现 140 周年之际，一部中国人自主拍摄的反映大熊猫生活现状、家园面貌的纪录片《家园》横空出世。这是一部由国内影像界有多年打拼经验的茅毛导演主导拍摄，并由专业的影像后期团队剪辑制作的动物主题电影，具有远超出一般个人影片的制作水准。

《家园》拍摄于大熊猫的故乡——雅安，影片选择了碧峰峡大熊猫基地，以饲养员和宝兴蜂桶寨管理区的护林员作为切入点，分别展现了几个不同场景中大熊猫的生活面貌。

电影从碧峰峡熊猫幼儿园的展示开篇。观影者看到：熊猫幼儿园里，未成年的熊猫们排成队伍一起享用竹子，饲养员为它们精心配置牛奶，影片不惜胶片地对饲养员胡兰一家的简单生活进行记录，隐喻着：在大熊猫的聚集地人类已经把最伟大的母爱献给这个神奇的动物种群，在这片平静的山谷背后，凝聚着众多饲养员以及关心熊猫的人们的辛勤付出。追踪饲养员孩子的镜头长达两分钟，在片中具有象征性，意指未来保护大熊猫，营造动物生存的自然环境的重任正在一代代传承，有了这样的传承，任何人都会相信熊猫的家园未来会更美好。

影片另一部分将镜头瞄准了常年在深山老林中行走的护林员们，他们寻找需要救助的熊猫，防止捕杀猎杀大熊猫行为的发生。护林员年轻的脸上，写着对外面世界的渴望，影片中护林员 MP3 播放器里的流行歌曲，恰如其分地与荒无人迹的密林融合，这让人想到其实现代文明和大熊猫这个古老的物种之间并不冲突对立，只要人类具有与动物和谐相处的勇气和决心，生命的乐园就不会消逝。

亘古至今，人类有一种渴望，那就是对家的渴望，家园，一个多么温馨的名词；家园，一个多么宁静的地方；家园，一个多么令人向往的天堂。不需要金碧辉煌，不需要锦衣玉食，即使是蓬荜草屋，即使是粗茶淡饭，只要一踏入家园，我们就会感到一种安全，一种放松，一种回归。人，不可以没有家园，心灵不可以在尘世孤独地漂泊。有家的人是幸福的，心灵有归宿的人更是无憾的。影片取名为《家园》有着多重含义，大熊猫之所以需要得到保护，正是因为它们的家园不断受到人类活动的威胁，而人类自身也应当切实关注地球家园的和谐，关注人、大熊猫以及所有需要保护的物种所共同拥有的世界。

五、宁静仅留余温

上里古镇向世人撩开面纱，展现她质朴的惊艳，关于古镇恬静的水墨画意文字的叙述、影像的呈现不计其数。然而，一部由中国传媒大学的学生王冰笛、邓云木共同制作的影片《别处上里》却让我们品味到不一样的上里。

这是部片长 60 分钟，制作成本仅仅 800 元的 DV 片。2007 年，法国第 20 届 FIPA 国际电视节在海滨城市比亚里兹开幕。《别处上里》成为入选"青年创意"单元的五部中国纪录片的其中一部。《别处上里》引起了欧洲观众的热切关注。

法国 FIPA 国际电视节是国际极具权威性的电视节。1987 年创办，是法国唯一的以节目评选为目的的全球性电视节。每年全世界最优秀的电视作品和最优秀的电视制作者都将汇聚在那里参加评选，该电视节还会将入围作品推荐给国际电视销售网络。

作为世界顶级的纪录片盛事，这届电视节共吸引了 100 多个国家的上万名纪录片专家、制片人、营销商和 DV 爱好者参加，其竞争激烈可想而知，《别处上里》却在众多的竞争对手中脱颖而出，不由让喜欢 DV 片的观众对"这部最有'诗情画意'"的 DV 短片产生一睹为快的冲动。

影片中的上里古镇位于青藏高原与成都平原交界处，是中国众多开始开发旅游景区的村镇之一。电影从一个外来的稚气未脱的摄影师带着对淳朴乡情的期许走进古镇开始，摄影师的镜头一直在追随古镇人恬静的生活节奏，木屋、小桥、流水，地上晾晒的金黄的玉米，小镇人掰玉米的独特方式，老太太一边打草鞋一边唱山歌的悠然神情，一切似乎都像岁月预料的一样在进行。然而，当镜头对准古镇里一个 16 岁的导游，制作者的视角果断切换到了自己思考的问题上。导游怀着对外来世界的向往期待着走出农村，摄影者却带着对古镇的诗情画意的向往而来，城市与乡村的心境形成了强烈的反差。当地人喜欢热闹，城里人却渴望宁静，一个想走出，一个想走进，"而有些地方，开始出发就开始远离"。来往的人群各怀所寻，却终究没有交汇的地点。

《别处上里》力求通过镜头去探索一个暗含冲突的上里古镇。随着镜头的深入，小导游请求农妇为游客唱山歌的一段尤其引人思索，农妇们因为得不到"一瓶矿泉水"的报酬而推辞不唱的情景，使观众瞬间意识到：古镇淳朴的民风正在被商业气息所吞噬，千年古镇在现代商业社会中早已不是心中勾勒的单纯素描。片中，韩家大院的传人告诉拍摄人的话引起观众的思考：以前《聊斋志异》《被告山杠爷》《今夜不回家》等多部国内影视作品都曾在上里拍摄，可自从古镇开发以来就没有剧组光临了。古镇的开发原本是要和现代文明接轨，然而，当古镇迎来如织的游客时，代表现代文明的东西却与古镇渐行渐远，愿望和初衷在宁静向喧嚣的过渡中背离，梦想的桃花源必须面对现实烦扰，幸好古镇的余温还未退去。

于是，影片拍摄的主题在如诗如画中显露出来：面对为带动经济而打破了淳朴氛围的社会现实。

该片提出了一个深刻主题：发展中国家在追求现代文明过程中如何保护传统文明。

介于乡村与城市之间的古镇是在千百年历史发展进程中逐渐形成的人类聚居地。在我国，古镇古村资源保存完好的地方大多属于经济不发达地区，在古镇旅游开发中商业化是不可避免的，没有商业化便没有旅游开发，实际上，适度的商业化并不会威胁到古镇旅游的核心。然而，目前的问题是：部分景区为了迎合游客的需要，对古镇进行大规模的重建，吸引了大量的外来经商者，店铺泛滥，建筑风格缺乏规划，破坏了古镇的原有风貌，改变了原有古镇的古朴风格，传统文化受到了外来文化的冲击，当地人生存价值观的改变，有可能导致民俗民风的崩塌等等。在影片结束后，这一系列问题和现象，仍旧是值得我们继续关注、不停思考且亟待改变的方向。随着乡村振兴的推进，开发乡村旅游，开发乡村古镇资源、民风民俗这些旅游资源，让偏远山区的农民共同富裕成为地方政府旅游开发的必选，但是，在开发与规划、文明传承、古建筑修缮和维修等方面，都需要以科学态度、文明传承意识为基础。这样才不至于因为眼前的经济利益，而破坏掉祖辈留下的文化遗产和自然遗产。

清晨，古镇依然在田园里矗立，缥缈的炊烟里，新的生活开始了。熙熙攘攘、来来往往的人群昭示着宁静尚有余温，既然我们还能感觉这片古老的地方的纯朴的余温，我们又怎能任由她渐渐冷却？这就是《别处上里》想要与你、我、他一起揣摩的一些东西吧。

六、让我陪你共舞

在人类文明高度发展的今天，有一种触目惊心的现象必须引起我们的警惕：地球上，每一个小时就有一种物种消失，这不是危言耸听而是正在发生的事实，是正在发生的危机。

由江西电视台都市频道送展的影片《稀世之鸟黄喉噪鹛》，正是一部以动物生存经历为主线，引导人敬畏自然、敬畏生命的纪录片。

动物纪录片《稀世之鸟黄喉噪鹛》，因 2006 年在地球三极采访的特殊经历，获得了范长江新闻奖。这部纪录片由素有"极地记者"之称的资深新闻记者、中国知名导演郑忠杰执导，中国鸟类学家何芬奇倾情出镜。这样一部影片摄制阵容强大，专业水准之高可以窥见。不过，影片真正主角并不是人，而是一种鸟类——在人类视野消失近 100 年后，却再次出现的婺源黄喉噪鹛，现称靛冠噪鹛。

自 1919 年法国传教士在中国东南那个秀美的小县婺源最初发现噪鹛鸟之后，已 80 余载没人在野外再见到过它。科学家们想知道这种鸟在野外是否还在，又或是生存环境的剧变使它已从发现地消失。七年苦寻，2000 年它终于被再度发现。

为什么靛冠噪鹛这种神奇之鸟，百年前消隐在时光中，百年之后又神秘地归来呢？影片让观影者在镜头面前产生了疑问：美丽的鸟如今怎样？

影片从清脆的鸟鸣声开始。一声啁鸣似天籁之音，如来自仙境。黄喉噪鹛雀跃在绿色的枝头，自然和谐的大地美景迎面扑来。这里就是古徽州之地，有着"中国最美丽的乡村"之称的江西婺源，影片毫不吝啬地用画面展示了婺源良好的生态环境，由此告诉我们婺源成为鸟类天堂的缘由。

春天踩着轻快的脚步降临婺源。田野被油菜花染得金黄，树木的芽叶把空气浸绿，鸟儿们展开了歌喉，鸳鸯戏水，卿卿我我；白腿小隼成双成对，美丽的乡村成了爱的天堂，飞翔的小鸟开始了爱情之旅，婺源的鲜花下、树枝头、青草丛都充满了浪漫的爱的气息。不要以为这些镜头与主题无关，试想想便会恍然大悟，导演精心渲染的优良自然环境，是在告诉我们良好地保持自然生态环境，是这堂我们保护动物、拯救濒临绝迹的野生动物的必修功课的导引环节，有了这几分钟的导引，观众观影的胃口被吊起，每一个人都迫切地想看看黄喉噪鹛的仙容。

镜头跟着四月迎接黄喉噪鹛的到来。可爱的鸟精灵身披绚丽的羽衣，不仅是我们，就连跟踪研究了它们十五年的科学家何芬奇也不知道它们来自哪里。

这些仅存150多只的丽鸟聚集在枝头，悠扬婉转地尽情歌唱，春日温暖的阳光里，黄喉噪鹛不负春光开始谈情说爱。

黄喉噪鹛示爱的方式显示了绅士的气质，它们窃窃私语相互把羽毛梳理得干干净净，当然，像人类一样，爱情中偶尔也有"第三者插足"，雄鸟为求爱争斗一番，平添了影片的情趣。经过"爱情保卫战"，有情鸟终成眷属，成家的黄喉噪鹛开始为爱筑巢。黄喉噪鹛在小河边垂落的枝头筑巢，在高大的树梢建窝，为了避开松鼠的侵袭，它们把鸟巢建在农家院附近的树上，聪明地寻求人类的保护；人类还能拒绝这种求助吗？

精致而能抗击风雨的鸟巢随着镜头展现在观众眼前，我们被这些羽翼精灵的智慧震撼了。人类总是认为自己是地球上的主宰，为自己拥有的智慧而骄傲。然而，影片展现了黄喉噪鹛精湛的筑巢技术，人类面对这些天才的建筑大师只有自愧不如。此刻不由感叹，强大在弱小面前，失去的岂止是骄傲，所以，我们在生命的进程中，永远不应该忽视那些看似不起眼的物种，没有任何理由可以让我们藐视弱者，弱者有弱者生存之道，强势和弱势只是时间的转换问题，得意忘形地显示自我的强大必将为自己的张狂付出代价，而有时这种代价还要以生命来偿还，悲剧由此而产生。中国的古老哲学提倡"天人合一"的精神境界，敬畏自然、尊重自然、顺应自然，生命之光永远不会熄灭。

我不愿意仅仅把这部影片看成一部观鸟影片，情愿从影片中吸取更多促进自己精神升华的东西。在物竞天择的自然环境中求生存，黄喉噪鹛学会了团结，当他们的天敌松鼠来袭，它们知道大声鸣叫为同类报警，并一起对付松鼠；它们能够在其他雌鸟饥饿的时候，主动喂养其他雌鸟的孩子，这种高尚无私折射出人类灵魂中偶尔的自私。这时，自责涌上心头，鸟儿尚且如此，人类，无论种族肤色，平等相处，互相关爱，这世界就没有了战争，没有了种族歧视，少了许许多多的不平不公。也许在物欲销蚀着灵魂、情感趋于麻木的当下，有人要笑话这过于理想化的文字，然而，对于美好和谐的理想无论历史多么跌宕，也不要停止追求的脚步。

父爱如山，母爱如河。不只有人类的爱是伟大的。鸟儿的爱也让我们热泪盈眶。为了抚育幼鸟，鸟夫妻轮流换班捕食幼虫。40多摄氏度的夏日里，成鸟站在鸟巢上方张开翅膀为儿女遮挡如火的骄阳；大雨中，成鸟用羽翼为雏鸟遮风挡雨。我想如此的爱一定与金钱无关，一定不会索要回报，在这爱的镜像前，你和我的灵魂接受了洗礼。我宁愿相信，黄喉噪鹛之所以与人类重逢，也许因为它们生命中那份坚强而有爱的性格，更或许因为它们相信，这个自然本来就该有自己的一席之地。团结、勇敢、友爱，黄喉噪鹛用它们的信仰创造了生命奇迹。这奇迹当然与人类息息相关，因为，在中国，在婺源，人类为它们营造了良好的生态。

影片结束时，我们仍不知道这大自然的精灵来自何方，去向何处，我们却都在为黄喉噪鹛虔诚祈祷：让我们与你同在，让我们陪你在生命之河里共舞！

家园的守望

——赵良冶旅游散文的中国式人文精神

　　行走在人生的旅途，无数次满怀深情地回望，回望我们出发的起点——家园。无论走到哪里，家园是魂牵梦萦的地方，是割舍不断的依恋，这也许就是赵良冶要把自己的散文集命名为《守望家园》的缘由。在这部以西蜀旅游文化资源为载体的散文集中，作家把自己魂牵梦萦的情愫、幽微之心的观照、细致笔墨的勾勒以及西蜀土地的人文习俗呈现给读者。让人读出了作家内心那份历史、文化、人生、情感和生命的惆怅。

　　借景抒情、寄情山水是我国古代散文写作的一种常见手法。古代不少散文大家以山水景物为题，写出了许多令人过目难忘的游记，这些游记中的山水景物成为让人向往的旅游胜地，也成就了早期的旅游散文。由此可见，旅游散文是中国散文创作中历史悠久的创作方式之一。作为一种散文写作方式，旅游散文拥有宽泛的写作题材。不过，当代旅游散文创作存在一个共属性问题：过分在意山水意象的华丽描写和陈述，似乎只有这样才能够达到"旅游"的目的。因此，旅游散文创作如何避免落入俗套，创出新意，确实需要作家费一番心思。

　　旅游散文作为与旅游经济紧密联系的文学手段，参与推动一方旅游经济是社会发展的需要，是文学与生活结合的必然。但是，旅游散文的创作如何不成为文字优美的导游手册，而立足于弘扬优秀的历史文化，提升人的精神境界，发挥其构建社会核心价值观的作用，是旅游文学创作值得关注和探讨的系列问题。随着旅游文学创作不断探索发展，关注生态环境、倡导人与自然和谐的中国式人文主义精神浸入旅游散文的创作，成为深受中国儒家思想影响的散文家们自觉的选择。

《守望家园》力求表达较为丰富的文化内涵和历史意味，作家在其散文中试图通过笔下的自然景物、历史遗迹、习俗风情，表达散文的哲理和诗意，人与自然的和谐；通过追求散文作品的文化内涵，不流于肤浅的写景抒情，而是弥漫着厚重的人文气息。这种旅游散文的创作风格该是旅游散文或游记散文所推崇的：人文精神取向已渐成为当代旅游散文创作的主流。

一、传承文化，守护精神

　　《守望家园》收录了赵良冶近年来创作的四十余篇散文新作，它是赵良冶对西蜀山水万物的留恋。通过阅读，读者品蒙山茶，吹清溪风，赏二郎山红叶，听白马寺泉涌；思接千载的高颐阙，留名百代的姜侯祠，古远的茶马道，悲壮的安顺场，雨城钟声，水墨上里，红豆老树，赶羊沟秋韵，大熊猫千古传奇。跟随作家文字细心触摸脉象，营造的节律均匀，从容和缓道来，才知道这些川西深藏的景物和人文，原本就站在天地之间。至此，到达阅读历程中那种尘埃吹散、历史徐现、心境愉悦的境界。阅读的认同感一旦产生，读者必经受不住文字诱惑，收拾行囊，怀揣梦想，去寻找文中的山水。如此，赵良冶的散文当归属旅游散文。

　　虽然只着眼西蜀一隅的山川风物、民俗民风、先人史话、考古遗迹、动物植物，《守望家园》在题材的点与面上，涉猎了中国传统游记散文中的大部分，而且有所拓展。作家以一个文化人的视角，梳理西蜀传承久远而又纷繁多姿的传统文化。"志在将西蜀特色独具的文化展现世人"，"重在对文化的阐释和考量，以一个文化人的视角，梳理传承久远而纷繁多彩的文化"，让读者"感受到传承千载的历史文化和山水情结"。

　　面对物欲膨胀带来的心绪的浮躁使人失去了文化发展航标的现状，赵良冶认识到：是"该静下心绪，将千年的沉淀好好打理"了。可见作家要运用旅游散文对西蜀文化的阐释与考量的创作心理。尽管其笔风里隐隐透露淡出于世的味道，然而，这却是一份追求宁静和心如止水的淡定。因为这份淡定，他才可能在创作中静下心来查阅《史记》《西南夷列传》《华阳国志》等史料，引经据典，考辨真伪，使其散文具有历史感。由此，我们从作品中感受到现代思维畅达于山水之间的人文情怀，读出对人的价值与尊严的思考，听到作家对人与自然和谐的崇尚与呼唤。

　　《守望家园》的人文取向突出反映了旅游散文的深层性。人文主义精神在不同作家笔下有不同视角、不同的个人经历，对社会、历史、文化独特的解读和思考，都带有作家个人思想魅力的特质。因而，作品会打上创作者个性的烙印，散文也就写出了新意。"作家独禀的气质，决定着作品从题旨到文字的基本风貌和总体成色品相。"《守望家园》无疑也因为赵良冶在人文主义观点上的思考，凸显出作品的个性魅力。

无论是汉代高官樊敏（《残缺的樊敏阙》），还是掌管一方粮财的王晖（《王晖石棺遐想》），最终都归于浮尘，倒是成就一个为稻粱谋的石匠刘胜在石雕艺术上的千古辉煌。《财神邓通》中"钱"的作用远远超出了一篇散文游记的意义。远离千年的邓通的命运兴于钱而衰于钱，富贵来得快去得也快，这样的结局，对于那些追逐纸醉金迷的人来说无疑有现实的警示作用。富贵等身，忘乎所以的时候，谁能预料自己在生命的终场时是悲剧还是喜剧？作家对于命运弄人的思考，引起阅读共鸣，必然让更多的人去重新审视生命的姿态。

旅游散文对传统文化的考量不仅在于反思，更重要的是应该思考旅游散文作品如何传承优秀传统文化，这是当代文化人职责所在，是文学的历史责任和时代使命。《守望家园》既是作家对他生长的西蜀山水的守望，更是对当代人精神家园的守望。赵良冶力行对西蜀灿烂文化悉心呵护，同时也丰富了自我的精神世界。"及至自身，每次造访，便是一次文化意识、文化品位、文化人格的升华。陶陶然间，不忘翘首企盼，更多人寻阙访古，接受文化的洗礼！仰面叩问，高颐阙无言。"

人生在守护文化中行进，灵魂在呼唤传统文化里回归。因为不能任由精神家园坍塌荒芜，所以才不断地追溯民族文化的源头。对于每一个作家而言，一路追寻，艰难跋涉，方显出生命的执着！且歌且行于西蜀这片土地，赵良冶希望这方土地的现代文明与西蜀古老文明对接，传统文化能够让崛起的现代文明更具魅力。

赵良冶用《守望家园》努力追忆脚下土地曾经拥有的旷世欢乐和美丽。读《又见廊桥》《雨城的钟声》《消失的磨坊》《童年二题》《皮影故事》《跷迹原生态》等一系列民俗民风题材散文，犹如缓缓地抚摸真真切切的童年：卖糖人的老汉，放西洋镜的艺人，痴迷聆听着响遏行云的藏歌，穿越时空的教堂钟声……淡淡的怀旧中，川藏边缘地域的写意画展现。赵良冶用他的散文，让我们同他一道回望到因生活的忙碌而泛黄的西蜀旧事，温情随文字漫过心海。这些追忆的散文，是作家生命不可缺失的记忆，也是一方故土在时间长河里的文化沉积。

当然，只是怀旧是不够的，最终要在历史中审视现实，寻找历史文化与现实的契合，对如何在发展中保护人文精神必须做出思考和回答。于是，我们读到"浸礼会拆除了，一个标志性建筑消失了，大钟也不知去向。站立在浸礼会旧址，感慨万千。我们失去的是一个时代的文化，消失的是伴随雨城人半个世纪风风雨雨、引人遐思的古城钟声"。"浪漫的雨城，若与潜在相伴的本土文化剥离，将会成为一个什么样的城市"。"城市要发展是历史的必然，发展与保护，一个两难命题，破题得当，这个城市就会充满生机活力"。"是否应该更多地关注祖先留下的财富，张扬地域文化的个性和特征，在感叹雨城历史文化厚重的同时，保护利用好这些仅存的文物古迹，才会有更广阔的发展天地"。

中国的城镇化进程正在加速。我们不得而知，这场加速的城镇化建设中，有多少中国传统文化的经典符号被低劣的建筑技巧抹去。历经沧桑而幸存的文化遗产是城市珍贵的文化名片，更是一个地方文化的灵魂所在。城市化发展并不与历史冲突，也不是对历史的排斥，它属于人类历史发展进程，因此，它应该在历史土壤中成长起来。"文化的积淀，绝非朝夕之功。"沉淀千年的文化财富，经历岁月的生活价值观，是一个地域的文化符号，应该是城市化发展中最值得传承的东西。抹掉这些文化符号等同于拆除掉它们灵魂殿堂的基石，一个没有灵魂的城市或地域，何谈魅力！物质与精神的背离，意味着一个城市文化和生活方式的失落，生活在其中的人们，丧失了文化家底，人们将会失去从容自信。

面对文化的失落，作为文化人，除了痛心疾首，更应该主动用手中的笔参与到城市化进程中。守住文化，固守精神，这是社会经济发展的基石。这种中国式的人文思想，可以追溯到古老的《周易》，"观乎天文以察时变；观乎人文，以化成天下。"中国文化的精神实质讲究以人自身为中心展开，中国文化历来就不乏人文主义文化，因而，弘扬中国式人文思想在旅游散文写作中值得提倡。

二、崇尚自然，敬畏生命

"智者乐水，仁者乐山。"中国传统文化历来强调人的自然属性，关注人与自然复杂而微妙的关系，崇尚人与自然和谐是中国文化的精髓。作为一个文化工作者，赵良冶深受"天人合一""物我同一"的中国传统文化浸染。因此，《守望家园》力求展现人与自然的和谐，他以此写出了别人未曾发掘的新意。

全球性生态环境恶化的背景下，儒家"类、群、离"的朴素生态系统论显示出巨大的文化价值，对如何解决环境问题，构建和谐的人与自然关系显示出巨大的影响力。中华民族面对自然界的意识原型中充满了善待生命的仁爱，陶情山水的和谐，由此构筑的"天人合一"的哲学思想，是东方哲学和西方哲学最根本的区别。

《守望家园》不吝笔墨于西蜀山水，表达出了源远流长的"万物各得其和以生"的中国生态观。山水清远，古木苍劲，岩石嶙峋，这方土地生长着无数鲜为人知的珍稀动植物：牛羚、马鹿徜徉水边，金丝猴尖叫着在树上蹿跳，洁白的鸽子花随风起舞展翅欲飞，野生桂花十里闻香……作家笔下，好一幅自然生态的西蜀河山图！尤为引人关注的是，作家追踪大熊猫多年，创作出以大熊猫为题材的多篇散文。这些散文成为《守望家园》的一抹亮色，可谓拓宽了近年散文题材的创新之举。

赵良冶的大熊猫散文系列《大熊猫畅想》《熊猫家园碧峰峡》《遇险熊猫园》《崔学振和他的"熊猫档案"》可读性强，充满了传奇色彩。从这些熊猫题材的散文中，更多人知晓了关于世界自然遗产大熊猫的历史脉络，大熊猫在核心栖息区真实的生存状态，人们与大熊猫和谐相处，为抢救大熊猫付出的努力和艰辛。作家"心中立下宏愿，要用手中的笔，讲述大熊猫悠远的历史，感天动地的传奇"，"描写人与大熊猫和谐相处，引导人类关爱自然，关爱一切动植物"。这不仅张扬了西蜀特有的大熊猫文化，更为世人提供了珍贵的史料，发掘了散文创作题材新意，让中国式生态思想在作家笔下散发出盈盈光辉。

在我们崇尚人与自然和谐的国度里，理应创作出这样生态气息浓郁的散文。中国儒家学说的"自然"不仅是茫茫无垠的自然界本身，还蕴含了自然之中的某种人文因素，支配自然界和谐的规律。人类可以通过对自然规律的认知，来谋划一种和谐自由的精神境界；自然因主体精神而激活，主体精神因为自然而丰富深邃。敬畏生命不是狭义的人的生命定义，而是包括了这个蓝色星球上一切的动植物，人与自然和谐是对生命最崇高的敬礼。注重生态平衡，标志着人类文明进入一个崭新的阶段。"人与动物，原本应是和睦相处，即使是大熊猫这般温顺可爱又胆小的家伙，也需要爱心和呵护"。宁静纯达中达到物我同一的境界；善待生命，关注生态，便是关注人类自己，每一个人都有责任理性思考这个问题，赵良冶以自己的方式对这一命题做出了诠释。

纵观现有的散文作品，动植物题材的太少，更缺少大家，精品力作不多。大熊猫作为一个新兴的文化，"从戴维发现大熊猫算起，不过130多年，从文化的高度去研究它、表现它，不过20年光景"，赵良冶疾呼"文化是发展的，面向当今世界，宏大独具特色的大熊猫文化，舍我辈其谁"！体现了文化人的胆识和见解。

<h3 style="text-align:center">三、诗意化写作散文语言</h3>

写诗非常讲究"意"，写散文也不例外。赵良冶的《守望家园》追求散文的哲理，散文的诗意，深入地域文化的厚重，展现西蜀风韵，追求思想与艺术的和美。

《守望家园》行笔从容隽永，笔调轻慢，不刻意之间，实感、挚情、顿悟跃然笔间。赵良冶在《品味蒙顶》中写茶祖吴理真时写道："佛家说他是和尚，为之披上袈裟；道家说他是道士，头上挽起发髻；儒家说他是书生，一把扇儿取代了锄头。佛家追求茶禅一体，道家讲究清心寡欲，儒家崇尚宁静致远……不同文化对茶的感悟和诠释，共创了多元的茶文化"这样的文字颇有点鲁迅先生言说《红楼梦》的味道，行云流水中表达了散文的思想内涵。

《守望家园》中的散文篇幅往往不长，开篇入题，语言洗练，清脆有力，安谧娴静的意境，勾画出一幅幅散文的画卷。《守望清溪》追寻历史的足迹，把一个古镇从辉煌到沉寂的脉络梳理。司马相如、司马迁奉命开拓南方丝绸之路的史话，兵家必争之地与书院林立的对比，印缅佛教与中原文化的交汇，藏汉民族的交融与商贾如织的繁华，直至古镇的衰落都一一道来。作家眼里清溪古镇如今"闲适是好事！清溪洒脱，忙乱了上千年，也该休闲休闲。将那纷繁琐碎的差事，一股脑儿打发出去，才落得悠然自得打发岁月，才守望住这古城墙、文庙、街巷庭院"。至真情感流露，留待人咀嚼回味。

因为对西蜀土地不了的情缘，对地域风情的眷顾，赵良冶把千载茶香、田园风光、廊桥明月、神秘藏歌、茶马古道、可爱熊猫、时代风流人物化作了一个个意象，浓缩凝练的"诗情"，使散文要表达的感情物化具象，加深了阅读过程审美的愉悦，留白间增加了散文的张力。这种诗意，是作者经过岁月磨洗的最深切最真挚的感情。它不是虚浮的抒怀、华丽的写景，而是饱含人生的体验，蕴含对文化、历史、自然的认知态度。陶情山林，关心庙堂；观山乐水，怀有天下；描写动植物，不忘关注社会现实。终究，是对人的关怀，对人格、人性、人情永恒的关注。《守望家园》因这份人文情怀，让我们品味出温情和自信。

毋庸讳言，《守望家园》这部旅游散文集还存在着这样或那样的不足，如背二哥的歌声与茶马古道地方风情点到为止，未尽资源之用；有的篇章放得开，但收缩有度尚需努力。仁者见仁，智者见智。也许，不同的阅读口味会产生不同的阅读感受。但是，作家执着传承优秀文化的真情，热爱自然、关爱动植物的思考足以感动我们。书中西蜀的辉煌文化，多彩的民族民俗，精妙的山水，古老神秘的大熊猫，让《守望家园》不失为一部西蜀文化的历史，一部史料的美文。

《守望家园》的创作表明旅游散文不仅是对山水景物、风土人情的展现，更重要的是遵循文学的创作规律，努力挖掘其中所蕴含的人文精神，让人们从阅读中感受到文学的独特魅力。旅游散文人文主义的关照对地方旅游文化发展推动作用，在于它不仅要求文字语言的艺术化，更在于作家对历史厚重和生命严肃进行深层发掘，从而引导人们通过阅读重新去审视生命的状态。

赵良冶的西蜀文化之旅证明旅游和文学不是经济与文化的对立，应该是经济与文化的交融。旅游经济的发展扩大了文学创作题材范围，赋予了文学创作新的时代使命，进而推动旅游经济的发展。这种相互包容互为促进的关系正在成为当代经济领域和文化领域的共识，成为构建社会核心价值的重要组成部分，文学创作者理应担当起这个时代的使命。

参考文献：

（1）赵良冶《守望家园·后记》，四川民族出版社，2010 年版。

（2）赵良冶《守望家园·品味蒙顶》，四川民族出版社，2010 年版。

（3）陈忠实《吟诵关中》，重庆出版社，2008 年版。

（4）赵良冶《守望家园·无言的高颐阙》，四川民族出版社，2010 年版。

（5）赵良冶《守望家园·雨城的钟声》，四川民族出版社，2010 年版。

（6）《易经·贲卦·传》。

（7）《论语·雍也》。

（8）《荀子·天论》。

（9）赵良冶《守望家园·大熊猫畅想》，四川民族出版社，2010 年版。

（10）赵良冶《守望家园·遇险熊猫园》，四川民族出版社，2010 年版。

（11）赵良冶《守望家园·守望清溪》，四川民族出版社，2010 年版。

你听，那一座小城的声音

——略品廖念钥小说的特色

　　每一种生命都有自己的声音，只是各自表现的手段不同而已。作家的文字其实也是在表现着不同的声音，这种声音或许是时代的强音，或许是生活的角落的私语，或许是作家灵魂的呐喊。而有一些作家的作品却可以让我们听到一个城市的声音，沈从文的小说让我们听到湘西南凤凰古城的淳朴，在老舍的作品中我们可以听到老北京的京腔京味，读李劼人的作品我们可以听到老成都的原汁原味……因此，他们的作品至今仍旧是中国文坛的一座座丰碑。

　　如果你想通过文字听到一个中国毫不起眼的城市真正的声音，雅安本土作家廖念钥的小说就是不得不读的文字。在廖念钥的小说中，可以听到这个中国西南腹地小城的各种声音，从这些声音里，我们可以体味到人生百态和酸甜苦辣，感受到社会底层小民的生存艰辛，听见社会底层发出的呻吟和呼喊，从而引起我们对社会弱势群体的关注，唤醒我们在这个物欲横流、崇尚自我的红尘烟云里渐已冰凉的情感。由此，我们自然会为作家坚守平民视角的写作追求而感动，我们会深刻感受到其作品的人道主义色彩，对作家悲天悯人的情怀产生敬意。

一、为人性的弱而动容

　　廖念钥的系列小说《雨城》《爱与恨的漩涡》以及即将出版的《小城故事》以纪实的手法，以共和国的发展为脉络，展现了一个小城市里那些生活在社会底层的百姓最真实的生活原状。小说里的主人公六一（陆懿），十岁成了孤儿，从此开始飘浮不定的苦难生活。在六一坎坷的命运中，我们接触到一群城市最底层的为生存而挣扎的人，那是一群因为无法自己主宰命运被抛进社会底层的弱势群体，为了生存，他们卖力气、偷窃、欺骗、相互算计、耍小聪明，他们经不起色的诱惑、金钱的诱惑、权利的诱惑。他们善良，但不乏平庸和市侩；真诚，有时又耍点小聪明。六一就是在这种世俗环境中成长起来的，他的身上随处可以见到一个环境造就的有血有肉的当代中国草根的形象。同时，当代中国社会底层民众曾经的生活状态也如画卷般展现在读者的面前。

经历了共和国经济最困难的时期，也经历了共和国经济繁荣的日子，六一所经历的社会变革正是共和国从站立起来，蹒跚学步，直到大步走向强盛的一个艰难的历程。在这个艰难的历程里，每一个人都为此付出了血泪的代价，尤其是身处社会底层的平民，对于他们来讲，命运只是飘浮的浮萍，随波逐流，生存下去就是道理，正如余华所说："人是为活着本身而活着，而不是为了活着之外的任何事物而活着。"六一实际就是历史上社会底层苦苦挣扎的要活下去的人们的一个典型的符号，经历过或了解那个物质和精神贫乏的时代的人，对廖念钥的小说中"六一"们的人性之弱感同身受，为之而叹息；没有亲身体验的年轻人，在作家的文字中可以感受到那个物质匮乏的艰难岁月，"六一"们是如何"熬"过来的；于是，他们心灵为之而颤抖：这个城市里原来还有这样的生活。有了这种想法，作家的初衷也就达到了。那就是作家本人常说的一句话："为平民而写作，记录雨城过去的事情。"那么，若是要了解中国这个小城市 70 年以来的平民生活，我们可以从廖念钥的作品中找到许多，那些随着时光而去的东西，可以走进一幅为了活着而奔波、煎熬、哭泣、死亡、出卖肉体和灵魂的那些社会底层的众生图。

廖念钥的小说之所以能够让读者为"六一"们的人性之弱而动容，赋予感叹、同情和怜悯。从作家的系列小说里，那些栩栩如生、充满个性的人物身上，可以看到我们的生命历程里的迹象。在我们的周遭，可以找到相识、相闻或相似的对照。那些小人物的某一个瞬间的片段，甚至刺痛我们业已麻木的神经，感受到生存的艰辛，小人物命运的无奈与无力；同时，我们更从这些最不起眼的底层人物看到了中华民族坚韧不屈的性格、努力向上的精神，从而引发人们对于生命的思考。这也是一部文学作品来源于生活的魅力所在。

二、在残酷的悲情中震撼

在廖念钥的系列作品中，最为震撼人心的是作家常常用残酷的笔调作为叙述方式。这应该首先同作家生活经历有着密切的关系。作家出生成长的时代和主人公六一生活的时代处于同一时期，而且"廖君出生城市平民，掏过沙石，拉过架子车，做过泥水匠，一面在社会底层摸爬滚打"，所以能够："以其对社会底层人生世像众生的真实描绘，对人物心态探幽缩微而震撼人心"，因而，身临其中地写作自己熟悉的生活，使得廖念钥的作品在不自觉中流露出生活的重压，他聆听到一个城市最真实的呻吟，在写作时把这种呻吟的原态固执地呈现出来，这些来自社会底层的呻吟声会让读者动容的同时感受到生活的沉重和残酷。在廖念钥的作品中，读者可以随时感受到饥饿、寒冷、失业、死亡，遭遇到陷阱、算计、迫害、歧视和欺凌，在如此恶劣的生存环境下，那些活着的人要忍受难以想象的来自肌肤和精神的痛楚，不敢对生活稍有懈怠，那是怎样的人生？

这种残酷的美学笔调始终贯穿于作家的作品中，"六一"们的异乎寻常的命运，跌宕坎坷的经历表现出人生可怕的一面。叔本华在论述悲剧时指出"演出人类难以形容的痛苦、悲伤，演出邪恶的胜利，嘲笑人的偶然性的统治，演出正直、无辜的人们不可挽回的失陷"。六一及其周围的人的生存形态的残酷正是叔本华悲剧理论的极好的范本。

在廖念钥的系列小说中，总是有个现象出现。作家以大量优美的笔调描述着雨城这个西南小城的美丽迷人的景色，接着就开始讲述"六一"们生活在这个城市所遭遇的苦难，在《雨城》，开始读者可以找到这样的写作方式，美丽的景色下六一、常老二、郭疯子、余桶子等都处于不断寻找工作，不断担心饥饿以及狭窄昏暗的住房等等；在读者眼中，六一、武和尚、田教士、田大妈、白玉兰，一个个演绎出自己被歧视、欺凌、冤枉的人生悲剧。即便是后来贵为权贵的洪玉环，实际也是经受被侮辱和戏弄的过程和被爱情拒绝的失意。作家运用大量的笔墨描写夹金山如诗的雪景，却又在这种诗情画意的景色中暗藏杀机，六一与穷困得付不出饭钱的常老二重逢，差点葬身雪山，与孤苦的麻风老人相遇；即使是六一作为教师、作为工厂职工，暂时有了稳定的工作，也是在讨薪、跑调动中动荡地活着。《小城故事》中，六一在经济变革的进程中艰难生存，作家也借六一的眼睛在企业改制中不断目睹下岗工人的生存艰辛，失业后夫妻的反目、离异。作家就是这样无情地撕开了一个城市浪漫和美丽的面纱，将这个城市的最真切的生活侧面展示在读者面前。在阅读的过程中，读者随着小说人物一起在一段段如斯的岁月里，压抑、痛苦、哭泣、愤怒、哀号之后，捡起生活的一份沉重，撕裂记忆中的伤疤，从而笑对自己所遭遇的不公和失意，坚定了活着的信念和勇气，也引发我们对于每一个生命个体的尊重的冲动，因为，和"六一"们的时代相比，我们已经幸运了许多。

在文学艺术的审美经验里，人们常常有这样的体验：强烈的对比使人的灵魂产生震撼。雨果在著名的"美丑对照"原则里提出："万物中的一切并非都是合乎人情的美""丑就在美的旁边，畸形靠着优美，粗俗藏在崇高的后面，恶和善并存，黑暗和光明相共。"如此，在阅读廖念钥的作品时，作家的这种将生活的阴暗如故刻画的用意就显现出来，读者不得不为那些生活在社会底层的人们的坚韧生存精神而叹服，不得不为那些自己生活尚无保障的贫困人们向孤儿妇孺伸出帮助之手的善良而感动。在叹服和感动中，更加引发读者被六一们所散发的人性光辉照耀着，对那些貌似弱小，没有任何力量抗拒社会权势，带着一些市侩气息和缺点的生命产生敬畏之感。于是，我们可以直视自己在物欲横流的世间的灵魂，找到我们被金钱所冻僵的人性！

三、强烈的地域特色和对四川现代文学的继承

廖念钥作为雅安本土作家，其作品的人物命运均在川西南的一个小城展开。延伸在许多川西南边远的城镇和乡村，景物和民风民俗带有强烈的四川盆地到青藏高原过渡地带的韵味，语言和人物对白具有四川方言中那种幽默、形象、粗直的典型性，传承了四川文学的语言特色和地域特色。

对于四川当代作家的善于辞令，喜欢逗乐说笑以及幽默的语言风格我们已经领教过不少，但是，在时下中文中夹杂洋文以显示文化的时髦，作家作品讲求市场效应，出名比作品的质量更加重要的潮流中，一个作家要坚守四川文学的语言特色，恐怕是需要勇气和信心的。

幽默的目的是让人笑的，而笑的原因是我们对某种荒谬的洞悉，如果幽默的效果是让人含泪而笑那就是"黑色的幽默"。这种幽默在廖念钥的系列小说中比比皆是。音乐学院的高才生常老二在沙石组扭动身躯表演《拉兹之歌》挣工分牌子；郭疯子敲沙石把流铁矿当金子，最后痴迷于发明点金术；六一下岗后经商遇到的种种骗局和一些自以为聪明的手腕都会引起读者发出会心的笑。然而，笑过以后，却有一缕凄然漫上心头，在这些片段的写实中我们感受到个人命运与国家进程的密不可分，那些社会底层百姓虽然只注重油盐柴米的现实，但是，他们个人的生活轨迹却无法挣脱巨大的政治旋涡以至最终被其吞噬。

20 世纪 20 年代到 30 年代间，四川作家开始在文学作品中挥洒四川方言的滋味。廖念钥的系列小说首先运用了大量的川西方言，以其形象性吸引读者；其次，在作家的作品中人物的名字绝大多数运用了绰号，这些绰号或表现人物的形象，如胖子、尖嘴子；或能说明人物的职业，如赵石匠；或体现人物的性格，如郭疯子、牛葫芦、尖脑壳等。再次，四川文学中表现的传神的粗直野味，没有曲折委婉、大呼小叫的说话语气，邪恶的比喻和陈述常常从廖念钥的小说人物的口中脱口而出，使我们不禁产生阅读的联想，似乎从作家的作品中触摸到 20 世纪中国文学四川优秀作家的跃动的脉搏。

美好的东西是人所喜爱的，而残酷的东西是人所不忍看到的，甚至是拒绝接受的。含泪的幽默，暴露的是人性之弱，生存环境的艰难，作家的笔下流露的悲情和愤懑，确实在我们面对现实时，产生了一种茫然和困惑。然而，任何讲求实事求是、敢于面对现实的人都应该承认，在共和国成长壮大的岁月中，曾经有一代人，一代"六一"，他们是民间所说的"粮食关里吃过糠，上山下乡下过乡，企业改制下了岗"的社会群体，他们和共和国一起承受着苦难，曾经为理想献出青春，在经济改革的浪潮下，他们也沉浮在物质的喧嚣里。"六一"们，是苦难的一代，漂泊的一代。阅读着这样的作品，面对现实，关注民生，构建和谐社会，成了所有人的责任。由此一种美好的愿望在升腾：但愿"六一"们的时代永远成为历史，现实的美好冲淡那些岁月的记忆，人们更该珍惜眼前的岁月静好。

廖念钥的作品可以让我们听到城市的喧哗之中的另一种声音，无论是历史的还是现实的，都能使读者感同身受，这其中可以看出作家所耗费的心血和做出的努力。但是，美中不足的是，由于个人经历的局限，作家在有些地方还不能冷静地左右自己的情绪，纪实的风格和几成独立的章节，给人片段连接的叙述感觉，使得作品带有跳跃性，过渡性受到限制，违背了部分读者的阅读习惯。但是，我们可以从其第三部作品《小城故事》中看到作家驾驭文字更加娴熟以及鲜活灵动的语言特色，从中体验到更加强烈的阅读快感！

参考文献：

（1）余华《活着》，上海文艺出版社，2004 年版。

（2）叔本华《作为意志和表象的世界》，石冲白译，商务印书馆，1982 年版。

（3）马新国主编《西方文论史》，高等教育出版社，1994 年版。

乡关此处是上里

（代序）

　　走得远，是为了一种追寻；梦里醒来，心中却难免升起眼触外境忆吾境，日久他乡思吾乡的怅然。在中国人的心中，故乡是挥不去的云。走得再远，水是故乡甜，酒是吾乡浓。这种思乡情结存在于中华民族的血液之中，化为文化基因，让一代代游子们回望故土，绘出这一幕幕"少小离家老大归"的归乡图。

　　当代中国，交通极度便捷，经济发展日新月异，许多人从脚下的土地出发，走向远方，求学、经商、打工或者远嫁，可以说，当今时代，一直持续着历史上规模最大的人口迁徙潮。大规模的人口迁徙过程，思乡情绪广泛藏于外出人们的心中，成为一种普遍的社会心理需求。于此，中国广袤的乡村，那些鲜被工业文明侵袭的古镇，便成为人们回望故土的参照。在这些散落偏远的古镇中，人们思归的情绪得以缓解，奔忙的心暂时松弛下来。雨城上里，这个隐匿在川西山区的古镇，正被时代之风吹拂开其绿色的盖头，日渐为世人所知所晓，它水墨丹青的容貌，让天南地北的游客纷至沓来，节假之日，甚至呈现人山人海、摩肩接踵之态，这里已成为人们一处慰藉心灵之境。

　　面对雨城上里古镇的声名远扬，参与编著这本书的各位有识之士认识到：上里古镇能留存至今有其深刻的理由，那理由就是上里古镇厚重的历史。正因为是历史，所以值得更多人去竭力保护；也正因为是历史，需要更多人传承下去。保护古镇，传承历史，发展文化，正是编著者编写《上里古镇》的初心。

　　上里古镇古名罗绳，处古时南方丝绸之路临邛古道进入雅安的重要驿站，是唐蕃古道上重要的边茶关隘和茶马司所在地，是近代红军长征过境之地。众多的历史文化遗迹，是先辈留给雨城的宝贵遗产，是上天赐予雨城人及天下人的无价财富。

在"二水夹明镜"的古镇内，石板铺街，木屋为舍，明清建筑高低错落，古风宛然；古朴的建筑雕梁画栋、飞阁流丹，镂空细刻、曲尽其妙；还有那斑驳的古桥，参天的古树，古老的牌坊，古老的寺庙，古老的碑塔以及清末的宅院，唐代的喷泉，古朴的街道，淳朴的民风和那写满故事的"五家"……无不尽向世人展示她千百年来的历史风韵。古镇厚重的历史沉淀，充溢着从远古而来的秦风汉月，洋溢着川藏茶马古道的汉藏亲情，耕读相传的民风民俗，红色革命的风起云涌。这一切，所蕴含的文化意义，远远超越了观山赏水的普通意义，而是透过地域历史而翻阅出中华史诗的荡气回肠。

上里古镇周边森林覆盖，夏季平均气温 26 摄氏度，空气中负氧离子含量高达每立方厘米 12000 多个，是难觅的避暑胜地，天然大氧吧。上里居民的饮用水是纯净的高山上的山泉水，pH 值 7.2，是最优质的天然矿泉水。上里古镇得天独厚的自然生态环境和厚重的历史文化，是人们旅游度假、康养休闲的好去处。目前，上里古镇已是国家 AAAA 级风景区，已成为成都市旅游环线上的热点市镇和生态康养休闲基地。

上里古镇是中国生态环境名镇、四川历史文化名镇、四川十大古镇之一。这个诗一般的神秘古镇，既能让人领略其瓦屋、修竹、溪水、古桥，相映成趣；河水清澈，树影婆娑，做一番"人在画中游"的思乡之游，又能面对古香古色的明清古建筑，红军碑林，山间古道，引发"千古兴亡多少事"的怀古幽思。享受到视觉和心灵的高度融合后的美感和愉悦。那么，《上里古镇》就为你拉开了古镇视觉和心灵之行必不可少的序曲。《上里古镇》所呈现的史海沉钩，让人拾起的不仅是情绪的贝壳，更有背负沉甸甸的文化之重的使命感，升腾起强烈的文化自豪感和自信心。

从专业的角度看，本书编委会们并不很专业，但看得出，他们是一群不忘初心的人，他们在自觉地担负起保护和传承上里古镇文化的责任。他们利用业余时间将上里古镇的历史文化、古迹景点、风土人情、民间传说、人文典故、旅游资源等等做了全方位的发掘和收集整理，编写出《上里古镇》一书。以自觉的姿态，保护和传承祖先留下的文化遗产，展示出一种文化自信。他们用一本书为游子留住乡愁，为上里古镇的传承奉献真心。这件值得称道的善举表明：在一个万物俱备、什么都不缺的时代，个人占有物质很难再刺激肉体的感官，让人获得长久的满足的时候，对文化的追求已成为升华灵魂的必然选项。搏击在新时代潮流中，比起金钱和物质，大家更趋于看重精神层面的充实感。从实物中获得的满足感只能持续很短的时间，但是一个人在寻求文化渊源的过程中，所经历的宝贵的求索精神以及从中获得的知识，将永久地入驻生命。

据了解，《上里古镇》是目前介绍雅安雨城上里古镇最为全面的一本书，为宣传上里、了解上里提供了宝贵的资料。在此，谨向本书的作者、编者及所有对上里古镇的建设和发展给予支持和贡献力量的朋友们表示诚挚的敬意！

叩问山水总关情

——评赵良冶新作《国宝传奇——大熊猫百年风云揭秘》

在地球这个充满生命的星球上，人类从来就不是独立存在的。人类起源于大自然，依赖于大自然，人类文明的历史是一部人类与自然的关系史。亨利·纳什·史密斯在论及美国历史时曾说过一段令人深思的话："能对美利坚帝国的特征下定义的不是过去的一系列影响，不是某个文化传统，也不是它在世界上所处的地位，而是人与自然的关系……"可见人与自然关系的重要性。

随着人类工业文明的高度发展，对自然生态的破坏也日益加剧，不断发生的生态灾难使人类认识到：我们生存的地球是属于生活在这个星球上的所有生物的星球，人类不能独占，而只能与其他生物共享。同时，人类与地球上的所有生物共同组成地球上的生态系统，这个系统是一个多元生存相辅相成的系统，既不是唯其他生物需要人而人不需要其他生物，也不是唯人需要其他生物而其他生物不需要人。任何一种生物的存在都是自然系统平衡的砝码，失去任何一个砝码就会对整个系统产生影响。因此，人类作为一个存在的种类仅是这个蔚蓝星球上自然生态的一个组成部分，其他物种也是人类生存不可缺少的生态要素。因此，"人"与"自然""生态"等字眼，才一再被提及。

人与自然生态的关系，日益成为一个全球性的问题，引起了广泛关注。因为人与自然生态的矛盾问题，已经成为当今人类不容回避和亟须解决的问题。所有生物如何共存值得我们探讨和思考，有学者断言："哪里没有生态的远见，哪里的人民就将走向毁灭。"

文学，是社会生活的反映。当然要反映人类赖以生存的自然系统，关注于自然生态。由此，描写生态的文学作品便成为人类关注自身发展的一个重要主题。

所以，我们看到在先进、发达的国家生态文学已经渐渐成为主要的文学形式的同时，也惊喜地发现中国的不少作家积极地投入了生态文学的创作，且创作出一批优秀的生态文学作品。

2007年，由四川作家赵良冶创作的《国宝传奇——大熊猫百年风云揭秘》引起圈内广泛关注，就是因为这既是一部以关注国宝大熊猫为题材的纪实报告文学作品，也是第一部出自大熊猫保护地区本土作家的生态报告文学之好作品，对于这样的关注自然与动物的作品，笔者很想对其进行文学和人学的分析。

赵良冶先生的《国宝传奇——大熊猫百年风云揭秘》在笔者看来在三个层面上是有其独到之处的。

一、质朴而原生态表述

川西雅安的宝兴，处在四川盆地向青藏高原过渡地带，属于中国五大山系的邛崃山系，此地的高山峡谷是地球上最古老的物种——大熊猫最大的一片栖息地。在这里，大熊猫作为一个新的物种被第一次发现，存在着最大的熊猫种群，约占我国野生大熊猫总数的三分之一，吸引了世界的目光，"引得全人类如痴如醉"，对于他们的栖息地宝兴产生无数的遐想。

毫不夸张地讲，宝兴的大熊猫作为中国与世界的交流载体，为新中国的对外交流作出了巨大的贡献，历数熊猫百年的出国经历，实在是中国一部以动物为线索的外交风云录。然而，多年来，这个神奇的土地却养在深闺，鲜为世人所知。作为本土作家，赵良冶生于斯而长于斯，灵魂与身心得到得天独厚的浸淫，他"痴迷宝兴，痴迷大熊猫，心中立下宏愿，要用手中之笔，再现大熊猫百年的风雨历程"，自觉把宣传熊猫文化作为己任。二十余年里，作家走遍了宝兴的山山水水，采访了诸多的当事人，积累了许多第一手资料，参阅大量历史文献，依据史实，以保持历史真实的态度，创作出了这部反响极大的报告文学作品。

《国宝传奇——大熊猫百年风云揭秘》全书以宝兴为背景，从四川申报大熊猫栖息地为世界文化遗产成功开始，把世界的目光转向宝兴这片神秘的土地，转向1869年，让读者跟随法国传教士戴维的足迹走进宝兴，为读者展现出在大熊猫栖息地，大熊猫与那里的人们相依相惜的画卷。这部报告文学注重了情节的传奇色彩，解密出许多鲜为人知的大熊猫趣事，从而具有很强的可读性。

在这部充满生态气息的报告文学里，作家以翔实的资料，叙述了戴维作为动植物学家在宝兴的一系列重大发现。小罗斯福兄弟在宝兴寻找猎杀大熊猫的经历，美国女人露丝如何进入宝兴，将活体大熊猫带回美国的前因后果等历史事件，被作家用笔一一道来。作家不仅将雄浑的夹金山、美丽的珙桐花、高雅的川金丝猴等千姿百态的珍稀动植物以及中西合璧的邓池沟天主教堂，用细致而清雅的笔调描绘出来，同时他以叙事与情景结合的写作方式，也告诉读者是什么成就了这方土地的神奇与静谧。

作家在抓住自然的同时，更紧抓宝兴这个自然环境中最出彩的生物，即"人"，以此彰显出这方土地人与自然的和谐由来已久。赵良冶在《国宝传奇——大熊猫百年风云揭秘》中，颇费笔墨地讲述宝兴当地藏汉山民的居住方式、饮食习惯、耕作习惯，他们抢救病饿大熊猫，为大熊猫摆设夜宴等真实的事情。尤其是，当我们读到：藏族妇女看见迷路的大熊猫幼仔可以挥挥手对它说"快找妈妈去吧"的情节，怀抱大熊猫的一脸柔情时，读者就知道这里的藏汉百姓与大熊猫为邻，世代对大熊猫以礼相待，奉为上宾。连篇的人与大熊猫接触的趣事，使作品妙趣生辉，构成了人与自然和谐相处的画本。

在故事情节的取舍上，《国宝传奇——大熊猫百年风云揭秘》的文本里没有奇特的构思和轰轰烈烈的事件。但作家详尽地把一段段大熊猫的历史和生存状态呈献在读者面前，让读者感受到芬芳而浓郁的生活气息扑面而来。关于大熊猫与宝兴人的和谐相处，就像是发生在读者身边的事情一样，平凡而动人。同时，每一个故事伴之以一幅幅珍贵的照片和诗意的说明，使我们对大熊猫这个造物主的杰作、自然间的精灵产生痴迷。这种原生态表述、不加任何粉饰雕琢的作品，却更加注定了要告诉人们：往日和今朝宝兴以及邛崃山系地区生物的多样性和生态的原始韵味。那里是怎样的一个动植物的最后的乐园，那些被历史尘封的往事里，有多少熊猫和这里的人民其乐融融地和谐生活。引起阅读者对它无尽的向往，对大熊猫现世这百年风云的唏嘘。

二、静谧而从容的原生态魅力

赵良冶的《国宝传奇——大熊猫百年风云揭秘》文本意义下所散发着强烈的生态性趋向。与其他反映生态的报告文学所不同的是，他不是停留在人类对于生态破坏的揭露层面，而是侧重于讲述大熊猫栖息地的人对大熊猫的抢救保护，对大熊猫生态环境的重建和修复进行了一系列的展现，希望由此而让人们在生态问题上看到人类与我们周围生物的共享自然的魅力和谐。

赵良冶充分发挥了自己擅长散文写作的优势，他以优美而富有节奏的笔调掀起了宝兴——这个大熊猫"伊甸园"神秘的面纱。他饱含深情地用大量的片段对宝兴的景致进行描写，某些段落甚至达到细腻入微的程度，从而起到了铺展读者想象，加深作品的原生态艺术氛围的效果，这是其他描写大熊猫的题材的文学作品无以匹敌的。我们从中深深地体味到一个本土作家对故乡那魂牵梦萦的情怀。在作家的笔下，大熊猫生存的环境：临山仰望，雾霭升腾，绿茵茵的森林草坡和白皑皑的雪峰高原；五颜六色的山花，还有碧蓝的小海子，在山谷里一道融进苍绿的林海，仿佛是一块蓝宝石铺就的阶梯，如洗的蓝天，连绵的峰峦，无尽的险陵，悠悠白云；更有一片片、一丛丛的箭竹林，以及春笋、秋笋清香可口，淳朴的山民……作家以其充满深情的文字，开启了我们的心扉。随便翻开一页，来自川西山区的美景立即飘然而至。他借用戴维日记揭露了历史上人们对自然的熟视无睹和肆意破坏，唤起人们对自然忧心、对熊猫生存状况的同情、对那些保护大熊猫的山民的理解和尊重。

读赵良冶先生作品之前，对作家个人情况了解得并不多，甚至不知其何等模样，却一样被他那从容饱满而富有质感的文字紧紧地拨动心弦。面对这部报告文学波澜不惊、自由流淌的文字，人们惊叹于他驾驭文字深藏不露功力的同时，也饱尝了一道原汁原味的、来自大熊猫故乡的"原生态大餐"。如此动人心魄的描写，感染着读者，激励着热爱动物、向往自然的人们，这在生态文学作品中是鲜见的佳作。而且在阅读中产生思考共鸣：生命是一张美丽的网，人类生命的周围是一片绿色的世界，而构成这绿色世界的是生生不息的亿万种生命——植物、动物、微生物，它们犹如一张美丽的网，在装点这个世界的同时，正在洗涤着疲惫的灵魂。

"我是谁？来自何方？"赵良冶在其《国宝传奇——大熊猫百年风云解密》中不止一次地代大熊猫发出这样震撼人心的叩问。撼动人心的决不仅是熊猫以及其发现过程的秘闻趣事，而是随着书页的翻动，读者可以从书页中感受到人与自然的密不可分。文字里的山地密林似乎吹来清凉之气息，渐渐地滋润了因为工业文明的日渐发达而焦灼的心地。在追寻大熊猫发现的百年步履中，我们真正体会到第一个将活体熊猫带到美国的珍妮的感受："有了熊猫，生命才完整似的。"

读罢《国宝传奇——大熊猫百年风云揭秘》，合卷之时，相信人们的生态保护意识业已被唤醒。我们猛然感到：原来生命的存在不是单纯的生死取舍，不是暂时清冷的孤单，依托在自然之中，承接自然的甘霖，生命会精彩和洒脱。尘封已久的中国古代的"天人合一"的哲学思想，老子哲学的自然崇拜，在我们的心中闪亮出智慧的光芒。笔者要问：既然有了周遭可爱的动物，美丽的植物，因为有了鸟的鸣唱，虫的低吟，人类的生命才更加精彩，那么，我们还有什么理由去对自然生态恣意破坏，对我们自己的生命横加糟践呢？原生态文学的魅力之光点亮了我们走向生命完整的旅途。这也许就是作家在历经二十载创作《国宝传奇——大熊猫百年风云解密》执着的初衷。显而易见，把这部报告文学界定为生态报告文学，也许最为恰当！

三、雄浑而深厚的原生态文化积淀

生活是文学生长的土壤，脱离了生活的文学就像离开土壤的庄稼，像无土栽培的东西总是给人以虚空的感觉一样。如果一部文学作品让读者在阅读过程中感觉到"假"，那肯定不能说是好作品。

报告文学的纪实特质注定了报告文学与生活的紧密联系，原生态报告文学尤为如此。在我们这个星球上的自然界里，生命的磁场把所有参与的生命紧紧地联系在一起，就让作家的文采与自然界的生命紧紧相依吧。

"一方水土，养一方人"。《国宝传奇——大熊猫百年风云揭秘》看上去似乎是大熊猫这个古老而年轻的物种这百年岁月里的传奇故事，但其中的艺术成果并非是孤立独行出来的。追究其艺术原动力，我们可以发现它深植于宝兴这块动植物天堂里的人、动物、植物这些原生态顽强的固有的生命力。

由于作家脚踩故乡热土，面对母亲河青衣江，背负辽阔的青藏高原，有天地之精气的作品；是作家对汉藏民族、对祖辈深厚情感、执着信仰；是作家对生活成长的美丽故乡的乡情、乡恋；最终指向作家和阅读者内心对所有生命的一种敬畏。他所具备独到的眼光也得益于自己几十年对文学审美取向的执着追求；而其深厚的生活积累，为他准确地挖掘出那些迷人的素材，通过作品来表达自己的价值取向、创作理念和人生的信仰为作品调定格调，指向引领读者去热爱自然，进行思考的终极目标。

那么，怎样保持报告文学的"原生态"？这是一个值得探讨的问题。笔者认为：一个时期有一个时期"原生态"的风貌，它永远不会在记忆里消亡；一片土地有一片"原生态"的土壤，关键在于作家怎样挖掘、保持。怎么样使它们继续流传承续下去？作品的写作者在取材时，除了土壤问题，除了保持岁月风貌，更重要的在于赋予对创作作品的个性发现。不同的地方演绎着不同的"生态土壤"，那些原汁原味的氛围，孕育了那里的人情和风俗，就形成了这方土地所具备的生态特色，保存了这些特色，也就保存了作品的精髓和灵魂。体现了作家在创作中的巧妙用心。评论家孟繁华说过："文学是人学，写动物不过是从别的角度表现人，可以这样说，每一位读者都能从作品中的动物身上反观自己，并受到强烈的精神感染与道德洗礼。"《国宝传奇——大熊猫百年风云揭秘》带给读者的不光是文本本身所呈现出的形式意义，更多的是一种心灵的洗礼，是透过文本所诱发的感情、道德与心理共鸣和思考。

这篇报告文学的后面五章在叙事取材上基本不带加工和包装，使其在更高的层次上保持人物、故事本身原型的原生形态、原生生态，不使其脱离生成、发展的自然与人文环境。作品自然或准自然传衍地域这种尊崇自然原态的文化，也就把中华民族近现代历史中人类与自然一个侧面和缩影呈现给了阅读者。从作品中，我们深刻认识到中国人崇尚自然、亲近自然那种深厚的生态意识的文化积淀；听到了先贤圣者"天地与我共生，万物与我为一"的吟唱；作品里保护大熊猫的大量叙事，对人性进行的深度挖掘，彰显了本土浓厚的文化意蕴，饱含了深刻的人文主题，赋予了鲜明的时代意义。

龚举善先生在其《转型期报告文学的生态情怀》一文中指出："社会生态论将报告文学创作视作中义或中观层次的社会行为，要求报告文学作家具备敏锐的现实敏感和真诚的人文关怀，希望报告文学文本要义不容辞地承担起社会启蒙的使命即'人道管理'的责任。"现实的敏感和人文关怀，《国宝传奇——大熊猫百年风云揭秘》长篇生态报告文学正具备了报告文学的核心价值取向。雅安的大熊猫文化，对在雅安这个大熊猫最后的乐园里生活的人们来说，已经历经岁月的冲刷沉入浸透在大熊猫栖息地的人类集体意识之中，形成独特的心理结构及文化表达方式，成为人与自然之间的和谐共处为最高追求的图腾象征。因此，赵良冶呕心而作《国宝传奇——大熊猫百年风云揭秘》也就成为这方土地上这生态文化的见证之作，展示了本土文明的进步与成熟。

2008 年仲秋于雨城

真实细节与虚构情节的官场原态

——读曾瓶小说《桃园何处》

读曾瓶的《桃园何处》，便想到公元421年的另一名篇《桃花源记》。两晋，是中国历史上黑暗的一页，世族兴起，战乱不断；两晋，也是中国文学史上不可忽略的一页，有竹林七贤，太康诗坛。两晋对中国文学有不可忽略的影响，对研究中国文人风骨的基因变异无疑有重要作用。这其中，影响到文学乃至国人心理意识的两晋文人非陶渊明莫属。

陶潜曾经反复出仕与归隐，其出仕是为实现"明主贤君"的社会理想，归隐是因为官场黑暗污浊，理想难以实现，从而采取洁身远祸的态度。陶潜直到彻底归隐时期，对官场不再抱任何幻想，是他，把诗歌作为反对现实的武器；是他，以写山村的清新秀美，反衬官场的污浊丑恶；更是他，构想了文人心中的理想王国——桃花源。

从此，一篇《桃花源记》，为中国各个层面的人心播种，且收获着希望返归和保持自己本来的、未经世俗异化的、天真性情的理想。《桃花源记》对中国历代文化人的影响之深远，所形成的文化心理也是研究文化人居庙堂时该分析研究的。纵观历史不难发现，中国文化人每逢不得意时，心中便升起陶渊明的乌托邦的"桃花源意识"，想学陶潜辞官归隐，种豆南山，作为逃避官场纷争的归宿。笔者薄见，桃花源意识，就是中国文化人在人际关系的浮沉中，被冲杀得无所适从、身心疲惫时的一种冥想式解脱，是文人在官场万般无奈下自我慰藉的精神迷幻药。读完了曾瓶的小说《桃园何处》，把作家的标题和内容的相对应，妄猜小说旨在暗示阅读者世上无处有桃园，只在内心的向往现实观照。

《桃园何处》讲官场的故事。近些年，以官场为背景的小说在民间颇受热捧，很有街陌市井的读者之缘，官场小说通常打着解密官场的钩心斗角、腐败黑暗而满足着社会普通人的猎奇心。很多作者试图用"权、色、贪"吸引读者的猎奇心，题材多局限于秘书类，省长、市长、县长类，大院类，官员亲属类，写来写去，很难脱离"情色、权力、金钱、内幕"的窠臼，这与作者的写作触角依然放在"解密"和"揭秘"上有关。读之越多，越觉得人物性格太过单薄，显得虚假和不接地气。

那么《桃园何处》与时下流行的官场小说有何区别呢？能否写出新意呢？

肯定地说，《桃园何处》确实有别于许多官场题材小说，它的新意在于：作家创作小说重在生活细节的真实，达到让一篇小说充满生活气息，接地气的效果便自然凸显。真实感的生活气息与跌宕起伏的虚构情节交融，让阅读者不断沉浮于唏嘘、感叹、鄙视或者批判着情感和思想的共鸣之舟。大有一目之间，欲罢不能的感觉。因为从社会学角度看，官场属于社会分工行业，行业之内，自有行业的生存状态，行业之人也自有其人生百味。官场也是构成社会全景不可或缺的生活的分支。《桃园何处》以大学副教授张胜通过干部选拔去清河县担任副县长所接触的官场中人和招商引资的经历，向读者展示出血肉丰满的一群科局级官员的形象。这些人物的行为和谈吐极具黑色幽默感，让读者在阅读中忍俊不禁且联想现实，也让人看到这些基层官员在挤压中生存的不易和艰辛，以及他们的心理状态。

官场是社会中最复杂的一部分，官场生活也是社会文化中最复杂和最深刻的生活。古今中外，人们创造了丰富多彩的官场文化。在小说中，县长肖奇是"酒精考验"的官员典型。肖奇个性开朗，待人热心，张胜一上任，他在张胜适应官场的路上主动担当起了引路人。他领着张胜转战酒桌；他教张胜如何协调勾兑，如何揣度上级心思，悉心之处甚至涉及些微细节。小说里，这些生动细节和对白，让读者笑了、乐了，更看到了官场中人人格的变异和扭曲。因此，细节，当然成为《桃园何处》让阅读者津津乐道的亮点。

《桃园何处》表现官场原态脱离了以揭秘来满足阅读者的阅读希望的俗套，更多的是让阅读者旁观官员们的真实生活境况。

小说应该是情节和细节的结合。情节让小说好看，细节让小说回归到生活，能够让人感受到生活的那份情绪，而情绪是感染读者引发共鸣和联想的最佳叙事手法。小说的细节越好，越看得出作家的酝酿或积淀的程度。以细节调动阅读者的思索，在阅读中产生的思索和联想可以认清小说人物和生存周边，同时，让小说的阅读过程充满乐趣和精神愉悦。

《桃园何处》以大量的细节构成了一幅官员们的生活。喝酒、上下级勾兑、接风、招商引资一系列的事件，体现出基层某些官员生活与工作的混淆，左右逢源，夹缝生存，甚至为了政绩不惜牺牲人格和健康。

《桃园何处》用了不少的篇幅写了"酒桌"。中国式的官场"酒文化"，为百姓所诟病。"十个领导九个肚"并不是空穴来风，而"领导肚"何来，便是官场"酒文化"的盛行。畸形官场之风，养成了政府部门"万事不离酒"的积习。

文中对官员们在酒桌上的细节便是如此生动而生活化："肖奇说，我们是'酒精考验'的战士"，"常务副县长老马立马站起来，拍打着胸脯说，坚决按老板的指示办"。肖奇给张胜布菜时一一说明哪道菜是哪位领导喜欢的。女公务员小梅因喝酒而喝到想哭。县委常委、办公室李主任外表仙风道骨，对喝酒于身体的危害侃侃而谈，貌似精于养生之道，但一到酒桌，该喝酒照常喝，被肖奇一语道破："你信？他不接待应酬？市上领导来了不通知他参加，你看他不暴跳如雷才怪？"

这些细节都让人看到了曾瓶在小说创作过程中对细节的用心良苦。作家显然想让读者看到官场真实的生存，故而，在构成故事时，追求人物行为细节鲜活，哪怕是走过场的人物也不放过，以此让他笔下的每个人物血肉丰满地站立在阅读者眼前。

对于主人公张胜而言，书斋转换到官场，书生变身官员，种种不适应显而易见。而相对于张胜的县长肖奇，则显得人情练达、游刃有余。肖奇可以将露出不愿意陪酒想法的小梅下放到偏远地区，也可以让久久不得调动的女教师丈夫得以调动，翻手为云覆手为雨的威权手段让阅读者感叹权力滥觞。

《桃园何处》里官场勾兑，除了喝酒还有实质性的"信封"。送信封，极具技术含量；送信封，隐含着权钱勾结的鲜明目的。围绕肖奇指导张胜送信封的技术指导，肖奇带匪性的话就很有意思了："你以为人家没有喝、吃的了？喝多了，再是琼浆玉液都受不了。吃多了，再是熊掌燕窝都受不了。"肖奇向张胜传授经验："信封仅仅是一个载体，关键是信封里的内容，少了不行，多了也不行，少了说你没有诚意，多了，说你居心叵测。"当张胜不愿意自己给上级领导送信封时，"肖奇生气得厉害，痛心道，这是资源啊，干吗要送人？"小说借肖奇之口写人之所未写，言人之所不能言，于朴素中见真知，幽默中见悲叹。

《桃园何处》的故事内在动力在于：它借助细节构成小说的逻辑动力，一环一环地推动这个小说向前发展。

当张胜经历了喝酒关、送信封这些官场必要的应酬历练，张胜所在的清河县拉开了一场检验肖奇为官之术的招商引资大战。

将小说关于清河县的 MQ 项目招商故事比喻成一场战争丝毫不为过。为了引进 MQ 项目，从建立清河工业园区开始，工业园区的资金就来源于肖奇抵押吃财政饭的单位资产，这实质就是抵押国有资产；为拆迁而动用两百多名警察，动用的是公权机构。为了建造一个工业园区，千亩农田毁于一旦。这些现象都是我们每天可以从身边和新闻里见到的真实。而县委书记马书记的一番话"A 公司入驻，谁发噪音，谁影响入驻，谁就是和县委、县政府过不去，就是和马某和肖县长过不去，县委、县政府就和他过不去，马某和肖县长就和他过不去。"这段露骨的话，在阅读者看来，简直瞠目结舌，此细节贴近了阅读者生活经验对情节的联想和理解。如此的心灵化和现场感，是曾瓶自己的东西——写作者的胆识。这种胆识来自真心和真情，使《桃园何处》凸显了属于曾瓶自己的小说个性。

《桃园何处》关于清河县引进 MQ 项目的故事，体现出作家对现实的批判精神和质疑勇气。作家以故事告诉人们，在发展区域经济的大潮里，为了实现地区经济的发展，各级政府引进资金和项目，纷纷祭起了招商引资的旗帜，争先恐后地在经济发达的地区和城市召开招商引资会，推介本地的各种招商优越项目和优势资源。借着完成当年招商任务这一层华丽面纱，难免有个人利益和欲望在作祟。揭开面纱便显露出主政官员为自己筹集足够多的政绩，借此在官场的博弈中取得先机的私欲，多少浸淫了现今官场的钻营之术。各种目的融入其中的结果就是只要客商有投资意向，甚至不顾当地实际情况，迫不及待地把外商请进来，签下一系列带有优惠条款的合同，有些甚至是严重"不平等"条约。不计后果的招商引资，给工作、环境、资源等带来了一系列的负面影响。由此，招商引资也可成为相关人等为公还为私的试金石。

《桃园何处》用魔幻的手法将这种不正常的官场心态和博弈的走火入魔展示给读者。在与 A 公司的签约仪式上，"肖奇猛拍着胸脯，说，我们清河县就是上刀山下火海，都得把批文在最短的时间拿下来"。涉及 A 公司 MQ 项目的所有审批事宜，清河县政府方面都是大包大揽。县长肖奇亲自挂帅，所有涉及部门倾巢出动，淡忘本职工作；贫困的清河县在资金保障方面"县财政马上安排五十万元工作经费，立即启动协调沟通事宜，该请客吃饭的，立即进行"。由此可以窥见，为了引进项目，清河县政府的急迫心理。不过，肖奇给张胜大谈 MQ 项目事关清河发展大局时和内幕地告诉张胜"班子成员，包括老马，都想插手"，一句道破天机，引起阅读者对之后情节的阅读欲望。

曾瓶并没有让"插手戏"上演，而是围绕 MQ 项目引进讲述故事，写出官员们的人格变形。打通市发改委刘副主任的宴请送礼也一笔而过，作家却以鲜活的细节让读者如临其境。当刘主任向省发改委的汪处长汇报后告诉张胜一行 MQ 项目于国家政策有抵触时，以下细节就让读者看到官员们工作中的不易、压力、委屈和压抑。

小说《桃园何处》的官场通过主人公张胜之眼而观，肖奇之行而显，对不同层次、不同身份官场人物心理的准确把握，对细微之处人物表现、以细节揭示特征的处理上，都显示了曾瓶所具有的小说才能和想象力。尤其是对县长肖奇人物刻画的很多细节颇见功力，也是小说最华彩的段落。这篇以中国经济发展过程为背景的小说，择清河县官场群体，以引进 MQ 项目为一剖面、一断层，客观地展开描述官员们的生存状态，有来源，有延伸，涉猎了各类官员的思维方式、情感状态、表达形式以及同僚的交往方式。涉及官场中人的个体意识和群体意识的摩擦、个性与共性的扭打、公私之间的博弈、道德与利益的选择；思想深刻，见解独到，独树一帜。

小说最后结局出乎意料。蔡秘书长未到清河市任市委书记，肖奇担任清河县委书记，张胜为逃避纷繁复杂的官场人际而主动要求去市档案局任副局长。张胜对自己上班一杯茶，面对故纸堆的生活，可否认为回归"桃园"，也只有"或许"二字。

世间本没有桃园，只是陶渊明写了《桃花源记》便有了一幅桃园图；世间本没有桃园，只是向往的人多了，好像有，但其实没人真正找到。所以，有了这个《桃园何处》的故事，我们更深刻地理解了生活侧面。

诗人的禅定与涅槃

——评李玉琼诗集《我在此岸》

　　偷得半日空闲，细细地翻阅李玉琼新版诗集《我在此岸》。原以为，她的诗还如以往，温婉而带有几分恬静，自我陶醉在花花草草的小女人世界。不料，指尖任意翻到一页，目光飞落在的几行诗句，却有些颠覆了先前的认知。"禅落高处／为何走不出蝉寂意境／人行低处／为何游离净土门外"（《空山在 木鱼声》）。诗的禅意和空灵韵味扑面而来，让我不忍再让书卷闲落几案。于是，我知道，在盛夏的炙热里，我可以行走在李玉琼文字的清幽里。用诗人的诗集消消暑热，陪她探究生命中某些疑惑。同时，我将以自己的感悟，重新认识我已熟悉而不再熟悉的李玉琼。

　　李玉琼在诗集名上用了"此岸"二字，取自"此岸者生死也，彼岸者涅槃也，中流者结使也"。俗解为，此岸指生死之世界，与"彼岸"之对。诗人的这些诗欲从红尘生死出发，参悟出生命中纠结的执着和顿悟后的放弃，这未尝不是来世今生每个人都需要的思考。不由暗忖：当诗人开始这此岸泅渡，她欲将去到一个怎样的彼岸？要用诗行表达何种内心的渴望以及对现实微观的思量？

　　纠葛于世俗的纷纭，对此岸的触摸各不相同。真正洗去铅华，皈依原点需要一颗安静的心，安静地善待自己，也安静地站在来来往往的生命实体旁边。在浮华的此岸，涤荡的泡沫已让人静不下心读诗，也静不下心写诗，大凡还能写诗的心，还是给心保留了一块安静的边角。安宁实不容易，避开喧嚣的苦思就更需要对喧嚣远离的禅定。多年来，李玉琼用诗歌给心灵保留安静之地，执着地禅定在诗歌创作里。她笔下的《我在此岸》拉开了"人神天地之间，中间隔一段参悟不透的，今生"的苦思。她诗行里投射出的困顿也许是我们皆有的困顿。

在李玉琼的诗行里"生命注定是一场忧伤"。面对生死的此岸和彼岸，人总是逃不出时间给予的悖论："不惑，就是惑／惑，就是不惑？"诗人也是如此，她总是在独处中沦陷于"回头过往，无从了断，何成开始"的迷茫，不断地追寻"此岸"这个命题。其实，于此岸，我们每个人未必没有如此诘问。

"诸行无常"，无常、无我、空是佛法的基本要素。一切有情众生乃至外界的世界，皆处在变异、运动、假合的形态，从生到死，构成生命存在的一个过程，谁也逃不脱；有成必有坏，任何物质世界都只是存在的过程，没有什么可以恒久。只是，俗缘界定，沉浸红尘，需要清修才可堪破虚无。修心的过程必遍尝孤独、寂寞、痛苦和无助、迷茫与失落。

《我在此岸》沿袭了诗人以前中意的花花草草、四季意象，却因为诗人视角的变化，喷出难得的笃定心情。她梳理出身在此岸的生死迷茫，以心中和现实的此岸对比揉入诗行。"找找，前世／身后左右捉迷藏闪现""不远处，又是谁／穿越时光隧道／沿多元的空间精灵似招摇／来世一种不可知的命数"（《一粒尘埃的眼睛》）。

在诗人眼里，生命是《一条无法触摸的河流》，当无数的生命汇聚在一起，每个生命便好似一尾尾游动往返穿梭的鱼，在今生今世里畅游。诗人感到这种畅游是看不到命运方向的游弋，此种浮华的真实和虚幻，一直让人捉摸不定。诗行里便透出何去何从的踟蹰，执着与放下的抉择，流露出心境的纠结："谁的慧眼问真切，迷雾今生"《漫过我们的思想》每个尘埃里的呼吸无不在自问"主啊，我该凝神思虑／还是转身放下与之和鸣"（《九月的门栏》）。诗人进入了自我调整，认识自己之中，她要降伏自己的心态，其实是要改变自己。知道迷惑是知，不知道迷惑才是不知，此岸众生皆是如此。

李玉琼把一切生命的汇聚比喻成河流。生命河流里那些浪花与涟漪、小草和春花，死亡与病痛、爱与恨都是她笔下的诗歌具象。她抓住此岸芸芸众生所发生的现实、生死、情感以及自然事物，用心去徘徊着、思考着，舐尝着因为思索带来的孤独，体味着因为远离而引发的寂寞，她皆具了身在其中的体验者、远离众生的旁观者的双重身份。

参悟本身是不断解惑的过程。在佛家看来，关于迷茫一切世界始终生灭，前后有无聚散起止，念念相续，循环往复，种种取舍，皆是轮回。李玉琼以诗行肆意挥洒"宿命""轮回""前世"和"今生""来世"的沉郁字眼。"绕不过去的宿命／一个圈套着另一个圈／我像是一个有着道龄的巫术师／自己预卜着自己未定前途"（《我在此岸·三》）。在诗行间对于命运的迷惑。内心充满宿命的挣扎掌控了诗人的诗行走向；坠入此岸的不解在灵魂里形成高压，借用诗句这种解压缝隙而喷涌，抒发满载着个体在此岸磨砺的感触。诗人在自己命运的旅程，走走停停，歇歇想想。从而造成了这些意象反反复复地出现，沉郁的气质弥漫了字里行间，读得人惊心动魄，甚至有虐心之感。

正是因为附着了迷茫和宿命的沉郁，《我在此岸》暗隐诗人与世道的同修。她的诗句有了浓郁的个人独特性，文本超越了文字本身而引发阅读者灵魂的共鸣。由此，才有颠覆了诗人以前风格之谈。

无论欢愉还是伤悲，无论迷茫还是明晰，对于身在此岸的每一个"我"，《我在此岸》都能让阅读者沦陷于书页，泪流满面。仅这一点，印象中的李玉琼离我而去，留一个退隐的背影，让我顺着诗流方向用心地去审读。踩着诗人的节奏，我们和诗人之间，不再限于文学意义的文本交流，更是与之思想碰撞，进行一场充满禅意的对话，一起探寻此岸的深不可测，细思个体在此岸还有哪些放不下或应放下的。

解析《我在此岸》，可以看出，诗人的思考来自现实。她对生命的态度，就是我们当下的感受和觉悟。此岸众生，有现在的反思、发现、向往，才有过去与未来。有这颗觉察、依止当下的心，才有生命之流的永续更新。以"禅"领悟生死轮回是思辨生命，一切世界始终生灭，前后有无聚散起止，念念相续，循环往复，种种取舍，皆是轮回。以"定"揭去迷惘，便善于止住，止住了身心，便不要放逸出去，所谓"不随六尘动摇"，八风不动，对境无心而有意了。

李玉琼依托《我在此岸》，诉说着自己的疑惑，更要说出自己对此岸欲望的明了。"我们一生都无法抵达／我们一生都在抵达"（《荷花》）；在万物之间"说与不说都是命中的谶语"（《又是一年》）；"啊，你不必哀伤，不必惊讶／穿行在风中来来往往的事物／不必提及，不必回忆／你见或者不见／恍惚一种永世的轮回"（《风，在风中》）。回望此岸，诗人与众生并未脱离，因为"这人世间种种的滋味／才是生命如梦初醒"（《我在此岸·三》）。

《我在此岸》的诗篇借用了大量的佛教意象和语义。但李玉琼不是以宗教的名义，而是借佛教对生死本源启示的生活思考，尝试去理解红尘物质形态的生命和精神形态的存在。即用禅理科学的、文明的、宏大的学思，去解读生命存在，寻找人生哲学的诗意诠释。

佛法从来就不是空中楼阁，从本质上讲，生命问题一向被认为是宗教根本命题。

事实上，生命问题不单属宗教特有，而是所有哲学的基本命题。这就是佛教所谓之世间化，而不世俗化。佛门崇尚所作所为应该实现利生的最大化，而不是利益的最大化。这恰是对我们身在当中的物欲社会的警醒，对迷失的生命形态的指引。

诗人以这样的思维方式创作诗歌，也许欲求跳出世俗界限，获取观察人的生命哲学意义，经由观察去抵御和消解可能因思考而产生的某些歧义。因此，读《我在此岸》有了获得心灵的抚慰，有种从现实烦恼解脱出来的舒心。

基于佛学对生命哲学的思辨，李玉琼必将站到宁静、深观、圆觉、涅槃这些视角审视生命苦业，反照出此岸物欲的光怪离奇。在诗人眼里，社会都市人欲望太多，有人"禁不住左右摇晃／沉迷其间，乱了方寸"（《雨中槐花》）。有人被"细细碎碎的金啊银啊／日夜敲击筛漏我们粗糙平庸的生活"（《桂花》）。面对工业社会的狂飙正在将农耕文明连根拔起，诗人伤感地吟唱"消失的村庄流逝的乡音，你在窗下聆听／满含泪水"（《又是一年》）。在文明进程中，各种思潮涌动，人们的信仰变成惰性元素，情感麻木和利己为上，让鲜活的生命"日渐暗淡下来／愈来愈陌生的灵魂衰败的肉身／面对更多苍白还能说些什么"（《夏天最后一片明媚》）。李玉琼渴望着信仰的回归，写到"尘世已太重／荒芜拥挤的心灵需要轻扬／请再照亮／众生里仰起的额头焦渴的眼／当暮色窗口逼近思想黄昏／那瞬间，那永恒……"（《夏天最后一片明媚》）

此岸在迷失，诗人避开了直接的批判，她不断地重复"放下"二字，可以视为劝诫阅读者放下，实则是告诫自我看开。于生死、于欲望，唯有放下，让心安宁，方可涅槃，不为欲望所惑。生活在此岸，透过生命的诗行，做回修心，参悟人生，实际是期望彻底断除烦恼，让精神和肉体具备功德，超脱生死轮回。

如果，有人觉得李玉琼以"放下"而回避面对现实，缺乏直面惨淡人生的勇气，那就错了。磨砺在纷纭世事，弱女子虽曾经有"要交出自己／也要给虚火上升的灵魂／一点清幽"（《荷花》）这样短暂的折中；也有过对此岸之苦的无奈和哀叹，"你必须忍住一个人的静默，虚空……苍老的心啊！必须忍住／那些消失在风中的树叶尘埃／浮现的面容。生活正面的光鲜／背后离场时仓促，颓败，凄凉"（《含在岁月心上的一滴泪》）。"这巨大缓慢的行走／这渺小疾速的飞奔／一切终皆放弃"（《在时间之外》）。但生活中的苦痛也会促使人坚强起来，李玉琼的"放下"最终表现出极致的决然，"放弃与这个世界苦苦对抗／抑或痛快碎裂"（《一块落在八月夏季的冰》），当决绝的诗行跃入眼帘，李玉琼便超越了自己温婉美丽的外表，包裹在柔润肉身下内心的刚烈，似夏日惊雷，振聋发聩。这就是诗人骨髓里的个性，深含不露，偶尔露出的锋芒也可化作利刃。释放个性，但不任由个性滥觞。

当诗人在此岸压抑已久的个性被释放的瞬间，我们惊喜地发现其诗风迎来了质的变化。文学作品带有作家个性的印记，只有有个性印记的作品才能让阅读者感受到作品的个性魅力。尤其在诗歌创作中，有个性的诗歌用三两句诗行就能够抓住阅读者的心灵，反复咏叹唱诵，如唐诗，如宋词，那些历经千年的经典诗句，植入心灵，永不遗忘，成为中华民族诗歌的"集体意识"，是我们的文化基因。

《我在此岸》让阅读者感受到诗人个性的漫延，如飓风般上升，在大气中绕着自己的中心急速旋转、同时又推动着诗人向前移动的空气涡旋。写诗三十多年，经历人生的起起伏伏，诗歌的庙堂总是洁净如初地矗立在她心底。像是太阳长期照射在心海，海水温度不断升高。这些年，诗人的反思和禅定慢慢地在海面形成低气压区，且与周围大气形成了压力差，就是诗人创作风格升华的原动力。当周围空气在压力差驱动下向低气压中心定向移动，这种移动再与禅学碰撞，原来那种清婉诗风、狭隘的视角便发生偏转，从而形成飞旋的气流，逆时针方向而动，汇成直击灵魂的诗句。

除了劝诫，诗人以诗给我们展示了放下欲望后的清朗乾坤。"掀开它，就可以走进明澈朗照／就可以走进梵音大道。"顿悟释然，诗人和我们的心皆有了柳暗花明之豁然。"以敬畏宁静致远的天空／以朝拜沉默无语的大地……活着。好好活着"（《回到春天》）否极泰来地让心情过渡，抵达彼岸，生命进程不过是诗人的三句话："有无之间／空就是虚／近就是远。"（《我在此岸·十八》）可以看出颇含禅意的诗句，化解自《准识论》（准疑唯）所指四种涅槃：自性清净涅槃，凡圣同有；有余依，即出烦恼障，有苦依身故；无余依身，出生死苦无依故；无住处悲智相兼，不住生死涅槃故，即大乘之无余。

好诗必来自灵魂的燃烧。燃烧诗人灵魂的诗句，在审美形态上方能激发阅读者心理的潜意识。《我在此岸》是李玉琼用此岸肉身点燃灵魂的结晶，尽管在阅读中阅读者的心为之颤动，为之酸痛，为目光看不透生命秘境而不知所措，甚至沮丧无奈。然而，一旦阅读开始，定难以弃卷。因为，《我在此岸》所表达的心路历程，对于那些宏伟或细微的生命，如踏上这本诗集吟读之路，带来的是一次心灵的沐浴和斋戒参照。

因为自觉地把自己融入"俗众"，李玉琼把生存的艰辛、卑微的生命作为审美主体。"当有风而临。有谁 / 知道一株小草柔软平凡的心。"（《风，吹起低处尘埃》）"活着。好好活着 / 以雨水、阳光、歌声以及一粒尘埃低低飞翔翅膀的名义 / 让美好善良祝福平安吉祥地抵达 / 春天啊 / 以卑微、渺小 / 短暂白驹之过隙一切事物及生灵的名义、借来莺歌燕舞 / 为你唱一首动人的情歌"（《回到春天》）。

此岸，正被生活高压和物质扭曲的情感所裹挟，财富和金钱不能解决个人、城市乃至国家的全部问题。此岸，有比财富和金钱更弥足珍贵的东西，那是我们至今仍在挣扎着的灵魂，那就是我们的人文文化和诗歌精神，它是人类所有意识和行为指向的最高境界。

作为诗人，捍卫那些必须发扬光大但在现实中被置弃和践踏着的美丽，信赖和彰显我们的人文文化，这就具有了诗歌精神。于诗者言，诗歌精神是诗人操守自由和高贵的灵魂以及对灵魂的净化，是用诗歌为灵魂救赎和辩护的基石。李玉琼诗歌精神在于她正当和忠实的生存态度：敬畏生命，肯定众生情感以及对存在的终极关怀！

李玉琼自觉地度过精神历练，让她的诗以其悲剧性的美感令人销魂。她用自己内心的体悟和对禅学的理解，执着地在精神家园做了最孤独和最勇敢的守望。诗人的坚守和捍卫，及其内心深处的瞭望和向往，有了《我在此岸》问世，也让诗人选择了注定的孤独，另类的勇敢！

上述的境界如果空幻和缥缈，那么，在现实生活中，诗歌精神就体现在诚实、善良、公正、同情、悲悯等人类所有美好品格的契合和认同，体现在对有益于人和社会良性发展的行为状态和思想方式的接受和肯定。"一会儿风，一会儿雨。她绝口沉默，这虚浮的动静，她绝不说出深陷尘世的谎言，沦落的空洞"（《沦落或空洞》）。她想要对所有邪恶、肮脏、黑暗、卑鄙和庸俗的坚持不懈地抵制和对抗！

掩卷之余，《我在此岸》四个字深深地储存在记忆的收藏夹。且吟且诵间，阅读者完成了一次思旅，透过诗行的缝隙，更看到李玉琼在她苦苦探索的诗歌创作中，风格的嬗变、诗歌精神的凸显。对于一个诗者而言，李玉琼在《我在此岸》走过"孤、惑、痛、静、悟、定、弃、生"，完成了一个诗人的涅槃。

风摇铃响诗成章

——评倪宏伟的散文诗集《祈望鸟》

九岭山下徘徊了多年，一直都为这座山遗憾。它像一个不善言辞的汉子，静默地矗立在雨城旁边，任由着喧哗和热闹在脚下涌动，看着，听着，却寡言少语，以至于，这方土地上，甚至许多人叫不出它的山名，不知道它的方位。

这座山，老雅安都叫它高家山，峰高林密，屹立在雅安的北郊西。山下有个马家沟，因 1937 年，著名摄影家孙明经用他的相机拍下了伐木工搬运木材的照片，定格成旧日西康的缩影之一而为雅安人津津乐道。那时，马家沟这一带都是原始森林。如今，时间迁移，城市扩展，原始森林已经失落。

九岭山的高山茶"竹叶青"，茶味清香不亚于蒙顶茶；马家沟民风淳朴彪悍，即使紧邻城市，至今仍旧保持着许多西康时期的民风民俗，诗人倪宏伟生长在这片土地。今天捧着他的散文诗集《祈望鸟》，读着倪宏伟灵动的诗句，我脑海中不断闪动九岭山的风光。我想，因为诗人的诗，人们也该重新打量这座在时间的隧道里良久不语的高山了。

九岭山和它的田野是倪宏伟散文诗的底色和诗歌的基因，阅读者可以用《祈望鸟》这张试纸检测出他们之间的 DNA 序列。

"只有一尾鱼，用划动穿过我的惊悸，那种潮润的感觉。在蒙蒙的河谷深处，烟雨深处。"（《依水而居的雅鱼》）

"就这样虔诚守候在村庄里，摘一片叶子悄悄思念秋天。就这样把思想的农具深入田野，以一种深度思考粮食，思考那些饱满的汗水。"（《思念秋天》）

从这些诗句阅读者就可以判断：倪宏伟的散文诗尽管题材来自生活，来自脚下的土地，取材偏向雅安本土特色，却没有将自己禁锢在偏坳，他有让脚下的山水和外面的世界融为一体之愿望。他心中的祈望鸟颇具理想色彩。

"在天与地接壤的雨景里，我看见一株幻化的精神之物，与哲思有关，与感情的紫衣翩翩舞蹈，面对落下的每一个投影，有谁不想翻越过去。"

20世纪90年代初期，倪宏伟就以其独有的诗风成为雅安文坛诗歌的"五小虎"之一。在那段崇尚理想的岁月，一个多梦的时代，他的散文诗和诗歌追求诚实，怀念亲人，讲述着属于自己独特的记忆，从中寻找生活的命题。

他曾经是一个优秀的教师，后来陆续担任普通公务员、基层干部、旅游局领导，至如今的文化局领导。社会身份的不断转换，工作重点的不断变迁，才华徜徉在繁忙的公务中，却爱岗敬业，不知疲惫。令人敬佩的是，他从未放弃文学追求，保持着一个诗人敏感而细腻的感情，保持着对生命清醒的认识和自审，保持着平常心态和生命姿势。

"来到世界，我并不是为了一片红叶；并不是把薄薄的名字放大，贴在古墓的石碑，让岁月默记一缕烟云，让草荆丛生的路拾一个生生死死的标题。""来到世界，我并不是为了一片，炫目的红叶。""对世界我不想隐瞒什么。我只有把自己老老实实暴露在世界的目光之下。"（《不是为了一片红叶》）

看得出，倪宏伟骨子里还是满满的诗人情怀。因为对文学，特别是散文诗的挚爱，他必然思索当前诗歌精神的衰败与堕落。诗歌精神即人类精神，几千年来的中国诗歌积淀的民族精神，滋养着、支撑着我们，教育着、引导着我们。遗憾的是，目及当下中国萎靡的诗坛，我们难以见到诗人思想的大脑，看不见诗人单纯而天真的心灵，从而感叹，蕴藏于诗歌的独特品质，那巨大的内敛精神是否成为诗歌的奢求。毋庸置疑，如果诗歌缺乏了内在精神，仅仅靠技术和玩弄意象，也不过是披着诗歌外衣的空壳，少了对阅读者灵魂的那份感动。

如今，繁荣的经济，浮躁的心态，同样冲击着诗歌风气。阅读当下许多诗歌，让人颇有不舒服的感觉，诗者赤裸裸表达出无法满足的欲望以及急功近利、哗众取宠的浅薄与宣泄！倪宏伟却让人看到其写作对浮躁的清醒。

"我不知道选择一种坦然，作为自己人生的守候，世界是否会捎来鼓励的喃喃细语，散在生命的某个方向。坐在屋里，我们可以尽情派遣思想去旅行。但许多忧虑纠缠着，使我们无法脱身。我们没有理由，拒绝这些美丽的忧虑。"（《与世界的喃喃细语·2》）

生活锤炼和世俗冲刷的生命历程，没有消解倪宏伟的诗歌理想与精神。他的散文诗内敛而富有思考；有着紧贴生活、深入内心的细腻感悟，感情充盈而又从容淡定；睿智而又明了哲理。他善于将叙事与细节相融，让阅读者能够抓住其诗句意象，情绪沉浮于词汇涟漪之中的飘逸和谐。

《祈望鸟》不时再现出这个渐已陌生的世界，或寒彻荒芜的人生意象。

"也许生存是生命的一种表达。在形式之内，我感觉小小的人很可怜。他们的脸谱都一样的颜色，而且在一些窗户悬挂着虚伪的表情。"（《与世界的喃喃细语·1》）

"我想打碎那些脸谱化的东西，从思想里越墙而过，在冥冥中寻找一种理由，一种诠释。面对世界，我们默默无言。我们所能够做的，就是尽可能共用一支金黄的麦管，把摄取蓝天的养分作为幸福。"

"或许有太多的负累，或许不单纯，我们是树却难以成为林子。我们慢慢成为一棵老树，风花雪雨，固守自私的根。"（《山那边的林子》）

《祈望鸟》收录了倪宏伟多年来发表的散文诗，可以看出诗人抒写乡土题材的一以贯之。在这些作品里，诗人倾注了一腔沉郁的乡土情结与情感，对故乡的未来充满发自内心的展望。

倪宏伟生长在农村，田野是诗人的摇篮；因工作长期奔忙在乡镇，所以，村落和炊烟多充当诗人的诗歌节点。乡村的一片绿叶、一曳竹影都时常激发出他诗歌的灵感，故乡的一声鸟叫、一幕归图，皆能触发他成就诗行。乡村意象表达出对故乡的热爱和喟叹，表达出对农村的眷恋和期待。诗色境色，人声水声，绘画美、音乐美与诗歌美有机地结合起来。

"在这个时令，我想起瓜棚下曾经天真的童年。快乐的时光虽然短暂，但重要的是留下了一双清澈的眼睛，像孤独的夜行者，在浓浓的暮色中抓住了一丝光亮。"（《清新的日子》）

乡土题材，几乎占了《祈望鸟》的大半篇目。中国是一个以农业生产为主要生存方式的国度。中国传统文化必和农耕文明、农业文化密不可分。农业文明的显著特点表现在依靠自然、崇尚自然的"自然崇拜"。我们看到，在倪宏伟散文诗集里的这部分诗歌里，四季更替，日月星光，山水树木，晓雾流岚都可以成为诗人感悟人生、抒写生命体验的主题意象。倪宏伟擅长用清丽的诗句勾勒出水墨丹青般的意境，深得中国传统古典山水诗绘影绘形、写意传神、形神兼备之底蕴。"诗中有画，画中有诗"。他灵秀的散文诗承袭了乡土诗人的恤民情怀，对农民生命的深深理解。

"劳动后的乡村是这样静谧，吊脚楼，灰青瓦，掩映在茂密的竹林。庄稼已

经不是关注的话题，红红火火的日子在期盼，农人离小康还有多远？"（《晏场河》）

"从播谷到插秧，从早春到秋收，一生的期冀盘桓在田畴，被水牛驮着被犁铧牵着……"（《稻子》）

"日出而作，日落而息。这是亲人忙碌的背影。他们定格在村庄养育我们，把一生交给泥土，把期盼交给儿女，让浓浓的乡情成为永远的歌谣。"（《亲亲故土》）

诗人深情于农民的生存，关注他的农民兄弟的思想变化和农民的精神状态。看得出，诗人早已脱离了早期散文诗创作"冷凝孱弱的诗风"。（曹继祖《雅安诗人五人评》）因而，对生命温和珍惜的情怀跃动在作品的字里行间，给阅读者留下丰富的余味和激情联想。

"走出山的心愿许久许久了。走出山期待的目光很长很长了，而我的手心，一直捏着一撮朴实的九岭山茶。"（《九岭山》）

"这是五月，大片的麦地接纳了两道划定的弧形大道。我听见更真实纯净的声音，升华在淳朴的村庄和麦穗中间，一次比一次更富有激情啊！"（《故乡的麦苗》）

在诗人眼里，乡村永远是一块淳朴、美丽的净土，没有杂草，没有污秽；在那一片无遮无拦的田野里，流淌着人情的纯洁。倪宏伟这种潜在的意识是走出乡村后，对自我的回望，对生命的重新诠释，内心弃不掉、剪不断的乡愁拧成长长的绳索，一头是乡村，一头在诗人的手中。

"竹林掩映的瓦房，已经模糊成背影，踽踽跋涉是游子的行囊，而微风还在抓牢生命的依存，用叶子的吟唱，用走过很远还要回首顾盼的目光。村庄，就这样成为永远的心结。"（《村庄》）

坚持散文诗创作多年，倪宏伟深谙优秀的散文诗应具备两项特质——诗意与哲理。《祈望鸟》语言格调并不华丽，淳朴一如诗人朴实的外表。短小的语句道出对生命的理解和对生活的向往，阳光和黑夜、溪流与花开、希望和沉落在笔下合二为一，引领阅读者探寻生命的细腻。可以见得，他在散文诗创作中，诗意饱满和哲理领悟的不懈追求。

当然，从诗人早年的散文诗里，我们明显能感觉到泰戈尔散文诗对他的深刻影响。二十多年的创作和生活阅历，磨砺出的语言意识，使其散文诗的语言在简洁的同时又如太极八卦掌伸缩间暗含张力，包含着深沉、凝重的哲理；他的诗用词朴实无华，诗句意象多彩。可看出，诗人在散文诗上刻意于清新自然，想象丰富，语言秀丽，轻柔俊逸，音乐节奏感强；语义层面下透露出关切、关爱、探寻、求索的主旨；流溢着生命历经坎坷后的清朗和时光远去的苍茫。

"许多时候，我们牵肠挂肚的绿叶，就这样生长在高山上，茶垄里，被一方水土呵护。那些与村庄有关的词句，或长或短，或浓或淡，歌吟的已不仅是茶山故旧了。"（《在茶乡》）

"曾经拘囿于山峦的眼神，在不经意的水泊深处，把浪花化作唯一跋涉的理由。"（《走进大海》）

"如果撇开世界的馈赠谈及生命，我想我们会走进石头，失去与世界的感情联络。""我们没有理由，拒绝这些美丽的忧虑。"（《与世界喃喃细语》）

"黄昏低垂，难舍一个昼夜赋予内心的光明。而游动的思想，以微风的形态塑造人的性格。真不该把微笑夹在一页遗忘的日子。"（《品读黄昏》）

这些语句，诗人感伤情调的滥觞，逐段递增出感染力，意象糅合着空蒙与悠远，圣洁与美好，蕴含丰富，哲思丰沛。颇让阅读者感受出诗人内心的淡若苍茫。

《祈望鸟》让我们看到倪宏伟的诗歌艺术表现技巧日趋娴熟。诗人行笔收放自如却也细腻缠绵，似不经意的呈现，诱人进入一种深层次的思考。生活的纷呈，如芙蓉次第出水，蜻蜓依次驻足；真情流动，从些微入手；在用心独到而不显露之间，别有随和质朴的气质和情趣；散发着浓郁的乡土气息与生命的本真，令阅读者不忍合卷。灵动的诗句，如风铃摇动于轻风中，奏出音响透过耳膜直抵心房。

《祈望鸟》属于倪宏伟，更是属于生养诗人的九岭山。一本书与一座山，一首诗与一方土地，我们可以找到很多的牵结。九岭山滋养出来的《祈望鸟》，诗人笔下的旖旎风光，人文气息的微风恰若九岭山葱茏的原态展开的羽翼，翩然洒脱，放飞着乡村希望。这是诗人的歌唱，更是九岭山这片绿色田野的梦想！

2014 年 10 月 31 日定稿

知与不知，爱都在心底

——评电影《北纬三十度之爱》

蓝天、草场、飞流和森林。红衣女子和红色的越野车。

电影《北纬三十度之爱》一开场便以摇晃的镜头、飞驰的汽车、唯美而激情的画面，冲击观影者的视觉，将我们带入一个爱情梦幻。透过影院的幽暗和放映机的光柱，世界，只留下一个男人和一个女人在川西边地的情感起伏。

由杨宓编剧且担任制片、华原执导的这部小成本电影，故事并不复杂。来自都市的女作家肖婷采风来到了川西边地高山深处，不料汽车驰入乱石，出了故障，恰好尔苏藏族护林员洛波巡山路过，因天已黄昏，好客的洛波便邀肖婷去附近的尔苏藏寨家中借宿。于是，肖婷在藏寨住下，采风写作。洛波自然当起了向导，陪着肖婷寻山问水，介绍当地习俗传说。两个文化背景、生存境遇不同的年轻人，心中渐生情愫。不料，洛波和肖婷在山林中遇偷猎歹徒复仇，洛波为保护肖婷，重伤后被歹徒踹入河中失踪。以为洛波已死，肖婷伤心地回到都市，一直暗恋肖婷的张晓军陪她度过了痛苦时期。一年后，肖婷和张晓军订婚。洛波大难不死，来到都市寻找肖婷，出现在肖婷的新书签售现场，肖婷陷入情感矛盾之中。在肖婷和张晓军婚礼当天，张晓军主动退出，成全了肖婷和洛波的爱情。

这部讲述都市女作家与藏族护林人缠绵爱情的电影，叙事朴实，沿袭了编剧杨宓擅长的中国式爱情伦理片风格：娓娓道来，充溢着情怀。影片依托雅安绮丽风光，地域中神秘的尔苏藏族文化，让观众在 90 分钟的时间里，行走在亦梦亦幻的景色中，与天地自然合一。令我们习以为常的现实婚恋观有些汗颜，禁不住叹一声：久违了爱情。

　　不知从何时起，影视作品开始充斥富丽的豪宅、飞跑的豪车、阴柔俊男和人造美女，不接地气的对白、装模作样的表演。观众浸泡在矫揉造作的影视故事中，如喝酒时，却不料喝入口的是掺加水的假酒，养了眼，心事却寡淡无味。剧情之外，影院之内，后排青年不断质疑影片爱情故事的真实，窃笑着男女主的为爱唯爱。在当下的物质男女眼中，影片的爱情故事完全是编剧和导演、演员共同谋划的一场美丽传说。

　　电影和现实的矛盾，生活与理想的冲突，在观众心中激起波澜。纯真的爱情故事让人心中泛起追问：爱情，这个人类的美丽感情，究竟是种什么样的感情？我们爱一个人，是因为幻觉，还是为了生命实体的本真？当物质遇见爱情时，我们选择爱情还是物质？

　　观《北纬三十度之爱》，不在于剖析影片在艺术、美学方面有什么过人之处，而在于影片故事的原型让人深省，在于其引发我们对现实生活的逼问。因为生活比艺术更变幻莫测，饮食男女的情感比电影故事更加波澜壮阔。只有让我们返回到生命的最初状态，认清不知或者抛弃的最珍贵东西的艺术，才具有艺术的魅力，唯有这样，艺术才具备灵魂思考的弥香。

　　肖婷为什么会一见钟情于尔苏小伙子洛波？在常人眼中，这段爱情貌似怪异，但从其包含着恋爱心理的三重距离来看，故事就存在合理性。一是地理距离：城市对乡村的陌生空间距离。二是性别学距离：女人对男人的性差异想象。女人对男人在爱情中的含蓄、好奇，善于等待的种种潜意识。三是城市文明对古老文化的距离：城市现代文明对鲜为人知的尔苏古老文化之想象。

　　在世俗目光看来，婚恋基础早已趋于物质计算的僵硬，过分迷信地位金钱作为支撑。肖婷和洛波两个社会身份差距巨大的青年相爱，确实在现实生活中业已寡见。《北纬》电影所讲述一段门户不相当的爱情故事，以爱情暗喻出人在情感快感之外，尚存在着一种剩余快感，这种快感便是人人皆知却又无法以物定义的情怀——浪漫。影片的浪漫情怀充当了寓意恋爱心理学三重距离的黏合剂，抓住了恋爱男女隐秘原始的心理，让中国爱情文化的特质翩然呈现。

　　自古以来，中国的爱情故事从来不乏浪漫情怀。织女爱上牛郎，白蛇追求许仙，崔莺莺之爱张君瑞，杜丽娘爱上柳梦梅，梁山伯和祝英台之爱情，更有《聊斋志异》中狐仙对凡人书生的迷恋。在这些爱情故事中，相爱的人因不为熟悉的新奇，有了探究和接受的冲动，以至于不顾世俗的障碍，陷入不可自拔的迷恋。这些爱情故事里，爱情双方存在文化距离、生存距离、家庭差异，但爱情降临时，他们更遵从内心引领，追逐着两情相悦，不屈于世俗偏见而动摇，冲破阻力终成千古一爱。他们构建了中国人心中最美的爱情标杆，成为恋爱男女效仿的范本，随着岁月，慢慢沉淀出独特的情爱心理，转化为无意识状态的文化气质。

《北纬》恰好地表现了爱情的本来心理：一男一女相爱之初，往往因距离产生美感，因陌生营造出想象，从而相互吸引、靠近，继而相知相惜。电影一开始，肖婷开着越野车在山路飞驰，所有的景物都随着车体颠簸摇晃，以此表现出女主踏入一个陌生环境的兴奋和好奇。这个开头隐喻着女主对陌生环境的好奇和情感的躁动。它含有强烈的心理暗示作用，同时，诱导观众对即将发生的这段远山之爱中女主对男主的身份认同，影片所隐匿的中国传统文化的浪漫基因从隐秘走向画面，进入观众的感知。当肖婷和尔苏汉子洛波深情对视时，我们内心深处的浪漫因子苏醒过来：原来，我们的心还渴望一种温暖，这种温暖叫作爱情，只是，我们将爱的情怀模糊了好久，是什么让我们胆怯地不敢触碰，抑或明知其存在，也望而却步？

这样的感慨正是编剧的艺术基点和指向：希望给观影者在观影体验中，召唤现实婚恋中的渐行渐远浪漫情怀。让人心更柔软，爱情更纯粹。

如果说，肖婷与洛波的空间距离存在巨大差异，是为了电影叙事的布局；如果说生存环境反差如此巨大的两个人的爱情，让人心存怀疑，那么，电影故事发生地，喧闹的城市之于静谧的山地高原，尔苏藏寨的宁静恬淡民风，川西高地的美丽风光，就起到了让对这个纯爱故事的质疑如薄雾飘过的消解作用。

四川石棉处于甘孜藏族自治州、凉山彝族自治州和雅安市的交界，位于横断山脉腹地，是中国西南民族走廊的重要驿站，有"藏彝通道"之称。在石棉，有个蟹螺堡，居住着神秘的尔苏人。尔苏人属于藏族一支，自称是"高山的人"。尔苏人至今仍保留着非常独特的文化，他们把银河称作母亲河，相信自己最终会回到母亲居住的地方，崇拜神树和白石神，尔苏人信仰巫术，尔苏历书所保留的萨巴文字，被专家认定为"比商代甲骨文原始得多"的象形文字。尔苏人的祖先唱着创世神曲《觉里满姆》而来，却说不清一路走来的源头，割断的历史充满生气与未知。尔苏人靠祖辈口口相传的传说和神话作为民族历史。这个古老而人口不多的民族，在历史的风中，被时光随意洒落在沉寂远山。他们生存的这片无语大地，完好地保持着苍远风貌和原住民的人文风俗，引起人无限想象和探寻。洛波生在藏寨，在亲戚家长大，尔苏藏族对自然的文化崇拜深入骨髓，护林员的身份，纤尘不染的环境，养成了洛波单纯坦诚、内向率真的性格，待人行事更遵从本心感受。在我看来，尔苏人洛波，更代表一种文化符号——古老文明。

城市是影院生长的土壤；影院是城市文化的一部分，城市是观影者流连忘返、抓住不放的生活之地。即使有高昂的房价，简陋的蜗居，即使存在求职的不易和城市的傲慢与偏见，也挡不住当下无数青年对城市的热情，他们在城市里书写着悲欢离合、爱恨情仇，疲于奔波消融着本心最为单纯的冲动，乡村和远山，成为回不去但很想回归的梦。基于此，肖婷这样的城市青年们被编剧定位成与乡村遥相对立的时代符号。《北纬》里的肖婷、张晓军们属于城市，是源于观影者熟悉的生活形态而塑造的艺术形象。肖婷受过良好的高等教育，拥有作家的社会身份，她思想独立、追求完美、对人事好奇、充满幻想，更加之年轻美丽，活泼外向，正是时下典型的"美女作家"。对个性特立独行、情感细腻丰富的女性来说，不爱则已，一旦爱上骇俗惊世，这种例子生活中比比皆是。来自都市的女作家肖婷，是电影建立的另一个文化符号——现代文明。

当肖婷来到蟹螺堡，置身于和自己成长环境、文化教育完全不同的尔苏人中间时，城市商业文明的喧哗如潮水退去，在沉静的山林里、空旷的蓝天下，朴素的尔苏汉子洛波面前，她被吸引了，也被洗涤了，眼前的人和事物皆激起她灵魂深处的美好想象，并产生情感期待。电影中，肖婷在彪悍的尔苏汉子洛波面前，女作家的身份淡化而去，她就是一个坠入爱河的女人，跟着感觉走，发自内心地把世俗限定抛在脑后了。到此，影片散发着甜蜜气息，如《诗经·野有蔓草》那样情怀："邂逅相遇，适我愿兮！"人类婚恋的原生状态昭然而出：通过审视潜在的伙伴，通过幻想、诗歌、歌谣以及各种令人愉快的微妙调情来纵情享乐，以精密的求偶仪式，来实现情爱快乐的目的。电影通过男女主人公鲜明的性格及完全不同的成长环境，不仅构造出相互好奇和想象的空间距离，营造出火花四溅、温馨浪漫的爱情故事，同时，又成功地隐喻了古老文化与当代文化两种文明，在某种特定环境下所具有的交汇点：浪漫的爱情，从远古走来，不会因为物质世界的光怪离奇而消融的言外之意。

影片设置了一个生死相依的桥段：肖婷和洛波遭遇盗猎者报复，洛波拼死保护肖婷，受伤后被盗猎者踢进湍急河流失踪。这多少落入许多爱情电影桥段的俗套，但从全剧推理，倒也不显突兀，符合中国普罗大众的审美趣味和文化接受。它为两人的爱情制造波折作了恰好的铺垫，否则，肖婷放弃海归的张晓军就让世俗男女觉得太假。

一直深爱肖婷的大学同学张晓军，出现在她以为洛波已死的情感低谷。在世俗的眼里，富家公子、海归身份、商界精英的头衔令人炫目，他善解人意，体贴关怀，了解肖婷，以无微不至的关心，帮助心爱的人走出情感的阴霾。张晓军深爱着肖婷，即使他求学海外，拥有财富事业后依然为爱归来。但他的情感还是徘徊在空间距离的爱情想象。观众的思维稍微延展戏外，就能设想出他身在他乡时，对暗恋的肖婷无限向往和幻想。遗憾的是，当他和心爱的姑娘重逢，肖婷就明确告知，自己的心早已被尔苏汉子洛波填满；张晓军的自信和优势被肖洛之爱瞬间击碎。

电影用一个画面演绎洛波归来后，张晓军的失落，他的不甘心：波涛汹涌的大渡河边，一叶孤舟停靠在嶙峋的河岸，他使劲地将石块投入激流。酒吧买醉那一段，他对好友杜晓枫评价肖婷和洛波的感情时，用了"不靠谱"三个字。好在，张晓军在痛苦中不忘思考，他认识到自己和肖婷存在的时间距离空间距离以及认知距离。正因为这三重距离，哪怕肖婷嫁给他，他得到的也不过只是对方的躯壳，而非灵魂。张晓军最后的放手，表现出男人在婚恋中理性的思考，是传统道德战胜原始欲望，是对爱情的尊重。电影通过塑造张晓军让聚光灯下的爱情富含道德感的人格，他的为爱放手，肖婷和洛波的有情人终成眷属的中国式结局，传递出"温柔敦厚，乐而不淫"的爱情观，如春风拂过每一块心田，那朵含蓄、理性、忠贞的爱情之花绽放了。

《北纬》借张晓军这个角色告诉观众：恋爱本应是男女两情相悦、两性分享快乐的单纯行为；恋爱过程的行为，一个人在人生命题面前，思想、情感、志趣、教养和价值的反映而折射出来，恋爱为男女双方搭建出人格自我表演的舞台，在这个舞台上反映出恋爱者最真实的自我。

令人欣慰的是，电影直到剧终，也没有把心中崇尚的价值观与现实生活对立，始终努力将思想价值承载于爱情这个温暖的容器里，让我们笃信，中国传统文化以其厚重的道德感召力，仍然引领着青年的灵魂。由此，这份属于《北纬》的文化自信，使观众欣然接受，乐于见到。

《北纬》要讲述爱情故事，自然要照顾青年观众的视觉与审美需求，运用现今青年群体中喜欢的成像手段，满足青年群体的观影口味。

其一，人物特写的影楼写真风格。影片以温柔唯美风的画面，使女性人物的特写光线柔和、色彩和谐，构图上讲求肢体和脸部线条的曲线美，尤其是女主角的面部特写，突出女性温柔妩媚的特点，令年轻观众在观影中惬意快乐，以流行艺术的载体让思想传递上显得轻松愉快，颇有润物无声的效果。

其二，广角镜的宽阔视角将故事片和风光片融为一体，具有了推动地方经济发展、助力少数民族脱贫致富的现实意义。电影在拍摄人像时拍摄角色的全身的同时，将川西山区的魅力风景大范围地纳入镜头之中，尔苏藏乡的秀美风光与故事相融相交，令观众在观影中不时发出赞叹，观影后便听到许多人相约前往电影取景地。悄然间，《北纬》兼具其旅游风光片的影响。可以预言，这部故事片将成为助力石棉发展地方旅游经济的文化名片，对帮助少数民族脱贫致富有积极作用。电影作为艺术，从来就不是为艺术而艺术的，它的故事，它的艺术，必然反映出社会需求，具有当下社会担当。兼具艺术和社会的双重价值，正是每一部电影应有的追求。

其三，虚焦镜头的运用。现今，智能手机早已成为人们生活不可或缺的必需品，微信势不可当地横扫不同年龄段，人人都在用手机拍照功能：晒幸福、晒恩爱、晒美食、晒出行……已成常态，手机直播飞速被年轻人玩转，呈现出全民直播的热浪，年轻群体在晒图中，运用娴熟。摄影摄像早已不是小众艺术，已成为普罗大众的玩物。可能基于与生活拉近距离、取悦年轻观众的审美需求考虑，《北纬》在叙事中运用了不少的虚焦镜头语言，尝试将单反相机的虚化借鉴入景别。这样的镜头语言起到拉伸背景和突出人物的效果，尽管这种运用让观众觉得画面模糊，画面趋于阴柔的议论。但观影心理却得到一份真实感，因为，无论是肖婷还是张晓军，作为社会人，都脱离不了传统中国婚姻门当户对的影响，不可能完全抵御物质社会婚恋观的影响，虚化镜头无心插柳地表现出在情感与物欲之间的徘徊纠结，迷茫和困惑，男女人物的情感层次因此而丰富饱满了许多，对故事结局起到强化作用，升华了编剧笃信的"爱情不是他人眼中的完美匹配，而是相爱的人彼此心灵的相互契合"。当然，我们从这些镜头中解读出另一个侧面：在镜头语言中隐藏着迫于物质现实，摄影和导演潜意识里对纯爱的犹豫和不可确定。

《北纬三十度之爱》最后定格在肖婷和洛波共骑马背的唯美画面时，让我们想起仓央嘉措那首流传甚广的情诗："你见／或者不见我／我就在那里／不悲　不喜／你念，／或者不念／情就在那里／不来　不去／你爱／或者不爱我／爱就在那里／不增　不减。"

电影剧终，告别《北纬》，走出影院，心绪绵绵：这阳光下的生活才是大片，我们每一个人都是生活片的主角，无数续集即将上演。时空距离之中，谁都有属于自己的爱情电影，凭着对未来的向往，对岁月的感悟，我们编撰着自己的爱情故事。无论青春年少的浪漫，耄耋之年的搀扶，年华之中，遇见了就爱吧，别因为将爱情粘贴了泛滥物欲的附加值，而忽略那种让人心动的情感，与美好的爱情擦肩而过。

风情自在文深处

——《抢白翎》的川味儿风情品鉴

读张宗政《抢白翎》脑里总是浮现"风情"二字。这风情来源于文字，那是川西过往岁月抹不去的记忆风情。一篇万余字的小说听得见满纸川音缥缈，嗅得到字里行间的川味儿，让人耳目一新，叹为观止。

张宗政创作的短篇小说《抢白翎》讲述了 20 世纪 40 年代的四川故事。乍一看，这篇小说是关于林愈为、肖及三、于志隆等几个川剧戏迷"追星"的一段旧事。揭开往事，细细品味，麻辣鲜香的浓郁四川风情扑鼻而来。

小说以描写川剧演员白翎演出开场，进而引出几个主要人物。林愈为是这群戏迷的代表人物，作为医生，他的"林愈为医寓"为戏迷们提供了聚会论戏的聚集地，作为戏迷，他"那也几乎是全天候的"。

在一万八千多字的有限篇幅里，张宗政对林愈为痴迷川剧演员白翎的心理描写用了大量笔墨。这些描写，不是空泛而没有着落的意识流，而是实实在在地融入了一个川剧戏迷的日常生活，充满了人情味儿和烟火味儿。清晨，戏班子川剧演员在河边吊嗓子时："林先生早早醒在床上，候的就是这一刻，他能从众多的长短声里听出白翎来。白翎嗓子清亮，爬音再高也甜润，还有点嗲，像带钩儿的藤蔓，会爬爬绕绕地挠心尖儿，特是那声长长的抑扬有致的'啊'，能在你似醒非醒的迷蒙中飞飞旋旋，升升沉沉，那是何等的妙不可言！""城门洞多卖藤菜，又绿又嫩又展样，看来白翎喜欢，林先生也喜欢。待后早餐桌上，干辣椒炝藤菜下红苕稀饭，不期然就会有一个水水绿绿的藤尖儿样的身影儿在盘筷之间悠来晃去。"

小说对白翎演出后吃东西的夜宵店的设立，绝不是单纯地为场景描写而描写。作家匠心地用近乎白描的手法尽展出 20 世纪 40 年代四川小城的夜生活。

"要知道戏迷也多喜欢吃甜食，每晚散戏后也多喜欢群聚三三。但群聚三三与其说是消夜，倒不如说是看白翎，看白翎素面旗装吃汤圆儿的样儿。而白翎也似乎心有灵犀，不愿拂了大家的心意。为了看看那披肩发，那胸，那腰，那笑，似乎就有一种感动，好似造化赐给这么一个美娘，以不至那惶恐的时事窒息了这小城。白翎进店，在她惯坐的小方桌前舒舒款款地坐下来，其时店面已无虚席，窗框外还打拼着人头。大家佯装不经意看见白翎，只是望望，而或角落里偶有哼两句：我有心与你成姻眷。"同时，这段描写也带出林愈为这个超级戏迷及其四川汤圆一样直入心田的迷恋滋味。

四川人常常把对美女的想入非非形容为"乱想汤圆吃"。温文尔雅的林愈为"阴在另一些时候去光顾三三店，要一碗，热腾腾地坐那儿，其面前仍会有一个吃汤圆儿的身影儿。"当汤圆店老板娘酸酸地给他端来白翎剩下的半个汤圆时，"他佯佯地有些生气说，'去！'但等老板娘离开后，他不仅悄悄吃完汤圆儿，连汤都没有剩下。"可以这样看林愈为迷恋白翎的表演，也迷恋着白翎的美貌，其间，也顾忌着自己的身份和名声。

这样的文字在故事发展之中信手拈来。张宗政对于人物不是就心理描写而心理描写。因为，他非常清楚：写小说，重要的是用文字代替口头语言向阅读者讲述有滋有味的故事，而对于中国读者的传统阅读习惯而言，滋味浓郁的故事讲述始终具有巨大的阅读诱惑。张宗政的心理描写不是脱离实际的意念，而是应景而生，因人而起，因物而产生的心潮涌动，要达到让笔下人物鲜活生动、血肉饱满的目的。城门洞、夜宵店、戏台、小酒馆是实景；藤菜、汤圆儿是实物；白翎的活泼俏皮、花容月貌，鲜亮的人儿。作家将境、物、人三者揉捏在一起，构成了活色鲜香的川西北风情，诙谐而生动，麻辣又鲜香。以此成功地用贴近生活的心理描写诱惑起我们的阅读欲望：那时候，这样将川剧融入了生活细节的戏迷，到底会做出什么狂热的举动？

有了对林愈为痴迷川剧和追星川剧演员白翎的心理铺垫，林愈为协同肖及三重写《长生殿》排大戏、重修惨遭日本飞机轰炸的戏台与贪腐县长向增垚的斗法、谋划抢回被军阀孙启堂掳去的白翎，一个个故事接连发生，把一个小镇医生因为痴迷川剧和一个川剧演员走上了与权势、枪杆子的斗智斗勇之路写得惊心动魄，尽显川人精干火辣的精神。

张宗政深谙故事于一篇小说的魅力。《抢白翎》在有限篇幅中，做到了跌宕起伏，一波三折。然而，作为小说，又不能仅仅限于故事，故事是人物生活的全景式展现，内心情感的欲罢不能当与一方水土融为一体，故事之于时间、之于历史和社会牵牵扯扯，于是给予人物形象的丰满度。

在张宗政的《抢白翎》中，川剧元素和唱段与戏迷们行为活动是融为一体的。

《抢白翎》故事发生时正值抗战，林愈为和肖及三谈起重写《长生殿》的一段话："我们县有三千七百子弟——包括你我子弟——在前方抗战，宜昌赢了小仗，我们后方的父兄给子弟家书，勉功励志，当得有家国之思，兴亡之感，黍离之慨，是不是？"寥寥数语，彰显了一个普通百姓家国大事面前迷戏却不迷心。而后林愈为"以竹筷击节"，摇首哼唱了起来："不提防余年值乱离，逼拶得歧路遭穷败。受奔波风尘颜面黑，叹衰残霜雪鬓须白。今日个流落天涯，只留得琵琶在。揾羞脸，上长街，又过短街。那里是高渐离击筑悲歌，倒做了伍子胥吹箫也那乞丐……"戏腔悲壮而苍凉，忧国忧民，借古喻今，借戏达意。

《抢白翎》以川西北方言的人物对话体现四川风情。白翎被抢，围绕一个川剧演员，各等人物一一出场。官员、军阀、土匪、商会会长等戏迷也呈现出迷戏百像，人物对话和讲述故事中多有四川方言，"乱想吃汤圆儿""神神道道""歪脑壳""嗨耶，你莽起想""癫疙宝伤风，满卵子都是气""处处挨猪尿泡儿""龟儿子""烂眼儿"等等。颇具代表性的川西北方言，或幽默风趣，或豪放粗俗，让阅读者从语言上品味到川人麻辣耿直的性格品质。阅读历程，让人忍不住暗自拍案：好一幅四川小城风情图，世俗而不庸俗，太有人间烟火气。这样丹青一笔绘出了：闹市喧嚣中琴瑟曲笛，高腔水袖隐刀光剑影，浴血奋战和生活继续，川人抗战时期的洒脱而张扬的生活态度可窥一斑。

方言是一个地方民风民俗的主要特点之一，由方言激活地域的特质，是小说展现地域文化和地域风情的重要途径。通过恰当的方言运用，人物的文化背景、地域特色，性格与心态跃然纸上。语调的节奏清新，活泼如行云流水。浓郁的四川方言，使《抢白翎》显得真实而鲜活，生命气息弥漫字里行间。

作为篇幅有限的短篇，《抢白翎》有其精到之处。恰恰因为篇幅限制，其中大量的川剧台词和川剧折子，也给缺乏生活经验的阅读者带来了阅读上的体验限制，这让这篇小说似乎不太完美，这也许使这篇小说可能产生圈内叫好圈外反应冷淡的结果。文学与时代的结合，要求小说作为其文化视野在立足于地域的同时，考虑到新一代阅读者对传统文化的理解和其传统文化的素养。面对新一代的读者群，小说应该怎样传承传统文化，在叙写过往的地域风情中我们该怎样侧重，确实需要小说作家探讨和摸索。

潜意识中的战争情结

——张玉红诗风评述

对于阅读者来说，读诗往往想读一种感觉。这种阅读感源自诗歌与阅读者在阅读过程中某种情绪产生的共鸣或思想碰撞。或者说，是诗歌触及阅读者精神深处某种情感的反应。反过来，阅读者可在诗歌的字里行间捡拾起诗者内心愿意或不愿意示人的碎片，从而揭示出被回避和掩盖的历史真相，感悟和理解表象下自己真实的生存意义。

在张玉红《四十三岁的我》这本诗集中，我们便能在其诗行中不断掘出掩埋的许多心理碎片，尽管这些心理碎片断断续续、有大有小，却足以给我们的阅读历程笼罩某种气场。这种气场忽而飘来，忽而飘去，抓不住，却又没离开，时常让人合卷暗惆：这个经历过越战洗礼的男人（请注意，笔者用了男人，而不是诗人的措辞），就我了解，这个爱写诗的老兵在不惑之年前有着波澜起伏的人生经历。岁月，已让他迈过不惑的人生界限；阅历，已让他读懂了社会的人情冷暖；际遇，他品尝过了生死贵贱，公平与不平。也许，他只是想用《四十三岁的我》表达一个男人在命运面前的倔强硬朗；写诗歌的潜在点不是为了立身扬名，而在乎宣泄内心不可名状的波涛。

从诗集的标题《四十三岁的我》就可以看出：他是一个非常自我的诗者，一个要表达内心澎湃与平静、柔情与刚毅、桀骜与不屈的男人。他内心充斥着诉说生命经历的欲望，这种欲望不是凭着耍嘴皮子的轻描淡写，而是认认真真地打理着心绪。所以，他选择启用自己擅长的表达形式，那便是诗歌。

读一首诗，如同听一首歌，歌者的演绎关乎能否打动人心。张玉红的诗是血与火炙烤出的声音，是艰难困苦中自强不息的进行曲。诗者曾经的生命不能承受之重，成为他的诗歌迥异于目前本土阴柔浓郁、玩弄意象的诗风，让人阅读起来不时有些凝重。有了这份凝重，张玉红诗歌的字里行间便有了生命气息，有种撼动心际的痛感。

通过拼接《四十三岁的我》流落诗间的那些心理碎片可以看出，诗者张玉红经历了两场战争，一场是一个士兵在对越自卫反击战中的惨烈厮杀，另一场是下岗工人为了生存的迷茫挣扎。

前一场战争，日子虽短，却让张玉红这个和平年代成长的年轻士兵，经历了流血死亡，见识到战场牺牲的惨烈，唯留下对生命的珍惜和对战友的怀念，这是张玉红半生时光的岁月铭记。他在梦呓中、独处时、喧闹处，常坠入鲜血和烈火。后一场战争，是下岗后的生存之战，这场战争将一个保家卫国的勇士从荣誉之峰打下凡尘，跌得疼痛，摔落得彻彻底底！相对前一场战争，他在打着一场一个人的持久战，他没有一起冲锋的战友，是诗者一个人与自己境遇的搏杀！

一个面对战争、经历战争、参与战争的男人，一个诗者，其诗歌的潜意识中必然表现出了对人类战争的定义。他的诗歌必然体现出生命的残酷性和毁灭性。

武器之战，具有杀戮的残忍；生存之战，属于角色沦陷的残忍。曾经经历的战事，对一个士兵而言，尽卫国奉献的本分。只是，硝烟散去后，也不能散去记忆的深痕，因为，这是属于诗者张玉红独特的生命体验。应该承认，英雄豪气，终究无法避免战争给人类造成的心理压力。这种压力，在过去的岁月中，以致在未来的日子都无法磨灭。在某个孤独的日子，它会慢慢爬上心来，咬噬着诗者的灵魂。所以，老兵张玉红诗的笔触传达了人类对于战争的切齿之痛。

在他的笔下，死亡、绝望的意象使得诗歌显得诡异，充满肃杀，表现出希望与绝望地来回撕扯，生与死的纠缠未决胜负的不甘。"把我瘦成一条看家犬，迟早会被人炖了御寒。"（《写给四十三岁的我》）

"上帝一闭眼／我的旧伤开始发芽／沉静的心／炮声隆隆／我学不会缴械／唯有感谢折磨我的人。"（《异乡的夜》）

"我要用 黑夜颜色／褪掉所有的 颜色／只用她来抒写 爱情／只用它 涂抹周身的伤口／一个碰死在 门外的人／永远躺在门外。"（《淡忘》）

"这痕迹 疯疯癫癫 张嘴／却一个字也说不出来／装在肚里痛／容颜隐匿在 模糊里／只剩下一堆 怀念的骨头／发出记忆 碎裂声音／在飘散 在消失 在呢喃／那样穷于 表达／又像根本 没有发生过／黑夜对着黑夜 悄悄说／我们都是泡沫。"（《往事》）

这些诗句满含着思绪、诗情，满含生的不易和死的凝重。生死问题是人类面对的最基本的问题，在人类文明史中，无论是宗教还是哲学，对于生死的讨论从未停止。无论是凡夫俗子还是伟人精英，谁也逃不过生生死死的命题。诗者以他独特的视角和切身体验，让人阅读出生死命运的苍凉和凄然。

有人说，战争是必然的，存在即合理。然而，面对血腥与屠杀后的惨象，人类于战争对文明的巨大破坏以及对生命的肆意践踏从未停止反思。战争的毁灭性，不仅体现在战争双方对抗之中，必须以一方消灭另外一方肉体生命为代价。而且，在于战争对于参战者留下或多或少的心理毁灭，这种毁灭或许终生存在于人的潜意识里，这种心理伤害将影响着参战者战后的生活和思想行为。即使像张玉红这个出身军人世家，从小接受了尚武精神教育的人也不能例外，他的内心深处同样潜伏下了战争后的阴霾。因此，当人到中年的张玉红以诗歌书写生命的时候，笔下的主题不可能不是他生命历程中的双重战争。

战争是诗歌艺术缺不了的一个主题，它同"爱情"一起构成了诗歌的旋律。拜伦的《哀希腊》、荷马的《荷马史诗》、高适的《燕歌行》都是以战争为意象的名篇大作，对战争的残酷和毁灭进行了思考和描写。假如士兵张玉红的诗歌缺少了残酷性和毁灭性，也就失去他不同于人的魅力；也因为这两样让张玉红诗歌有了可以评述的理由，成为剖析张玉红诗歌的美学魅力的关键点。

张玉红的诗歌张力就在于表现了人性之中最真实的两方面，阳与阴，刚与柔。阅读他的诗集，让阅读者有在冰冷与火热、细腻与粗犷、复杂与简单的两极奔跑的感觉，而不是时下诗歌流行的那种小资的造作扭捏，矫情的鼓吹虚景。

"隔着匣子／骂我老坏蛋的人还伤心／这时候还给我温暖／想到这些　我轻松／安息了许多／时间停止了我　你呢也快了／我干了一辈子户主　真担心没人替代／想到这事　我颤抖几下。"这首表达亲情的《百年之后——写给妻》，可以滤出这个亲历战争的诗者内心的毁灭感，男人的至柔与死亡对决。一个活着的人，用寥寥数语写着生命弥留之际的牵挂和无力，凸显的毁灭感。没有目睹过生命之火渐渐熄灭的人，怎能如此来写出毁灭前情绪的细致？

无论如何，诗者作为士兵和男人，对于毁灭和残酷是直面的，由此，在其诗歌之中那种无所畏惧的倔强一不小心便如脱缰野马般在诗行中撒欢。

"我不是鱼　是雅鱼／我不是美人鱼　是雅安男人／皇冠　天子剑我拥有　不会太长／太阳　月亮　不会太长／日子也不会长大。"（《雅鱼》）

"几千年来　是英雄你就会走在征服路上／几千年来　是丰碑你总是不言不

语　表里如一 / 待你归来后　还会睡在这里。"（《土与火的结晶——荥经砂器》）

"我口中的星星点点 / 不需要观众 / 也不祈求万物陪衬 / 只愿淡泊一声长啸 / 划破夜空 / 铺天盖地。"（《零点钟声在敲问谁》）

从文学到现实，无畏和倔强的存在不单单因为写作者的"性格"，更重要的是从中传达出血液中的热烈。这种气质发源于人的天性，是男人之为男人魅力的一面，是人性中的崇高与光辉。在一派歌舞升平、吟风弄月、盛世风华的诗歌语境中，血性注定了张玉红的诗歌显得异类和张狂。不过，却让阅读者感受到一份久违的率真，领受了灵魂在烤炙的疼痛之美。生活是美好的，但沉浸于虚妄的美好，而忘记甚至掩饰实实在在的痛苦更是对生命的亵渎。

在庞大的社会机器下，个体本身变得越来越服从集群的时候，许多人正渐渐失去着生命中至刚至阳的一面。许多苟活的内心已然堕入卑微的阴影，逃避痛苦、虚构快乐成为常态，缺少直面痛苦的勇气。那么，还是有那么些人，如张玉红，还有勇气撕开包裹的痛苦，让我们失望的心总算有了点宽慰。

战争毁灭生命，残酷而残忍，战争也让一个人生的渴望更加强烈，存在更有意义，这就是尼采狂妄的哲学里所推崇的"生命意志"。让人想起鲁迅先生的名言："真的猛士，敢于直面惨淡的人生，敢于正视淋漓的鲜血！"

诗集《四十三岁的我》的诗歌语言或闪烁着锐利，或流淌着死亡气息。张玉红喜欢用超乎人们想象的词汇来表达出生命形态的诡异，直接冲击目光，挑战惯有的审美。在组诗《风雨雷电》中，他把风比喻成色狼，将雨比喻成祸水，将闪电比喻成了情丝。

"你趁着无月的　黑夜 / 轻而易举侵略　我家 / 毫不犹豫地　一头钻入 / 挂在墙上的　玻璃框 / 竟调戏我美丽的　新娘 / 还强行掠走我的　初吻。"（《风·色狼》）

"转瞬间　我的眼被冻出汗来 / 那高高的梅枝挑起苍白的月光悄然离去。"（《梅园里香魂洒满地》）

"我囚禁心趁机　蹦迪 / 以最优雅方式　代替所有沉默 / 此时　你的容颜溅了我一身。"（《我决定了》）

诗者在塑造生活中我们早已习惯的那些暖色的、美丽的、温馨的意象时，笔墨一转，就变成了冷色的、丑陋的、冷漠的、冷峻的意象。笔调娴熟，情绪跌宕饱满，也难免让阅读者为之而惊讶，感到背后寒意升起。这股寒意是张玉红在提醒人们：生命不仅属于鲜花、掌声，芸芸众生各有属于每个人的沉重。透过他隐晦的诗语，诗者心渊里深葬的那份痛楚冲击着我们，彰显出对曾经那段血雨腥风、刀光剑影的不悔和对从光鲜到落魄人生的云淡风轻。

《四十三岁的我》阅读出了诗者张玉红的士兵之伤痛，平民之苦涩。战争留给诗者的毁灭和残酷已经是他一份难得的人生财富。这份财富是属于士兵张玉红的，也是属于曾经经历过那场战争的每一个人。因此，张玉红才有勇气以他的笔展现了诗者应有的内在精神，保持了"符合我心跳的旋律，必须为良心写作"的底线。

历史告诉我们，人类借助战争手段解决矛盾，战争更撕去了人类所有的伪装，而战争也向人揭示了另一种存在：将生命置于生死存亡的危急关头，因而，最能显示出人性的崇高、做人的尊严、生存的价值、个体的力量。文学作品只有以人为中心，从历史的角度和历史的规模解读当代人类的命运和责任，深入展现人生与人性，观照自我与人类的关系、理性与非理性的关系、现实与超现实的关系，才能以艺术之美唤起一切爱好和平的人反对战争。即使绝大多数反对战争，呼吁和平，也一定有些人认可战争，崇尚武力。岁月静好，是因为有无数个老兵张玉红曾经用生命保家卫国；花前月下，是有无数个戍边卫国的军人用青春负重前行。我们应该感谢，更该珍惜眼下祥和安宁的幸福！

作为诗者，张玉红努力思考着生活的意义、社会责任、生与死、爱与恨、善与恶、高尚与卑劣、忠诚与背叛、勇敢与怯懦等问题。《四十三岁的我》仍有让人遗憾的瑕疵，由于诗者创作过程中夹带着强烈的个体体验和情绪，而显得张力过度，收缩不足。诗者对诗歌情感的追求，使他的某些诗歌稍显随性。诗歌是情绪化写作的结晶，对于诗歌创作者而言，情绪把控的度尤为重要，收放不当，便会导致淡化诗理、忽略诗艺的短板，使一首本来立意很好的诗歌流于粗糙。但不管怎么说，我们已经感受了他的诗行有真实的"心灵运动"，出于真情的诗歌即使有些瑕疵，但也瑕不掩瑜。

诗者仁心，有了这份发自肺腑的对生存的感悟，相信诗者张玉红、老兵张玉红的诗歌创作能继续以心作歌、以情谋诗。

脚下的路途　黎明的激情

——评杨宓新作《谍战黑水》

　　我接触文学批评时，老师给我的启蒙：作为文学批评者，了解评论一部作品最为理想的状态，当然越熟悉文本越好，同时，熟知写作文本的作家之创作生态并研究和了解。然而，经过多年文学评论的实践，我越来越觉得，过于了解作家的写作背景反而有先入为主的误导，评论人对文本的想象空间受到某些制约，至少是，评论者少了对一个作家及其作品因为陌生的距离而产生的好奇和探究的乐趣。所以，如果再要对熟悉的作家的新作写点儿读后感，作为阅读主体，他的新作，必须能够在我一接触其文本时就有某些让我感到特别之处，以激发我想比较现在的他和过去的他有何不同。对杨宓的长篇小说《谍战黑水》我就怀有这种评论心理。

　　拿到由现代出版社出版的杨宓新作《谍战黑水》，我的第一反应是：杨宓真的很用功，他执着于长篇小说创作，即使在影视文学领域取得不菲的战绩，他仍未忘初衷，忙里偷闲地写出了他自己的第三部长篇小说。略梳理杨宓的小说创作路线，从《蓝色子午线》《爱的天空》到今天的《谍战黑水》，相隔三五年便有一部小说问世。他的每部小说题材迥异，风格不同。可见，杨宓总在寻求与前面不一样的东西，力求突破自己，从而看得出他对自己的要求甚严。

　　杨宓性格中的淡定决定了他的创作态度和对文学的坚持。在本土，从事长篇小说创作的人屈指可数，像杨宓这样执着于长篇小说创作的就更少。当有人在为一首诗登上某名刊，网上网下地自我推销时；当有人在为得了几大百稿费而呼朋唤友观赏的时候，杨宓却远离喧嚣，费时费力地写自己的长篇小说和影视剧本，云淡风轻地做自己喜欢的事情，他只是因为喜欢，和名利无关。因为有他这样的作者在坚守，在长篇小说创作贫瘠的雅安，才有了几株梭梭树存活。在中国，写长篇的优秀小说家太多；在偏远的雅安，若想以文字一举成名，选择写长篇显得有点"傻"，有点不合时宜。显然，杨宓在这方面有些"不解风情"。

对杨宓创作状况了解归了解，对他旧作的熟悉归熟悉，但都不能代表我对他的新作长篇小说《谍战黑水》立马认同，我必须比较比较这部小说和作家以前的小说有否新意，才能决定写不写。粗读之后，从题材和故事上确实发现能写点什么，方才动笔写《谍战黑水》的评论。

《谍战黑水》取材于20世纪中叶发生在黑水藏族聚居区的真实历史事件。

1949年12月27日，成都，这座国民党势力在中国大陆所盘踞的最后一座大城市和平解放。红日初升，真正的和平却未呈现。从全国各地溃逃麋集的国民党潜伏特务、散兵败将窜逃集结至川西北阿坝黑水地区的雪山草地，拼凑起数千喽啰，号称"陆上台湾"。这股军匪兴风作浪于黑水藏族聚居区，成了新中国的肘腋之患。1951年仲夏，成都市军管会公安处派出一个代号"208"的秘密情报站，为解放藏族聚居区、平定匪患收集情报。小说中年仅21岁的情报站长，公安侦察员李禾的原型便是后来历任南坪县首任公安局局长、汶川县委书记、省农业厅副厅长等职的李守福。这便是长篇小说《谍战黑水》的故事起源。

《谍战黑水》从李禾接受侦察任务开始了一个传奇故事。书中着力塑造了一个机警睿智、胆识过人的年轻公安谍报人员形象。李禾统领着一群起义的国民党原警特人员假扮商人进入雪山草地，开设"利源分行"作为掩护，广泛依靠藏族群众，积极争取少数民族上层人士，与以傅伯庸为首的国民党残军、赵紫蝶为首的军统特务斗智斗勇，在雪山草地间支起了一张隐形的情报网，为剿匪大军搜集情报，犁庭扫穴，荡平匪患，且取得胜利而结束。

相对杨宓前两部长篇小说，《谍战黑水》更注重以人物对话和场景转换构筑小说情节。这种场景对话的写作把人物心理活动、人物性格塑造，皆置于对话的你来我往间，小说尽管省去了其他的描写，但故事情节的曲折紧张放在一个个场景中，通过对话渲染，反而使人物的个性及内心世界展露得更为彻底，人物的形象更为鲜明。《谍战黑水》用这种叙述方式省去了情节发展的大量衔接性叙述语言，借助人物对话直接推进情节的发展，在有限的篇幅中情节更为简明，矛盾更为突出，节奏也更加明快。将人物对话作为《谍战黑水》小说叙述语言的主体，让小说语言口语化、生活化、个性化的特点更显鲜明，起到了使读者感到亲切、朴素、真实的效果。

　　小说的故事推进往往在一个固定场景中，比如商行、土司官寨客厅，或者类似的平行场景，由两个或两个以上的角色，以对话为主要方式构成小故事。通过角色的交互对话，以及与对话相伴行为，交代事件背景、情节和塑造人物性格。由此，《谍战黑水》不同场景的转换加快小说节奏，使故事环环紧扣，精彩不断，高潮迭起。激发了阅读者的阅读欲望，一旦开启阅读模式就有了欲罢不能的感觉。看得出来，杨宓的这种构建情节的手段得益于近年来他转向影视剧本创作的影响。

　　随着影视视觉艺术的不断扩张，许多影视作品来源于小说改编，当代小说创作与视觉艺术的结合度日渐加强。许多小说作者在创作小说时逐渐借用了影视编剧的手法，倾向于以场景桥段转换和人物对白形式来构建故事和讲述事件。由此，有了"电影小说"的说法，笔者认为这是一种小说写作的新类型。这种类型的小说以场景为故事的若干个"点"的处理方式，初看，好像没有传统小说那样复杂，貌似故事简洁，一目了然其内容，但读者阅读时脑海里随文字浮现出如电影播放的人物形象、场景等，读者的阅读历程相似于电影画面，直接启发出阅读过程的想象力。可以看出，电影小说的特点简单明了，带有一个电影的剧本或者分镜头剧本的明显特质，形成电影质感，常常给人的感觉是因为电影而形成小说。

　　采用电影小说直接叙事方式，《谍战黑水》这部小说更像一本纸质的电影，通过阅读者的想象和文字的碰撞而产生画面美感和思维激荡。阅读《谍战黑水》将阅读者自我需要的总体引向我所见的个体，表面上没有语言的华丽，甚至有些简略，却达到用人物言辞钩织出时代痕迹和地域风情，故事情节的曲折紧张的效应。这种读者脑海里浮现出连环画似的图像，尽管有别于影视的视觉冲击，却是经过人脑发挥想象独有的成像，多了一份咀嚼文字的味道，让无论哪一个层面的阅读者都能从中找到一份阅读快感。在纸质书籍备受手机阅读和网络阅读冲击，快餐小说在青年阅读者中滥觞的当下，电影小说的尝试和探索不失为传统小说的一条新径。

　　电影小说尽管借用了影视剧本的表达手法，应该归属于小说叙事语言向其他门类艺术的借鉴，因为其具备文学价值而为小说。和传统小说一样，电影小说的文学价值高低的主要依据还是塑造人物形象，以小说的人物形象之真实性、生动性、独特性和典型性，构成了形象与思想的统一，达到一部小说鲜明的艺术形象与深刻的思想内容的和谐统一。

《谍战黑水》在曲折的情节中，不乏通过人的情感去全方位塑造人物的多面性。李禾与张瑶心生情愫的温情，李禾对傅伯庸小姨子苏娟和其刚出生婴儿的出手相救，国军支队长龚明富对妻儿的留恋……李禾和赵紫蝶对决于深山密林，敌我双方生死相搏之时，赵紫蝶遭遇饿狼以为要命丧狼口，李禾却出手相救，告诉赵要亲自活捉她，因为赵杀死了其未婚妻张瑶等。当李禾押着被俘的赵紫蝶行走在密林，赵紫蝶被毒蛇袭击，李禾第二次救下赵紫蝶却被毒蛇咬伤，赵紫蝶为李禾清理伤口，在李禾昏迷时举刀又放下。生死对手之间昭显人性的底色。同时，当李禾发现赵紫蝶跳崖自杀的企图，来不及阻止时大喊"不"，一声"不"显得惊颤人心。这个动人情节，尽管只是一个字，却是《谍战黑水》最让人动容之处，李禾对敌手以这样的方式结束生命流露出的惋惜，彰显了共产党人对生命的敬畏，升华了小说人物的思想境界。它让我们更加理解了书中为黑水解放而牺牲的张瑶、小武、马亮、钟俊才以及无数为解放黑水，牺牲在黎明的无名英雄们，为了拯救更多的生命免于涂炭，他们以自己的生命换来人民的幸福。他们奋斗牺牲的意义必然是坚定的信仰和对世间生命的敬畏。

进入 21 世纪以来，消费经济娱乐化思想充斥了人们的思想空间，许多小说打着"通俗"和"人性"的旗号，恶搞理想、解构崇高。可是，消解、恶搞热闹过后，却没给大众留下多少思索的内容，精神领域愈发沙漠化。当思想被物质囚禁成了时代病症时，人们更需要以正面积极的价值观来重建精神家园，这时，创作红色小说表现老一辈革命者对革命理想的执着追求及其坚定乐观的革命信念，鼓舞了寻找精神家园的人们，书写家国情怀便成了小说创作者应当履行的社会责任和担当。

作为一部电影小说，《谍战黑水》通过塑造人物形象达到作品思想内容和审美价值的统一的文学价值。杨宓基于史料，又不局限于史料，他充分发挥想象地塑造出了国共两个阵营的各色人物。小说用影视剧本桥段的方式，层层铺垫，烘托出我公安特工李禾年轻帅气，胆识过人，睿智冷静，细致敏感；女地下党张瑶温柔美丽，勇敢坚定，不畏牺牲；李禾领导下的一群刚起义的原国民党特工的形象也都栩栩如生，性格迥异。两大反派人物匪首傅伯庸、保密局女特务赵紫蝶也塑造得可圈可点。傅伯庸的阴险老辣，赵紫蝶的狡猾缜密，谍报技战娴熟，一帮特务的疯狂而凶残，绝望且迷茫。作家设置如此棋逢对手、高手过招的情报战，高潮迭起，险象环生。刀光剑影之间，招招致人死命，整个小说充满紧张气氛，勾勒出李禾及其情报站任务的艰辛，讲述了革命成果的来之不易，用笔墨咏叹了一首革命胜利的壮歌。杨宓创作的《谍战黑水》堪称唤起红色文化记忆的历史文本。小说重现了革命战争年代火热的青春岁月，崇高的理想追求，燃烧的革命激情，焕发出精神信仰的力度，使阅读者心灵颇感精神慰藉。毋庸置疑，其思想价值必契合了主旋律中有关伦理秩序的精神需求，契合中华民族五千年历史形成的气质。《谍战黑水》所弘扬的爱国主义精神、传达的崇高理想信念，使读者看到了作家内心为人民书写的信念。

　　脚下的路漫长艰辛，有人只看见路旁的山花，却忘记了远方的风景和诗意；有人信念在心，步步迈进。杨宓是期望远方诗意的人，是花开还是荆棘，是小路还是坦途，他在意埋头把每一步走好走稳，因为如此的心境，才有了《谍战黑水》。

2014 年 7 月 23 日定稿

茅盾文学奖小议

　　第八届茅盾文学奖尘埃落定，获悉获奖作品，既有欣慰也有遗憾。从这次获奖的书来看，窃以为当代作品中还有比获奖作品更加精彩的作品存在，譬如，莫言的《生死疲劳》早该获奖。王刚的《福布斯咒语》，孙皓晖的《大秦帝国》等精彩之作遗憾地与茅奖失之交臂。由此，我想到了一句话："名人的作品不一定是好作品，不是名人的作品也并非不是好作品。"

　　鲁迅文学奖和茅盾文学奖是无数中国写作者向往和追求的奖项，代表着当代中国文学创作水准。然而，五届鲁奖、八届茅盾文学奖获奖作品虽为数不少，却有"茅盾文学奖在矛盾中前行，鲁迅文学奖让鲁迅走开"之说，评选结果屡遭非议，惨遭信任危机。那么，什么样的作品才能真正代表中国当代文学的最高水准，中国当代文学如何才能不致招来"当代中国文学是垃圾文学"的非议，确实是中国文学写作者应该思考和探究的问题。

　　中国当代文学为何在世界文学之林难见其踪？中国的百姓为何对中国文学林林总总的奖项嗤之以鼻，说到底，当代中国文学缺乏真正反映人的生活，反映时代所引发的人性变迁的作品，让人引起共鸣的作品，缺乏写作者对事物独立判断和思考的鼎力之作。中国的写作者正在以中庸的名义掩藏内心的真实情感，逃避现时存在生命现象，因而，使自己的作品所包含的人文意义思考和展现呈现虚壳。

　　文学说到底还是围绕着一个字，那就是"人"。六十几年来，沧海桑田的变迁，并没有让社会重视"人"字的含义。如果文学的里里外外没有人，或者缺少了人，文学作品残缺不全是必然结局。个人认为，中国文学及大多数作品让阅读者感到不舒服的是：他们在回避着什么，躲闪着什么。读者心里对文学的崇敬变成了鄙夷。

文学奖是对优秀作品的肯定，也是对文学发展的透视与指向标。窃以为，中国文学现在面临的问题还是思想解放问题。当下中国写作者，无论是网络的还是主流的，思想的绳索需要松开。面对快餐文化、政治意识、金钱利益，诱惑多多，中国作家或者写作者面对的是文学史上前所未有的无所适从。在金钱和权力的招安面前，中国很多的写作者钙质流失，脊柱弯曲，良心成了狼心。如此种种影响，使当代文学作品垃圾成堆，不足为怪！

毋庸讳言，文学奖项的诞生，必须面对为谁服务，有什么样的文化导向问题。它的结果同样折射出当今社会的光怪陆离，引发出的欢呼或者不满出自看待人的角度与立场。写作者可以选择思考或笑对，阅读者也有权选择适合自己阅读口味的作品。既然文学无法摆脱物质的市场导向，那好，广大阅读者为何不能诉诸自身需要，谁写出反映我们真实生存状态，为百姓呐喊的文学作品，阅读者就选择他的作品。一部真实反映当代人生存状态的作品，即使没有获奖，它仍然能够畅销，反之，百姓必以不愿阅读作为实际评判，让其成为文学史里的沉渣。这是双刃剑，关乎写作者视野和阅读者品位，缺一不可。窃妄言，中国文学要真正成为"人学"，关乎民众素质，以民众的品位推动文学的发展，不是不可能的。

作为写作者，岂敢忘却新文学先驱者鲁迅先生说过的话："写小说，说到底，就是写人物。小说艺术的精髓就是创造人物的艺术。"文学是"勇者举刀向强者。"写作者手中的文应该是投枪，是匕首，中国的文学必须认识到国民劣根性"——不是很大的鞭子打在背上，中国自己是不肯动弹的"。中国文学是该"大胆地说话，勇敢地进行，忘掉一切利害，推开了古人，将自己的真心话发表出来"的时候了。

必须承认，当下社会，有人不喜欢鲁迅，有奖让鲁迅走开。因为，他们灵魂深处的卑微和胆怯在鲁迅面前暴露无遗，他们害怕，他们发抖，唯恐中国文学再出现一个鲁迅。

2011 年 9 月 15 日

从《二婶娘》看个体命运的底层叙事

——张甫义短篇小说《二婶娘》略议

  小说是用文字讲述故事的艺术，故事中心当然是人物。阅读小说，紧紧抓住读者的心扉的非人物命运莫属。小说中人物一次次的人生遭遇构筑出其独有的命运，它陪伴读者缓缓地走过阅读历程，向生命深处进发。

  对于小说作家而言，个人遭遇着相同或又不相同的经历，这些经历构成了他自己的命运元素，他的小说创作其实是其身边与眼前命运的浓缩编排，不一定来自作者亲身经历，这些命运元素在某个时候让作者为之颤抖、兴奋、扼腕叹息，含有作者曾经付出过的情感和思考。被小说写作者曾经关注的个体命运，成为写作小说的原动力，促成小说的成功，文学作品无论类型，都应该对形形色色之生命个体尊重和怜惜。

  面对浮躁时代的快餐文化，衡量小说成功的标准频入误区。所谓读者认可或是一篇小说的准生证，或是死刑宣判。这样的评判标准显得偏颇，忽略了阅读群体和阅读取向这些关乎人的因素，忽略了小说抓住读者的情节和情结，是读者有欲望阅读下去的理由。好的小说总是以文本意义，让阅读者自觉对生命思考。而且，在创作小说时，作家看重普通读者阅读习惯，让自己的作品能够引领读者随着小说中人物的命运快乐、悲伤、叹息、愤怒，有了这样的创作要求，作家写出来的东西才能被读者接受，作品就可以称为成功。所以，选择何种叙事方式和题材成了小说创作中的关键。选择写"谁"，创作者也要颇费心思。

  读张甫义的短篇小说《二婶娘》，我被二婶娘的命运紧紧地攫住了。掩卷时，绝望冷澈的伤感和心痛仍挥之不去。它让阅读有了自我生命与小说人物悄然相通的阅读体验，作者运用底层叙事的方式实在让我有了思考和评述的冲动。

《二婶娘》以标题作为人物个体命运的开端。被叙说的二婶娘是一个普通农村妇女，小说给我们讲述了一个农村妇女在特定的社会环境中的命运遭逢。

《二婶娘》用第一人称作为限制性叙述，用"我"——一个孩子的视角来看问题。读者所看到的所有事情或者叙述者所叙述的所有故事都控制在"我"听到或看到的范围之内，身历其境，感同身受。作者在作品中，隐含地创造了"我"的个人形象，这个隐含的形象传达着张甫义本人对世界的感受。使用这种第一人称的底层叙事，限制性的叙事视角显得意味深长。因为，底层叙事常见的第一人称限制性叙述，或多或少自由地表达了作者主观感受和评价；同时，第一人称的叙事方式，比"他／她"的叙事更能让阅读者对小说故事产生真实感。这样的叙事方式，所产生的身临其境的讲述，如影视旁白一样，将小说写作者某些感受直接写出，皆具讲述故事和解释评论的功能。

《二婶娘》讲故事语言简短而有节奏感，阅读体验朗朗上口。"一个大男人，怕女人怕到这程度，也真是太窝囊了。""原来二爸不怕二婶娘，二婶娘疯了后，二爸就开始怕了。二婶娘是二爸气疯的。"对情节之外的事情本可以一句话解释清楚的，却绕口令似的说出来，用儿童稚嫩的眼睛和清澈的思维对二婶娘悲惨的命运展开叙述。稚眼看命运，作者借助"童言无忌"的讲述使故事更有真实感。这样的叙事内容是一个人的眼睛所看到的，比叙述者用全知全能的解说更让阅读者了解所有人物的想法，比加进大量的评论要真实得多、可信得多。

小说中"我"的眼睛像摄像机一样，现场记录下二婶娘发疯的起因、发展到最后的爆发，而且采用"我"叙述出人物矛盾冲突激化的原因。

二婶娘发疯后，追打二爸、追打二秃子，跑到公社找公社书记闹，找武装部闹等失常经历，因采用限制性视角，叙述者观察到的都是表面现象，造成真实的幻觉，使读者充分走入故事的情境中，更想知道二婶娘为什么疯了，疯了后还做了什么。叙述者的描述牵引阅读者的思维，被调动起阅读冲动，这样叙述者的自限使得叙述本身戏剧化，故事发展集中化。

二婶娘面对在二爸、二秃子等这些直接或间接使自己背负偷玉米名声的人，她会癫狂、追打、狂骂，极力地表现狂躁型精神病患者症状。对"我"和妹妹、邻居，二婶娘却神志清醒，对"我"疼爱有加，对邻居很有礼貌，完全是正常人。二婶娘的装疯，是底层妇女温顺善良和遭遇冤屈郁闷的极端反抗手段，所展现出的双重人性，使人物形象愈加丰满真实。

清醒和癫狂，是个体命运思维的两个极点。张甫义用文字的镜头残酷地将底层的压抑和反抗推近，对着人物或景物向后拉远所摄取的画面。摄影机逐渐远离被摄主体，画面从一个局部逐渐扩展，使观众视点后移，看到局部和整体之间的联系。

二婶娘的命运在文字拉开的距离中，凸显人生的五味杂陈。不由感叹：底层民众在反抗不公正的待遇和压迫时，以个体生命毁灭的代价，如此维持自己的尊严，承受着巨大的压力和牺牲。从文本外在形态和表现手法来说，运用底层叙事的手法，在小说底层日常生活状态和底层命运起伏，引起了农村普通妇女的生活状态和对命运深入的思考，包含着对中国农村的认识理解、判断描述和同情。

《二婶娘》对底层人物塑造的另一个成功点在于：其不简单地只对弱者二婶娘付出同情，也对恶者二秃子的灵魂深入展现。二秃子这一底层形象既是与二婶娘对立，也和二婶娘处于相同社会层面的延伸。张甫义尝试用二秃子的命运，剖析底层群体自身生存伦理的某些真实存在：当底层人群处于被压迫状态时，道德丧失同时恶念滋生。以此向读者揭示底层社会内部的罪恶，抑或还原了底层人群的人性之恶。

二秃子的"恶"直接导致二婶娘被冤屈，和二婶娘的善良形成了鲜明的对比。二秃子是一个乡村无赖，生活贫困，不务正业，和所有的适龄青年一样，他也向往着爱情和希望找到心仪的姑娘。二秃子看上二婶娘的女儿，但二婶娘坚决反对二秃子和自己的女儿谈恋爱，二婶娘的女儿燕子终于远嫁了河北。二秃子失去爱情怀恨在心，用诬陷二婶娘偷苞谷施以报复。其对二婶娘的诬陷、烈日下罚站等报复手段，显示出底层之恶对弱者触目惊心的戕害，手段的卑鄙、方式之残忍，打破了人伦道德的底线。

我们清晰看到：叙述者和底层人群的关系营造出了审美和文学创作的主客体关系，这种悲剧美影响作者创作过程。当读到弱者对弱者的施暴，我们也指触到底层道德在强权压抑下的沦陷。痛感袭来，不免感叹：底层人群被政治裹挟，危机重重的生存境遇，对于柔弱的生命课题，通过卑劣途径，诉诸暴力和诬陷以求生存难道不是时常所见吗？

小说在读者对二秃子产生厌恶之情时，笔锋轮转，通过二爸对"我"的讲述，还原出二秃子人性向善的一面。"二秃子说：'看到二婶娘疯了，我不敢说。我晓得我要死了，再不说，我就更不是人了，阎王老爷也不会饶了我。'"二秃子的忏悔带着骨髓里的宿命感。迟到的忏悔，洗刷了二婶娘沉冤，看似圆满，但对二婶娘数年的精神伤害已无法挽回。

作恶和忏悔，仇恨和缺爱，是属于二秃子的命运，一个集贫穷、暴力、诬陷的底层混混的人生格局，如此交织着爱恨情仇，善恶果报。

人物性格如此复杂纠结，让《二婶娘》的情节跌宕起伏，悲喜交加。由此，《二婶娘》引向身临其境般的痛苦体验，超越了简单图解。我妄加猜测，张甫义也许想通过这篇小说让读者感知经过体验、思考和感悟后，产生对那段特殊历史底层民众苦难的理解及对人性的尊重。

噩梦过去，云淡风轻。想起那些年，心缝儿仍冒出屡屡寒意，忆起那些人，灵魂依然微微颤抖。我们唯有让这些年，这些事，不给远处的时光留下心灵的痛感。

2013 年 9 月 19 日定稿

那些命运，那些事

——岳秀红《小小说六题》掠影

  中秋以后，天气还是有点燥热。宅家的周末，有些闲极无聊，完成一篇评论后也需要小歇，给大脑缓缓劲儿，此时，读点短短的东西，不失为一种歇息办法。偶读到岳秀红的《小小说六题》，突然有想写上几笔的冲动。于是，写下几个字，对他几篇小小说的人物命运发表些许感慨。

  岳秀红多年致力于小小说的创作，且颇有收获，这是一个文学写作者对自己的自信和对信念的坚守。写小说，哪怕是写小小说，也是艰苦而不易成名的选择，由不得内心的浮躁和对利欲的放纵。好的小说写作者须具备"人心"和"仁心"，方能在自己塑造的人物身上体现出人性的深刻和丰富。

  行走在岳秀红业已发表的六篇小小说的阅读历程，有一种为人物命运而内心翻滚的感觉。这些小小说使阅读者视角下移，移至那些身处社会底层的小人物身上。当然，于这些不经意、甚至猥琐的平凡生活故事，我们可以看到写作者文字介入现实的决心和勇气。因此，岳秀红的小小说也在本土羸弱的小说作品里闪现出格外强大的力量和令人感动的个性。

  《小小说六题》给人以这样的印象，岳秀红用悲悯目光关注着孱弱的生命。他在看不见的平常里，触摸到了阴影下的细部。微弱的光，微弱的叹息，在平凡而虚妄的冲撞感中点点渗漏出来。他写出了底层之魂的柔弱，而不是强大，因为，强大永远是自由的敌人。无论是《喝药》里的富贵父子，《先有鸡，先有蛋？》的村民委员会主任的女人，还是《吃酒》里的狗剩都是乡村中的弱势者，在强势群体的面前，他们的自由早已被挤压进极其狭窄的空间，即便是为起码的温饱，他们所要付出的代价也足以让人感到触目惊心。

　　《小小说六题》中有几个人物性格略显极端，甚至不可思议。它展现的生活毕竟在现实之中，我们隐隐约约可以从路人甲或路人乙的身上发现过似曾相识，只是，我们并没有用心留意而已，一旦留意，才发现生活其实还有我们尚未认知的另外一面。《喝药》写了农民富贵的穷，富贵为分一块好地靠喝农药达到了目的，便坚定了只要不怕死地喝农药，任何事情都能得到自己想要的结果。小说讲述了富贵超生被罚款再次喝农药，从而少交了罚款；后来，富贵听说村干部组织修建小学收了包工头的红包，又喝农药分到钱；直到最后，儿子发财开车撞死了人，赔不起钱，富贵喝农药威胁死者家属，最终毒死自己。这个带戾气，用"赌命"来换取利益的农民，以自己的极端对付社会的宽容，以残损性命而换取生存缝隙。岳秀红借这个人世间贫弱的生灵而哀叹。在他的笔下，生命的消亡显得如此无奈悲伤，显得如此虚弱。在作家看来，富贵的死亡，只是卑微灵魂深埋进大地，而面对贫困，灵魂在不能承受的重量下也可能迷失。

　　中国农民、中国人的农业文化，是中国人基因式的东西、血缘的东西，这些东西到什么时候都会起作用。岳秀红笔下的农民生活是作家把生活变成自己的血肉文字，也是写作者最理想的书写生活的方式。《喝药》中的富贵其实并不想死，只是以喝农药的决绝来争取微弱的利益，他以命相搏既是对生命的不尊重，也反映出底层农民对待生命价值的随意。同样，岳秀红在《吃酒》里细致地讲述农民狗剩吃婚宴的经历和行为。农民们吃婚宴时，将坨子肉用布包回家，在物质生活极大丰富的今天看来是不可思议的。然而，在曾经的岁月，它是川西乡村习俗。狗剩两次因为筷子不顺手没吃到肉而耿耿于怀，第三次准备了长筷子，终于成功。作家把这种农民的计较、在乎小利的心思、狭隘庸俗的世俗形象刻画出来，真实地展现出农村生活状态的侧面和农民存在的精神诟病。然而，从另一方面看，因为一块肥肉，狗剩便得罪了队长，遭到报复，轻活儿变成重活儿。一个农民的计较和精明，即使在最小的权势之下，也顷刻被撕裂成碎片。

　　《先有鸡，先有蛋？》不再讲述农民的生活状态。岳秀红意在通过村民委员会主任老婆想不通先有鸡还是先有蛋的问题，写出农民对现实的迷茫，抑或还想写出农民在不良风气面前弱弱的抗争：面对权势，他们不满，但又顺从的那种无奈和压抑。岳秀红的农村题材写作是一种生活姿态，也是他关注农村农民生活的文学理想。与别的生活追求和文学追求相比并无高下。但是，我们能够从中看到作家的价值和审美的取向，及其给写作带来的色彩。对于岳秀红，乡村和土地有着决定性的意义。他以特有的沉静和从容，悄然地行走在川西一隅，饱含着生活的深意。

当下，由于生活节奏加快，人们对时间的流速产生一种紧迫感，在这样一种社会心理状态下，小小说受到人们的青睐，短小精致之作受到额外的宠爱。短而精，则美与之俱生，小小说如微雕艺术，以小见大，以为显著。

岳秀红的小小说往往捕捉生活中的一朵小浪花，摄取一个小镜头，或者是抓住生活中某一"闪光点"，在材料体积十分有限的情况下，却能在弹丸之地积聚起爆发力，彰显艺术魅力、显现审美高度。如《我们为什么收购报纸》《借条·收条》就是这样。《我们为什么收购报纸》办公室主任发动大家收报，所有人收报纸并不知其中含义，最后才揭开谜底。纸微事小，反映的却是大主题。作家以"梦"的形式，用近乎寓言的笔法，深刻批判了不问是非、弄虚作假的处世态度，笔锋直撄民族劣根性。《借条·收条》属于比较正面的写法，尽管如此，岳秀红还是刻意在里面写出了人物的个性和故事的跌宕。

小小说由于篇幅短小，在选择题材、虚构情节和安排结构上都受到了一定的局限，对现实的重大矛盾和斗争故事的延展受到限制，不可能反映十分严峻和宏大的主题。与长篇、中篇、短篇小说相比，小小说的思想、作者所表达的主张和观点以及语言特色等，从风格上看，作家只能将含蓄的写作手法运用到小小说的写作中，将自己的深意隐含在作品所描绘的具体形象中，藏而不露，由读者去回味、去补充、去发展，从而产生凝练隽永、委婉含蓄的艺术效果。

从《一分都不能少》看得出，岳秀红在小小说方面很用心力：他想突破现有的写作模式，尤其在叙事手法上进行探寻。

《一分都不能少》是岳秀红在小小说叙事上的大胆尝试。通过主人公税富国的税务所长、杜老师、父亲、妻子以及税富国本人的角度，努力表现一个税务工作者保护税款的英雄行为以及其成长经历。这种以中短篇小说叙事手法写作小小说冒了很大风险。写得好，也许为小小说创作之创新，但失败的概率也很大。笔者认为，尽管获奖，但从小说叙事的艺术品质和故事的矛盾冲突上看，显然不如其他五篇，因为想求新，以量变达质变，而忽略了"情节突变"这个小小说的重要模型，从而人物性格略显平淡。

小小说，如同写其他样式的文学作品一样，要把观察、体验、分析、表现人物作为自己的中心，而决不可就事论事，让事件淹没人物。小小说在人物处理上，更适合写人物的爆发点。显然，岳秀红的《一分都不能少》想在写人物的命运、感情、心灵时，更全面地展现人物性格和情感，但这种实践让故事的爆发点凸显不够。侧重于讲述人物全部生活和性格鲜明度上比起作家的其他小说有所减弱。小小说的"爆发点"应是能树起人物形象的典型生活侧面。写人物要写能实现人物个性的典型细节。细节是人物形象的细胞和血肉。因而，在塑造税富国这个形象上，抓住准确、典型的细节刻画人物，使形象个性鲜明、血肉丰满。然而，我必须由衷地为作家的实验而鼓掌，从他的实验中，看到了一个渴望改变自我模式的写作者。只有渴望突破自己的作家，才能写出更好的作品。

毫不客气地说，岳秀红的《小小说六题》在叙事和小说架构上仍然存在不足。小小说题材源自作家对生活一瞥的敏锐，或者是作家机灵地捕捉被世人遗漏的精彩碎片，这些生活碎片，具有强烈的人文气息，也让人深思，小小说着力于此，不是如实地讲述，而是以小说艺术的方式艺术化呈现。因此，小小说在局限的篇幅中仍旧需要小说元素，人物、故事、环境。尤其是情节设置上，对小小说更为重要。从技术上讲，《小小说六题》的叙事方式重于"单一事件"的情节，连续发生的情节构建方法，这种相同内涵的细节的延宕叙述所产生的人物性格的渐变貌似完整，却因为过多的讲述，影响了到岳秀红小小说的节奏。节奏的放缓导致了小说最后产生突变的矛盾极致没有被完全释放出来，让读者阅读心理累积的阅读印象一直准备着，因为缺失高潮位置而得不到总爆发或释放。打个比方，岳秀红小小说一直让人物在足球场上奔跑，跑到球门时，临门一脚软了一下。这就需要作家刻意和巧妙地制造出情节的"突变"，让读者阅读到此刻，突然醒悟，突然领会，猛然掉过头去重新阅读、重新回味，那么，他所期望的思想启迪、情绪感染便会更加强烈和锋利，小小说蕴藏的"艺术能量"便彻底释放出来。亚里士多德在《诗学》里探讨古希腊悲剧欣赏规律时就提出过一个"突变——发现——吃惊"的模式。小小说情节的释悬曲转，用"故事弧线和角色弧线"来表达将会使故事更加抓住人心，作品的艺术审美更加丰满。

作家的创作源自作家对生活的感悟，对生命的关怀。从《小小说六题》我们看到岳秀红的文本里对生命的敬畏感，他作品的刚劲线条多少显些冷峻，同时也不乏影视小品之美学趣味。短短的几百字便勾勒人物一生的沧桑。这就是生活，也是生活的馈赠。我相信，岳秀红在小小说创作上的坚持和固守，必将迎来金秋的收获！

2014 年 9 月 24 日定稿于雨城

普通的人，普通的事

——《余温》后记

　　我向来不强求自己的写作一定要达到某个高度，不愿意为了功利而勉强写自己不愿意写的东西，必须等待着心里有了写作冲动方才动笔或敲击键盘。我不是作家，更不是小说家。作为一个乡村教师，从十八岁开始用文字记录心事，我从来没有想过要在某个时候成为什么。说这样的话，让人觉得有些"装"。遗憾的是，确实如此。

　　这是一个信心爆棚的时代，人人都可以成为"家"。不少人因为写了几篇读着顺畅的文字而摆出作家姿态，面对这些"家"们，我诚惶诚恐，往往不知所措。对我这个教书匠来说，写作仅仅是排遣生活寂寞的方式、表达诉求的渠道而已。所以，我卑微了，低下了。不敢因为写了几块豆腐干文章、几行卿卿我我的诗句，就在人前自娱"作家"或者"诗人"。因了这份胆怯，只好躲在夜深人静时分，听着雅雨霏霏，埋头敲击键盘，像我的学生写作文一样，写来写去，自寻其乐。

　　《余温》用了我近五年的时间。其间，歇歇停停，几易其稿。病痛曾经让我决定放弃已有雏形的稿子，大学毕业后就业困难的儿子让我无法静心写作。我不能超凡脱俗，更不能抛弃这些影响生存的因素而不顾。在生存困惑和压力之下，如果没有朋友的鼓励和督促，《余温》恐怕要胎死腹中。

　　小说本来打算写一个女人情感的起落。尤其想写出未婚生子的女人，一步错错一生的那种无奈艰辛。其次是，想讲述有这样经历的女人在处理婚姻中的彷徨、猜忌的无力，这种女人的心碎感旁人很少理解。只是，写作一开始，我便面临一个回避不开的问题：人的生存必须依托社会形态，行走中难免与人打交道。

在我们这个崇尚人际关系是生产力的社会里，生存之道即与人周旋之道。与人交往之中，个人命运与相遇的人纠缠在一起。形形色色的人代表着一个时段的社会各个阶层。那么，也许，偶然之间，偶然之人，决定了一个人的命运走向。所以，故事中的人物言谈举止须代表各种社会人的特色和思维，我只是把他们极个别的思维方式推到极端、罕见，甚至不可理喻的地步。

命运的未知也许取决于不经意一瞥。因为人，所以有了事，因为事，所以在岁月里成了故事。用文字讲述人的故事，才构成小说。小说中没有人，肯定就不能成为小说了，这是我对小说粗浅的认识。由此，我要重点写人。写几个人那些生活中细微的东西，写一些人迥异于他人的个性。

我一直认为，人生魅力正在于每个人别具一格的个性和行为方式。缤纷多姿的人的个性使历史向前，让平庸走开。一个写作者的目光关注点要重点塑造出人的魅力，那么，小说人物的个性是否突出将是一本小说成功与否的关键。中国人常常喜欢中庸，将自己的个性变得模糊，在社会主流之下，让自己的个性消解得无影无踪，正所谓"个性决定命运"。面临磨砺，作为写作者最不能忍受的是个性被消解，写一本小说，小说人物假如是大众化的人物，人格和形象必然会扁平。现实之中，即使是一个地位卑贱的人，作为独立生命，她或者是他，其内心深处也蕴含着火山，一旦裂变，生命潜能会激发出让人瞠目结舌的火焰。所以，我的菊韵，是悲伤的，渴望着的；我的安宁，对爱执着，却在社会里生存遭遇四面楚歌；我的汪玉婷，淫荡却终回归善良。我的笔下，要写出一群男女悲欢离合故事的多面性。只可惜我水平有限，想写却不得其所，想说又说不明，道不尽。写到成稿，我还是仅写成了普通人的普通事。

作为写作者，手中笔永远应该面向普通的人，尽管这个社会，精英们高高在上，万人仰慕。然而，不要忘记，正是有了千千万万普通人以及他们的生活，他们的情感，才构成了社会，构成了社会生活的多姿多彩。我不敢相信一个缺少了普通人的社会之景象，不敢设想没有普通人的文学又该如何反映出时代。所以，我用《余温》写写那些被遗忘的角落里普普通通的人，写出普通人的无奈，写出他们的心酸和无助。

现实主义小说写作需要写作者强大的虚构能力和丰富的想象能力，但是，毕竟生活才是小说的基础。我对生活充满敬畏，有了这样的敬畏，写作中笔尖自然面对现实。此时，现实的残酷性摆在主人公面前，也摆在写作者眼前：命运绝不该由写作者的笔左右，人物命运是写作者心灵对现实的观照。所以，写到最后，

《余温》写成了惨然悲剧。

也许，出自个人写作的潜意识：悲剧力量往往更加强大。《余温》是一个悲剧故事。男主人公安宁是留美博士，学识与财富俱有，却因为知识分子骨子里的那份孤傲和对初恋的不忘，招来报复，倾家荡产，最终物质、肉体、精神皆为灰烬。女主人公菊韵，温柔美丽，有胆有识，却因为少女时期一时冲动，未婚先孕，在世俗白眼的蔑视中挣扎等待，虽然与安宁重逢，这种重逢却遭遇风雨飘摇，最终眼睁睁看着心爱的人焚身烈火。另一个女主人公汪玉婷，貌美如花，享尽财富，但为报复丈夫，不择手段，最后，身陷囹圄……我就这样写了男人的留恋，女人的不易。写了一个凄凄惨惨的故事。2011年的中秋节，我终于在心情惨淡的秋雨中最后一下敲击键盘。眼前，一片黑暗；内心，凄风苦雨。

这本故事取名《余温》，是爱情余温，社会余温，冷却的心灵残留的对美好渴望之余热。温润的个人情感冷凝在现实的蹉跎中，命运遭遇现实冲撞，失去方向，歪歪扭扭，船毁人灭。余温散尽，希望和梦想草枯土焦。尽管不忍目睹一场疯狂残忍将爱情化为灰烬，然而，这就是生活，爱情美好，却被撕碎，一片片飘洒空中，生活残忍的一面使人惊悸，更能激起人对美好的向往和珍惜，这才是《余温》写作的目的。

我不敢渴求处女作《余温》赢得赞扬，但是，我自己要感谢几年写作《余温》的经历。创作给了我一个参悟人生的机会，让我忍受艰辛，用精神战胜了病痛。在这期间，我更加敬佩所有小说创作者，让我知道什么叫作"耐得住寂寞"。小说写作者，与寂寞独处的那份孤独，唯有亲身经历方能知晓。有了这段经历，我相信在未来的人生中我可以淡定于乡村，继续面对那些流着鼻涕的红红小脸和他们纯净的微笑。

《余温》写作中，幸得恩师王庆和一帮文友支持与帮助，是他们鼓励我把一篇不成器的故事不断加工修改，是他们给我提出宝贵意见，引导我张开想象的羽翼。可以肯定地说，没有这些文友的鼓励，《余温》现在还是我电脑文档中的一篇残稿。不管今后阅读者阅读起来如何评价，我必须借此处对恩师王庆、好友杨宓先生、廖念钥先生、邓建生先生和孟洁小友的无私帮助，致以衷心感谢。

感谢我从小学到大学的语文老师的教诲。感谢至爱亲朋的鼓励和支持。请让我用《余温》对那些撕裂伤痛的寒风、冻彻心脾的冰雪表达谢意，用《余温》与往事和故人握手言笑。

　　写来写去，我也是用一双普通的手，写了一段普通人的往事。那么，就让这本普普通通的小说，说一段普普通通的故事，道一群普通男女的家长里短吧。

2011 年 9 月 23 日于雨城

让爱回归

——评杨宓本土电影《雨城故事》

如果说，电影《山楂树之恋》曾让人唏嘘纯爱不在，爱在从前。那么，电影《雨城故事》则对在浮华与喧闹的当下生存的恋人们感到某些慰藉。

《雨城故事》是一个简单的爱情故事。电影从情人节开始，留学美国的李玟一毕业便匆匆赶往雨城，准备给当设计师的男友丁伦一个惊喜。丁伦正忙于做雨城的城市规划，冷淡了李玟。李玟独自前往碧峰峡游览，不慎落水且扭伤脚，被熊猫饲养员萧伟救起，两人由此相识继而相爱。

简单故事极难达到引人入胜的效果。然而，世界上许多东西往往也因为简单而让人神往，比如情感。男女间两情相悦也许是那瞬间的回眸，也许是某一个合适的时刻，某个合适的环境，某个充满挫败感的日子，突然有一个人出现，给你的一声问候，一次搀扶。如李玟，兴致勃勃地来与丁伦相聚，欲把终身托付，却遭遇丁伦冷冷的对待。受伤于寂静山谷的李玟坠入年轻生命的无助与孤独。可以想象，在空无一人、暮色苍茫的峡谷，熊猫饲养员萧伟的出现，对处于无助困境的李玟那颗满含幽怨、惧怕、沮丧、失意的心，那种点燃的惊喜和给予的暖意。这在情感现实中不乏实例，这是脆弱的时候，尤其希望有个温暖的肩膀依靠时的普遍心理。如此的相似桥段并不新颖，落入俗套，但也符合生活常理，让人找到生活的温度与细腻。

时下，网上流行不敢相信爱情的说法。是啊，居无定所，就业艰辛，职场拼杀，生活不易，极度奔劳，当代青年压力很大，一代人自有一代人的烦恼。他们的婚姻即便爱了也多隐含这样那样的顾虑，爱而不敢爱，于年轻生命而言，其无奈在日子中，便成为生存的困惑和迷茫。

现实化、物质化的生活挤压着人们，简单之爱反倒让人有虚幻感。譬如《雨城故事》中的丁伦，为了在城市规划方案中得胜，他已顾不得爱情，寻找设计突破的压力便转嫁给所爱之人。无疑，丁伦是爱李玫的。他在为修改设计方案寻找"城市灵魂"时，看到李玫坐在萧伟的摩托车上在古镇街道飞驰而产生嫉妒，对萧伟挥拳相向。这一幕，是丁伦作为男人对爱情领域的维护。然而，也正是这一拳，让李玫与他产生了激烈争执，导致他们分手。

《雨城故事》运用独特的镜头语言对李玫和萧伟的爱情心理做了剖析：初识，腿部受伤的李玫乘坐萧伟的摩托车行驶山路，李玫拘谨地挺直着腰板，手搭在萧伟肩上，面部特写拘谨；当李玫被萧伟送到古镇的老中医处疗伤，且得到萧伟礼貌而细心的照料，两人比较熟络后，摩托车这个道具再次随着镜头的推移变得生动起来，摩托上的萧伟和李玫的身姿变得柔软，似乎两人都在感受彼此的气息。第三次，李玫再次被丁伦的抱怨而刺伤，负气去找萧伟当大熊猫志愿者，李玫又一次搭乘着萧伟的摩托车穿梭在回古镇的路上，李玫的手很自然地抱住萧伟的腰间。从陌生到相知，从相知到相爱，电影用摩托车完成得非常自然，把生活气息铺满银幕。

摩托车是《雨城故事》中李玫和萧伟爱情故事的中轴线。三组镜头段落，皆运用了远景、小远景和特写三个层次的拍摄，运用移动拍摄手法，将呼啸的摩托车、茂密的竹林和男女主角融为一体，细腻情感，恬淡邂逅，用长镜头舒缓表达出来，显得浪漫单纯。移动的镜头暗喻着情感相互交流，生活向前发展。汽车拥堵的当下，摩托早已退居乡村平民化，平民化的交通工具却为两个平凡而普通的青年开启了爱情之门。写实的镜头让人突然找到一份久违的感动：其实，爱情并不遥远，它就在身边；其实，爱情不需要喧闹，只要有一方宁静，用清风雅雨慢慢滋养；其实，爱情不需太多的言语，仅近距离之间，淡淡体味依恋之感，坦诚地呼吸云淡风轻。

《雨城故事》对白简洁平实给人心眼一亮之感。有一段时间，影视剧都有追求语言华丽或者文艺化腔调的趋向，让观影者对电影生活始终有一定距离。电影区别于文字艺术在于其影像的特质：以镜头叙事表达故事的情节和人物情感。

在丁伦因规划方案未通过审核而心烦意乱对李玫再次发脾气时，李玫负气到碧峰峡找萧伟做大熊猫志愿者的桥段，观众能够看出李玫此刻情感天平正在向萧伟倾斜。和萧伟一起饲养熊猫的轻松感与和丁伦一起的压抑感相比，受过西方教育的李玫选择了轻松。萧伟和李玫两人在下班路上突遇大雨，停车在农家门前避雨时，没有一句对白，从萧伟将外衣脱下给李玫披上的特写缓缓拉远的长镜头把两人情感的交流细腻地表现出来，完成了两个年轻人情感的交融汇合。

镜头慢慢推近，李玫和萧伟那端坐在古朴门廊的背影占据整个画面，男女主角面对着行人匆匆的街道，寓意着他们的爱情和现实生活交互融合。此时，李玫和萧伟的手默默相牵，没有任何台词，他们感受着彼此，鼓励彼此，依依不舍，怦然心动。这幅水墨工笔的怀旧画虽然无声却让我们想起没有铜臭的两情相悦，唤起心底某个角落的纯粹，我们是多么需要一次邂逅，一次只谈情感而不涉及物质的邂逅。如果人生真的有这样的邂逅，那么，谁都愿意！这世界上的万事万物，生命中的匆匆过客，若这画面虚化的街景和人流，任其远离，留一段短暂的爱的空灵。

《雨城故事》以清新将生活还原到川西人的生活状态。剧中的萧伟，一件军绿的夹克，一条牛仔裤，一辆半旧的嘉陵摩托车，这个川西山区平凡得不能再平凡的小伙子，就是时下流行所称的"屌丝"。以物质化的恋爱观，之于高富帅的丁伦，屌丝萧伟显然处于劣势。影片却让屌丝萧伟赢得了白富美李玫的爱情，让高富帅的丁伦情场失败。丁伦的失败在于对情感的漫不经心，萧伟获胜在于对爱的细致呵护。看似吊诡的爱情结局其实蕴含道理：爱情，需要真心付出，爱情是人类情感的需要，任何掺杂了私欲的爱，即使拥有也不会长久。

也许，在物质至上者眼里，他们视李玫和萧伟的一见钟情为狗血，视薇薇对萧伟的单相思，小胖对薇薇的单恋为狗血。然而，一方水土养一方人，金钱的污染并没有泛滥到这世界的每个角落。这群偏远西南古镇青年的纯真爱情为人类情感做了美好的注释。

嘲笑爱情也好，不相信爱情也罢，关乎着生命的体验。不能因为失去爱情而不相信爱情；不能因为生活的艰辛而怀疑爱情的存在。爱情隐藏在每个人心底，芸芸众生中，为爱而保留一方净土的大有人在，即使只是心底一块角落，毕竟还可以承接几粒随风飘荡、从空中洒落的爱情种子。《雨城故事》就是一粒这样的爱情种子，它寻找着那些岁月遗留的心田，播种像空气明净的情感种子。即使，这样播下的种子还有一段时间休眠，然而，当适合的雨露阳光临幸疲惫日子，那份被忽略的柔软，那份长久的期待，将会慢慢地长得枝繁叶茂、花果飘香。

一部电影能够引起观影者的共鸣，不仅依靠电影所讲述的故事，更赖以生命原色去拨动观众内心最柔软的部分。现今，表现当代生活的影视剧总是充溢着富丽堂皇的居所，动辄出国的穿梭，灯红酒绿的醉生梦死，故作深沉，文艺腔调的台词对白。这些远离普通人的做派，如何能让观影人被电影感动，从而进入思考？

环顾周遭，来往的生命个体，正在为一日三餐、柴米油盐而奔劳。无数的年轻人到处求职，沦为房奴、卡奴。某些影视作品那种虚拟的富裕，与生活形成的反差，早已脱离了生活。更让人怀疑我们生活的尊严和价值！

当世间的红男绿女，被与房子、车子、票子纠缠得累了，真情实意总归被生活的无奈逼入现实的死角。当唏嘘和哀叹爱已远离的日子，且坐在《雨城故事》的银幕前，随李玫和萧伟在满目的青翠雨城，山泉叮咚的峡谷，笑意充溢的小镇，柔美多情的雅雨，向自己讲一段久违的爱情故事，铺设心底唯美的情感红毯吧。

雨城，一个城市的故事，关于爱，更关乎情。让我们听着看着《雨城故事》，相信爱情，等待属于自己的那份真实而平凡之爱。

我看南方夜雨

2007 年，一时兴起，走进烟雨红尘网站。在那个文学网站，我和南方夜雨相识。

初识南方夜雨时，我没有想到，我的这个朋友，未来成了红极网络的一个"狂人"。我未曾预料到，这个人将影响我文学评论的风格。更没想到日后每当读到他的文学批评文章，我的灵魂都会产生一种被洗刷和冲击的感觉。

和南方夜雨交流的五年，我们的文学理念、人生态度以及直率的性格惊人地相似，每次讨论中国文学都是在坦率而且直言不讳的氛围中进行。

1

南方是一个善于思考的人，他对文学的思考总带有忧患意识，对中国文学现状显得忧虑且激愤。他忧虑，源自他对中国文学的热爱；他激愤，源自对当下中国文学诸多怪现状的不满。他曾经写道："当今不能产生文学大师的原因是错综复杂的，既有信仰多元化、生活方式急剧转变等原因，也有现代社会生活里人们面临就业的巨大心理挑战等诸多原因。"他强烈地批评文学创作中的不良现象："一些作者甚至把文学当成玩具，进行下半身写作，颠覆传统写作，抛弃文学应有的审美功能，缺少真诚、灵魂的创作，把文学变成了'道具''玩具'。"（《"鲁郭茅巴老曹"级的文学大师为何出现不了？》）南方夜雨的文艺批评文章不仅仅是直言当下的文学诟病，更重要的是他在发自内心地思考中国文学良性发展的轨迹和方向。

他是一个理想主义者，渴望中国文学出现世界级大师。他是一个反思者，在反思中国当代文学现象，探索文学精神所在。

2006年底，在国际汉学界有着一定知名度的德国汉学家顾彬在接受德国权威媒体"德国之声"采访时，提出了对中国当代文学的尖锐批评，顾斌的批评大致是以下三点：第一，中国当代文学贫乏得只剩下诗歌勉强称道；第二，中国当代作家缺乏责任感，不能发出自己的声音；第三，中国当代作家故步自封、狭隘保守，失去了鲁迅的风骨。然而，顾斌的批评经媒体断章取义地渲染成"当代中国文学是垃圾文学"。如此石破天惊的言论，在中国文学界和各大网站掀起轩然大波，引发激烈讨论。

此时，南方夜雨保持了清醒。他写出了《中国当代文学究竟路在何方？》。文中，他梳理中国当代文学的脉络和传承，思考当代文学的发展方向。"深刻的思想和高度的社会认识价值无疑给我们如何进行文学创作带来了启迪和深思。当今，在物欲横流的现代社会里，在当代中国文学一些作品为了追求部分读者的阅读率和点击率，抛弃应有的社会责任感，大搞色情文学，这不但是道德的沦丧、灵魂的丢失，更重要的是误导了千千万万的读者，特别是对青少年的成长极为不利，这不能不引起文学界的深刻反思。"

写这些话的时候，南方夜雨还像许多文学人一样只是互联网的闯入者，名不见经传。

南方夜雨和网络上的炒作者不一样。互联网上，炒作自己的人为了出名而炒作，追求名气的目的直接指向金钱利益。南方夜雨只想"炒作"文学观点，是固守着自己的精神家园，表达学术观点时带有自己的独特思考，他希望能够与更多人分享有价值的文化意识。

我佩服他敢于将自己的思考公开亮剑的勇气。他从没考虑过这样写会给自己带来的后果，也许正是这样，他的一系列关于中国文学发展的文章才能逐渐得到人们的认可和喜爱。

文学批评者是文学作品、文学现象的旁观者和参与者。正常的文学批评，除了对作品的肯定，更应该客观公正地指出所批评作品的不足和缺陷，善意地加以批评。文学批评者在作品面前，应该只对作品不对人，不带任何个人情感，实事求是地评价作品，品读其隐含意义。

中国当代的文学批评风气似乎正在丧失一个文学批评者的正常风骨。从事文学批评的人，往往先看作者后看作品，对名家作品的评价尤其如此，充满了敬畏和献媚的神色。文学批评沦陷在人情世故和利益链条里，不过是扮演了吹鼓手！

南方夜雨的文学批评始终携带言辞尖锐、率直坦然的风格，其风格无疑是文学批评界的异类。而我们应该感谢互联网的浩瀚之海，异类的南方夜雨成了一条文学鲢鱼，在深如大海的各大网站撕咬着我们业已麻木的神经，看到自己在文学批评中的软弱无力。

2

南方夜雨对当代中国文学的诟病，有着深入骨髓的看法。当然，有人会说，南方夜雨的看法我也有。不过，南方夜雨火一样的热情和敢于直言的胆量，不一定人人都有。

现在信息如此发达，交流如此便捷，海量的信息让人的思考转速加快。面对这样或那样的问题，看到这样或那样的症结，为了生存和利益，许许多多的思考，不敢说出口，只能掩埋在心里，秘而不宣。对利益的反复权衡，让意志单薄到不足以抓住我们瞬间闪现的思想火花，这是人性中的胆怯和懦弱，是人类智慧的退化。

胆怯，让独立思考不敢表露示人，人云亦云，变得无知。独立人格被埋葬进坟茔，做了一个"他"。在时光岁月，谁能找到一个人心中埋葬思考的那座坟？所以，持功过是非留待别人评说的心态，做的必须是自己想到的和想要做的，才不至于心有不甘地活着，这是生活的畅意，是写作的快感。

在南方的灵魂深处，鲁迅是他的灵魂导师。他认为，一个敢于将思想呈现给人类文明的勇敢者，才配给自己的思考或学说修建一座碑。鲁迅，这位中国现代文学的旗手，这位代表民族脊梁的伟大作家，给我们树立了榜样。

南方夜雨在其文学研究文章里坚定地追随鲁迅精神。他在《在纪念鲁迅先生逝世七十一周年的日子里》写道："鲁迅始终是中国现代民族的魂。作为文学的后来者，笔者认为，不管时代如何发展变迁，鲁迅先生永远是伟大的，鲁迅先生始终是中国特定历史时期伟大的文学家和思想家。""鲁迅先生的文学作品是站在时代的风口浪尖反映特定历史时代变迁的缩影。"

2010年，文学界和网络上突然出现一股"倒鲁"歪风，他们对鲁迅先生对中国现代文学的贡献进行否认和谩骂，甚至连鲁迅先生的私生活也说三道四。为此，南方夜雨挺身而出，批驳："历史已证明，鲁迅是中国现代文学一位主将。研究中国现代文学，不能抛开鲁迅不谈，正如要研究中国古典文学，《红楼梦》是少不了的。""鲁迅在中国文学史影响的不仅仅是中国一代人的问题，而是影响几代甚至是涉及中国文化进程的问题。一些专家学者对鲁迅研究过细过深，那未免陷入死胡同。鲁迅是人不是神，要求鲁迅要完美的观点是错误的。""衡量一个作家在特定历史时代是否对社会有推动作用或对人类是否提供精神支撑的精神食粮不能以文学作品的长短来盖棺定论。""对于那些别有用心用一些粗鲁偏激的言语想请鲁迅先生步下中国现代文学殿堂的所谓'文人'是忘记祖宗、抛弃祖宗的行径！那些想踩着鲁迅先生投机取巧者更是无耻，不读懂鲁迅的作品就随意在网上'游戏'中国现代文学一代宗师是那么幼稚、愚昧、无知，这对鲁迅先生是有失公允的！"

针对网络社会里对鲁迅先生的攻击，南方夜雨通俗而尖刻地比喻："鲁迅，并不仅仅是代表中国现代文学时期的个体作家，也是中国现代文学一个重要的音符，更是一个国家文化的重要组成部分。一些人'画地为牢'地看待和评价鲁迅先生，是对中国现代文学的'反叛'。从 20 世纪 30 年代起出生的中国人，除非其不上学，要不，凡是上过学的都是'喝'过鲁迅先生'文化的奶'长大的。一些人长大了，认得几个字，懂得一点儿学问，就想把'文化的母亲'踩在脚下的做法是违背伦理学的，是对中国现代文学价值的严重挑战！"（《如何看待鲁迅涉及中国现代文学价值取向问题》南方夜雨）

当时，我看到南方夜雨的这些观点，劝说他不必理会那些小人的无知。南方夜雨激动地批评：梅香，你应该站出来，这是如何保留中国文学的根的立场问题（此话大致如此）。可见，南方夜雨的率性，使他不能容忍自己心中热爱的鲁迅受到无耻的玷污，不能容忍中国文学之根被污染。也许正是因为对鲁迅的崇拜，南方夜雨才如此勇敢，才有对当代中国文学的反思，对无知和诽谤进行批判的斗志。

我理解了南方夜雨"挺鲁"的缘由。这可以从他在若干文章中梳理中国文学的脉络，谈论传承中国古典文学和现代文学的精神中窥见一斑。

看待南方夜雨的文学批评，首先不能脱离网络这个现实，面对不同文化层次的网络群体，在保持文学批评风骨的同时，还必须考虑受众，并照顾到阅读者知识层次所局限的接受度。

再者，我理解他的用心。他是一个在学校工作的人，作为教师，他自觉地将文学普及工作延续到象牙塔之外，承担了"传道"的责任。由此，可以窥见其内心深处的社会责任感和知识分子的良知。每当我阅读到南方的直言，我忍不住猜测：南方的作为是不是深受鲁迅的影响？

　　南方在《在纪念鲁迅先生逝世七十一周年的日子里》一文中这样评价鲁迅："他始终关心民族的解放和时代的变迁，关心人民的疾苦，为民众的觉醒鼓与呼。在其杂文中，始终贯彻反封建追求民主和科学精神。首先，在思想上，他的批判性、否定性和攻击性都极端尖锐、犀利。鲁迅认为中国封建思想讲究中庸。鲁迅杂文的历史使命：长期地、直接地揭发弊端，始终反中庸；其次在内容上，注重关注社会的阶级斗争和社会思想斗争，关注社会日常生活的变化，他的杂文是'匕首'和'投枪'；再次在艺术格调上，形成了忧愤深广的艺术格调。"也许是这些认知让南方有了走出象牙塔，有了走出纯学术围栏的决心和勇气，影响了他的文笔力度和行文风格。

　　中国当代文学里，纯文学正日益小众化，呈萎缩趋势，而快餐文学、色情文学却蔓延成灾。不得不为纯文学伤感和忧虑。纯文学江湖地位日下，追其究竟，还是要怪纯文学自己。

　　物质利益的诱惑，拜金思潮的泛滥，中国主流文学实在难以独善其身。一方面，作家们醉心于追求文学作品发行率，追求各种奖项，甚至臆造五花八门的收费奖项，自娱其乐、聊以自慰的时候，唯独忽略了如何面向人民群众，如何用文学去抚慰社会现代化进程中那些焦虑和迷茫的灵魂。另一方面，文学评论面对文学乱象，对文学作品缺乏批判精神和批判能力，一味地充当捧客，间接地起到了推波助澜的作用。

　　作为一个文学评论者，客观公正地解读文学作品、冷静清醒地看待文学作品是起码的素养。文学评论绝不能充当文学作品吹鼓手，而要透过文学作品看到更多人的属性，找到一部文学作品与现实或历史相联的东西，并将这些意义呈现给读者，引导更多的阅读者去领略作家和作品的魅力，找到属于整个人类的文明共通之处。文学评论者需要对文学作品具有高度的鉴赏力和质疑力。文学批评者的基本性质与功能，不仅在于对文学现象进行描述与阐释，更重要的，是站在这个时代应有的价值立场上，对当代文学现象和文学作品进行审美评判与分析，并在此基础上，对这个时代的文学发展趋向给予规范与引导。从这点讲，文学评论者也是文学的参与者，因而，应担当起文学作品的普及工作。当前的问题是社会普遍低估了这种作用，文学批评界自身也在相当程度上弱化了这种责任，由此造成了当今文学批评在社会责任方面的某些缺失。而当下，许多所谓的文艺批评者因急于出名，忙碌于吹捧和献媚于名人名家，渴望傍上名家而谋取功名利益，以致忘记了文学批评介入现实的功能：让大众认识当代文学作品的价值。忽略了对认识文学作品价值观的认真探讨和积极引导，缺少抵制媚俗之风的勇气和批判精神。

我们曾不止一次地讨论过现象和责任问题。为了这份责任，南方夜雨在网络世界中致力于普及文学知识和弘扬文学精神。看似不知深浅的狂妄，但客观地说，不管其水准如何，这种精神无疑是值得提倡。他的文学批评无疑是在为文学做着他认为该做的事情。一个人致力做普及工作与成名无关但肯定与其学术理念有关，和生命态度有关。学术理念各有不同，生命态度各自选择，谁也没有权利在不做的领域和不做的事情上去指责别人，因为，尊重生命个体的选择是人类文明进步的标志。

3

南方夜雨因为自己曾患抑郁症，便致力于探究关于当下中国知识分子心理问题。他看到："在当代的中国，一种盛世危象——心理疾病的恶魔，也在积聚、发酵、膨胀着，人们的身心健康受到空前的挑战。"他认为："社会是由很多不同阶层不同行业不同的人群组成的有序的群体，社会是复杂的，很多人脸上都戴有面具，很会演戏。"

南方提出用"责任和索求的有谐协调"来解决心理焦虑，由此成为他的长篇小说《月挂花枝头》的初衷。这部心理小说通过一个焦虑症患者的故事，将快节奏生活下人类共同面临的心理焦虑问题呈现给阅读者，意图唤醒国人关注心理健康。中国当代长篇小说不缺乏关注社会和经济转型的现实作品，中国的作家有意无意之间也会在文学作品里反映快节奏下忙碌的众生心理焦灼现象。然而，通篇反映人物的心理，将写实转向心理，关注了解心理疾病的本域文学作品还是极少。南方夜雨大胆地用长篇小说《月挂花枝头》挑战中国普通读者的阅读口味。

《月挂花枝头》引起了诸多媒体的争相报道，得到一些文学界人士肯定。然而，在我看来，这部小说仅在题材的选择上打开了一个新的领域，即对心理疾病的全景展现，姑且将其看作病理小说的尝试，或者实验小说较为准确。不至于像那些评论那样用上过度的溢美之词。我一直没有给南方夜雨的这部小说写评论，倒是很担心他被赞美吹昏了头脑。其次，基于对个人阅读体验的怀疑及个人阅读口味的适应问题，我不敢轻易妄加评论。

我不掩饰对南方夜雨观点的支持，文风的欣赏。在仔细阅读了他的 12 篇关于现代人心理问题的作品后，我必须谈论自己的看法。

南方夜雨关注快节奏社会生活下人们产生的心理焦虑症或者心理疾病，说明他关注了社会问题，并且以作品证明了他是一个有心人。

南方意图通过文学的表现方式唤起人们对当今日益严重的心理问题的关注，这无可非议，他想通过介绍西方心理学研究成果普及心理学知识。但这一切都不能让我放弃批评南方在这些文章中所欠缺的和不到位的地方。

必须承认，南方夜雨是从事中国文学研究的学者，他不是心理学研究的专家，更不是精神疾病方面的医生。我认为，南方夜雨的心理学理论只是在照搬西方心理学研究的观点。我可以看出，他收集了许多西方心理学方面的资料，并且认真研读过。只是，南方夜雨想要运用西方心理学来解决当代中国人的心理疾病，未免有些勉强，也不符合国情。从学术上看，理论缺乏案例的观察和结论，显得有些空洞。从普及心理学的角度看，这些文章中一长串的心理学术语又略显专业。在对阅读者层面的定位问题上，拿捏程度不太令人满意，让普通阅读者感到枯燥。

心理学作为一门科学和技术，其研究涉及知觉、认知、情绪、人格、行为和人际关系等许多领域，也与日常生活的许多领域——家庭、教育、健康等发生关联。这门科学尝试用大脑运作来解释个人基本的行为与心理机能，也尝试解释个人心理机能在社会行为与社会环境中的角色；它与神经科学、医学、生物学等科学有关，因为这些科学所探讨的生理作用会影响个人的心智。

南方夜雨的心理观察角度的立足点，明显受弗洛伊德和荣格的精神分析学理论影响，带有弗洛伊德精神分析学文艺观的痕迹。弗洛伊德在《精神分析引论》中有一段话："我们相信人类在生存竞争的压力之下曾经竭力放弃原始的满足，将文化创造出来。"在弗洛伊德看来："艺术的产生并不是为了艺术，它们的主要目的是在于发泄那些在今日大部分已被压抑了的冲动。"

我认为南方夜雨《月挂花枝头》的创作基于其对现实心理疾病的关注，是对弗洛伊德《梦的解析》的着意阐释。小说笔力的着眼点还是主人公姜迪极度焦虑，在女军医、红颜知己、美女、达官贵人、亲朋好友等的理解帮助和在现代心理学、美学、医学的启迪下艰难战胜焦虑症的漫长历程，描写了姜迪的生命惊心动魄，置之死地而后生，之后大红大紫、官运亨通、飞黄腾达的故事，和弗洛伊德关于梦的分析理论一脉相承。弗洛伊德认为："凡梦都是欲望的满足。梦是一种（被压抑、被压制的）欲望（以伪装形式出现的）满足。"

　　《月挂花枝头》在艺术手法的运用上集实、虚和梦幻为一体，时而现实、时而古典、时而梦幻，成功地运用了弗洛伊德的"梦"的理论。我认为，将它定位为一部反映当代中国人与精神疾病抗争的小说，或者表现当代中国人因为欲望而产生焦虑的小说更为恰当。

　　遗憾的是，南方夜雨只停留在借用西方心理学说的层面上。如人们常说的：只提出了问题，没找到解决的办法。个人之见，如果他根据中国人集体文化意识和道德意识做进一步探究，更可能找到当下中国知识分子心理疾病的成因。

　　当代中国人的心理焦虑有自己的中国特色。我们应该更多地从中国历史的特殊性、中国的地缘、中国的人口和中国的民族文化独特性分析，找到符合中国实际的心理疾病根由。

　　中医问诊讲究"望、闻、问、切"，在中医看来："切"是对生命的体验与把握。《黄帝内经》里的"切而知之谓之巧"，指的是切脉的问题，这是中医特有的一种方法，它相信人的身体对生命的感悟，通过手指搭在脉搏上，感悟到一些东西，而这些东西对人生命的认知有极大的作用。所以，"切"是诊疗疾病、开出处方的最后一个步骤。"望、闻、问"得到表象，缺少了"切"不可能看透的病因。

　　南方夜雨在中国当代人的心理焦虑上的探究，走了"望、闻、问"三步诊断。遗憾的是，他没有做好"切"这最关键的一步。所以，他与他自己希望达到的将中西方文学对接的目标仍有距离，难以提出有效解决办法，理论略显无力和空洞。即使服下这服药，不过也只起到临时的壮阳效力。

　　"文学是人学"这句话适合任何形式、任何流派的写作。不管什么流派，脱离"人"的主题，作品都不会鲜活和生动，也不会具有多少深度。正因为如此，发自内心的人文关怀，才可创作出让阅读者感同身受的作品，在阅读中得到审美愉悦，精神慰藉。

　　一段时间以来，当代中国文学沉湎于孤芳自赏，借鉴甚至直接照搬西方现代派文学的方式，事实证明，这种创作方式脱离了中国国情，失去了中国式人文关怀，与中国传统文学的剥离后创作的作品在人民群众中很难得到精神认同。

　　文学表现是促进社会精神文明发展和社会制度建设的重要手段。作家的社会担当和社会良知便是用文字对社会现实的思考，表达出社会各阶层的心理诉求。

　　南方夜雨熟稔中国古代文学，也对中国传统文化对中国人精神世界构建颇有见解。他有进一步探究中国式心理焦虑的良好文化积淀。也许，在不久的将来，南方夜雨会给我们呈现心理研究和文学研究相结合的文学作品。

　　我期待着南方夜雨更加新颖和独到的文学见地，也相信他有这个实力在文学的海洋里扬帆远航！

2013 年 1 月定稿于雨城

坐品山水站听风

——评赵良冶的散文气质和风度

　　2006 年至今，赵良冶发表在《四川文学》散文百家栏目的散文作品，让我时常想到关于一个人的风度和气质的话题。面对一个作家和他的作品，我们想归纳和解析他的作品所蕴含的艺术气质。因为我认为只有作品具备了气质，才是一个真正像样的作家的重要标志。问题在于：长期以来所受的散文阅读习惯的影响，总是让我们特别执着于文章的结构布局，一旦接触到已经超出了我们习惯定势的赵良冶诸篇散文，我们的阅读过程中总是有一种无法释怀的心情。因为这让我对自己的阅读体验感到困惑，而偏偏是因为这个"困惑"让我产生了一评他的散文的冲动，从而给自己的阅读历程做一个交代。

　　乍一看赵良冶的文字，读者就有在寂静的山路上独行之感：拐过一个山峁，揭起一帘幽梦；下到一方凹地，听得涧水叮咚。不过，我们置身其中才知道：那景致不是为了谁的到来刻意展现，而是原本就挂在天地之间的自然成画，矗立在那里已好久，好久。继而用心抚摸，方知道这讲述的故事其实早已开始，作者也好，读者也罢，都只是无意间闯入者，至此，时光的尘埃在清风中吹散，历史的画卷泛着黄徐徐展现开来，那些关于一座古镇，一厢磨坊，一道瀑布，一凹峡谷，一碑一阁，一山一地的心境就这样营造起来，再也挖不去，移不走，抹不掉，化不开。有人说这就是旅游散文，我起初也有这样的想法，只是，这些文学语言渲染的天地工绘实在具有诱惑力，文字功夫把视觉感受转换成思维的羽翼，心绪飞扬中产生灵魂的颤抖。阅读的认同感一旦产生，读者必经受不住文字诱惑，收拾心理行囊，怀揣梦想去寻找文中的那座山，那道水，听几声蛙鸣、虫吟、鸟叫，如此的效果，又何尝不可将赵良冶的散文称为心情散文？

借景抒情、寄情山水是传统散文写作的一种常见手法。我国自古以来散文大家以山水景物为题，写出了许多令人过目难忘的经典散文，这些散文描写的山水景物都成了让人向往的旅游胜地。这就让我们确信：很多时候，优美的散文甚至比摄影作品更能吸引他人去看实景，因为散文所具有的思维想象魅力远远超过了视觉冲击的效果。赵良冶的散文除了承袭传统散文的资质，其间蕴含了质朴沉稳的魅力，这种魅力像一块磁石那样，吸引着浮躁的灵魂，引人进入一个幽美的意境里，运用质朴文字造就意境本来就散发特有的气质，说到底就是呈现了自然美感；而散文最讲究一个"美"字，其实，就像一个人一样，美的不是五官，更在于从头到脚散发的气质与风度，一篇文章具有了气质或是风度，美学意义是不言而喻的。

美学上的美感是这样定义的：美感是审美对象在审美主体头脑中的能动反映，它们是人们在欣赏活动或创作活动中的一种特殊认识。故而得之，散文的气质就是散文本身在读者脑海中的翻滚，是读者欣赏散文时被其所具有的特质吸引而产生的内心的一种感受，体验一种对已知的重新审视，历经一次审美的过程。赵良冶通过他恰当的笔力，不多不少的叙述，精短凝练的篇幅，乡土韵味的迷醉，智慧沉思的怀古，情真自然而动，淡雅朴实和自由闲适文字漫步，独成一处境界，让我们重新体验了熟悉的山水民俗之美和内在所蕴藏的厚度。

珍珠玉盘凝练之风度

试想，珍珠撒落玉盘，叮咚之声悦耳不绝，珍珠虽小却能折射出阳光的辉煌。赵良冶发表的散文在篇幅上显得短小，结构布局上没有刻意的布局，却无松散动摇的痕迹。他的散文很容易读懂，不故作姿态，不故弄玄虚，适合各种文化层次的阅读者。阅读过程中，我甚至以为，他创作散文时是不是拿着自己的摄影作品饶有兴致地向人讲述风景深处的那些事儿，那么久远悠长，耐人寻味。

周作人在《美文》中曾经主张："同一切文学作品一样，只是真实简明的便好。"而在笔者看来，作文的目的就是让人读出一种兴致，读到一些情致，学问太深的东西虽好，但受众面却太窄。一个作家的作品如果看得懂的人少了，恐怕其文学的意义要打个问号了。赵良冶的散文正好合乎我等芸芸众生的口味，言简意赅，清脆有力，像擅于喝酒之人，追求的境界不是酩酊大醉，而是微醉其中，因为大醉容易迷糊，微醉的那一刻翩翩然，飘飘然，妙语连珠，回味悠长。这又让我想到了中国的书法艺术和国画艺术中的留白，散文作品无论是叙事还是抒情，适当的留白可以让阅读者合卷后获得几分沉思，引来一片遐想。如赵良冶的《古镇瑞雪》《鹿池四季》《赶羊沟秋韵》《高迷洞瀑布游记》《消失的磨坊》等就是精短凝练的代表之作。

川西乡土的迷醉风情

从作品来看，作为一个作家，谁都渴望自己的作品站在广阔的文学舞台上，我想赵良冶也不例外。他选择了一种"立足"去起舞笔墨，他的散文作品大多反映西蜀生活，这里面或写古迹，或写田野，或写山水，或是特有的民俗，或是景观等等，所涉及的范围十分宽泛。我不想依据他的题材轻易把他称为乡土作家。因为，描绘、歌颂一方水土的生活图景，进而寻找到心灵的回归和超越，共同分享人类文明的成果，是一个热爱文学的人的终极目的。一个脚踩坚实的土地，击节着山水的韵律进行创作，同时又那么坚定地走在文学路上的作家，仅仅是一个乡土作家的称谓又怎样能够涵盖赵良冶在文学上孜孜不倦的追求？何况，他未来还有可能不断在祖国各处行走，从行走中打捞更多散文题材而书写新作，过早定义是不恰当的。正是由于赵良冶内心所要借助散文抒发的情怀，注定其文学创作必然具有持续的创作生命力（有人可能以为这是对赵良冶的溢美，其实，我所赞赏的是作家的追求，面对高峰，攀登的勇气不是人人都有的）。由此，我们才从赵良冶的作品中深刻感受到一方孕育着一种旷世的欢乐和美丽、使人流连忘返、不舍离去的水土，显然作家自己首先业已被这乡音乡韵拨动了心弦，沉浸其中。正是这种热爱和大气才使得赵良冶的散文从乡音乡情里飘舞出来，走向更加宽广的文学舞台。

作为一个散文作家，赵良冶保持了自己特有的写作风格和姿势，不离不弃地扎根在自己成长、工作的土地，看着自己熟悉的山水人物，写着那些清亮的美，奏着不染红尘的梵音。我饶有兴致地徘徊在《水墨上里》，陶醉在《鹿池四季》和《赶羊沟秋韵》，感受着高迷洞瀑布恢宏的气势（《高迷洞瀑布游记》），在水冲磨坊的磨面声中修复残存的时光磁盘，当《又见廊桥》被《雨城的钟声》唤醒时……赵良冶用散文抚摸20世纪许多人真真切切的童年，卖糖人的老汉、拉洋片的艺人、扯皮影的戏班等等，这是揭开怀旧的布袋口，拿出一幅幅川藏边缘地的写意画，展现在读者面前，让我们有了别致的感受，且回望追忆属于个人的简洁时光。

　　静心品味这份感受，发现赵良冶的散文不仅仅是投入心海的涟漪，更多的是透过笔墨写意的山水吸收川西土地文化的养分，而这文化的养分也将滋养着天南地北读到他的散文作品的人们，让人在喧嚣与躁动中得到一份安宁和慰藉，正如他在散文中写的那样"我相信，凡来红豆相思谷者，总将带些许人间真情回去。"赵良冶散文执着地描写川西风情，是要用作品表达一份人间真情召唤荒芜的心灵回归的良苦用心吧。

善于历史思辨之气度

　　文章最忌讳像喝白开水一样，无色无味。如果是这样，那么它注定要受到读者遗弃。文字质朴，不加雕琢，内含历史的厚重思辨，才令人喜欢阅读，并在阅读中获得益处，这就是古代中国文学提倡的"文以载道"。

　　自然景色、山水风貌是中国古代文人最为心仪的欣赏对象，是一种美学客体，李泽厚在其著作《美学四讲》中指出："应该站在一种广阔的历史视野上理解'自然的人化'"，"在美的本质的大前提下，作为审美对象（美学客体）的山水花鸟，自然景物却仍有其自身不同的变迁、发展的过程和历史。它具体反映在文化、艺术领域中。"因此，文章内在的思辨，至少要在读者脑海里留下一系列图景，要么向往，要么思索，要么感慨，总之就是要在读者的脑海产生一系列的灵魂"晃动"（请注意，我没用"震撼"而是用"晃动"，因为，我认为"震撼"心灵的文章于作家和读者都会产生思想的孤独，读者与文学作品的对话是一种仰视，而"晃动"是阅读过程的一种平等交流，何况在文学商业化的今天"震撼"早就烂市了），刺激读者去思考，貌似平淡的文字，实则深处暗藏玄机，如炉火纯青一样，青色的火焰给人往往是一种错觉，觉得黄色的火焰温度才是最高，实则不然。做文章，也在于此，寻常之中而实则不同寻常。读赵良冶的散文，常常使我的思想在不停地飞翔，捕捉到一些自己平常一言两语道不透的东西。

　　在农耕文化向工业文化过渡的进程中，因为拜金主义盛行，人们的思想在追求物质享受中日益浮躁、日益寂寞、日益虚伪，心灵缺乏安慰剂，灵魂的温度渐已冷却，于是无根的恐惧使很多人想到了乡村，想到了山水，需要从中找回自己心灵的伊甸园。确实也许只有安静的乡村，淳朴的生活能安静人的心灵，能守住人的灵魂。赵良冶深谙于此，他知道"该静下心绪，将千年的沉淀好好打理"，所以，无论是针对汉代高官高颐（《无言的高颐阙》），或是拜相封侯的姜维（《蜀中二阙》《四川文学 2009 年第 9 期》），还是掌管一方粮财的王晖（《王晖石棺遐想》）最终都归于浮尘，倒是成就一个挥汗如雨的石匠刘胜的千古辉煌。就像赵良冶在《人生如泉》中写道："有缘无缘，原本不在涨落之间。"读到这样充满禅机的语句，内心的惶惑还有不豁然的吗？我不想去探究金钱在这个物化的社会的重要性，《财神邓通》中"钱"的作用远远超出了一篇散文游记的意义，远隔千年的邓通的命运兴于钱而衰于钱，富贵来得快去得也快，这样的结局对于当下那些纸醉金迷的人来说无疑是现实的警示，当一个人富贵等身、忘乎所以的时候，谁能预料自己在生命的终场时是悲剧还是喜剧？作家通过作品对于造化弄人的思考引起的阅读共鸣必然让人去思考如何确定生命的姿态。

文雅朴素的翩然

打开赵良冶的散文，文雅质朴的气质扑面而来。他的语言往往是娓娓道来，有种淡定而深情的幽雅。《庄子·天道》中说："夫虚静恬淡，寂寞无为者，万物之本也。……静而圣，动而王，无为也而尊，素朴而天下莫能与之争美。"《庄子·刻意》又说："若夫不刻意而高，无仁义而修，无功名而治，无江海而闲，不道引而寿，无不忘也，无不有也，淡然无极，而众美从之。此天地之道，圣人之德也。故曰，夫恬淡寂漠，虚无无为，此天地之平，而道德之质也。"这些论述都表明，庄子把朴素自然、恬淡无为作为美的最高形态，是符合天地之道的最高美。任何斑斓的艳色在朴实面前都是多余的、华而不实的，最多只能算是外表的美丽，而不能称之为真正的美。美的意义在于深层内涵，文雅与朴素的结合给人的是一种真实而又艺术的美丽，所以在这样的文字面前，读者产生抵御不了诱惑的阅读欲望，所谓清水出芙蓉，天然去雕饰的感受，平和的语调，舒缓的节奏，一切就在沉稳宁静之中趋向唯美。

我发现在赵良冶的怀古题材散文中，他用心真诚讲述，恬淡的目光扫描着自己和周围的环境，平和的心境品味着人生和世界。这与他喜欢摄影，喜欢考古研究不乏关联。这种真诚与当今有些流行的无病呻吟的文章形成了鲜明的对照。他的散文看不到矫揉造作，字里行间流淌着自然的诚真美，就像川西那些青山绿水、雪峰冰川。这是赵良冶审美的取向，这种审美取向已经成为他人生主观的自觉，直接表现在他的散文作品中，貌似"无我"。所谓"无我"并不是代表没有其个人情感思想注入他的作品，只是不善张扬，也许赵良冶在创作中并没有自觉意识到，然而在他运用文字描写人间事件或是自然景物时，最终还是传达出来，而且升华成为更加广阔、宽泛、多义的主题，留待读者根据自我的生存经验去品味畅想。正因为如此，我不得不运用笔墨再说说赵良冶散文的另一种风度。

平缓闲适的洒脱气质

讨论赵良冶的散文时，有人指出赵良冶的散文平缓闲适得过度了。也许是审美的观点不太一样引发了不同的阅读反应。我反而欣赏他的平缓闲适，依愚见，他的自由闲适能给浮躁的心灵降降温，让人找到心灵歇息的驿站。看到现在所谓的成功人士喜欢到偏远的乡村，因为在激烈的竞争中他们的内心极度缺乏安全感，感觉心灵绷得太紧，没有闲适的感觉，整个生活充满了竞争和压力。压力、竞争、权力、地位、荣誉等侵蚀灵魂之时，寻找解脱的良药，得到短暂的自由闲适成了强烈的渴望。然而，人始终要回到现实，乡村的避风港难以久居，为了生活，为了获得，他们的都市病成为时常发作的慢性病，因此，读读赵良冶的散文正是这种病症的良药，祛除着这种人类的疾病，医治着这些人的隐痛。

赵良冶的散文之所以平缓闲适，还在于他的个人性格和对生活的态度。这种平缓闲适实质是扩散理性后终究归于稳静的气质，这点在《守望清溪》中体现得最明显。赵良冶喜欢追寻着一个衰落的古镇历史的足迹，不惜笔墨把一个古镇从辉煌到沉寂，古代兵家必争之地与书院林立的文化汇聚的对比，商贾如织和状元杨升庵流放必经之路，印缅佛教与中原文化的交汇地一一道来，而清溪古镇的闲适却是好事，"忙乱了上千年，也该休闲休闲。将那纷繁琐碎的差事，一股脑儿打发出去，才落得悠然自得打发岁月。"没有对生活的淡定和坦然是写不出这样的文字的，而读者对于这样的文字必然发出会心一笑，这就是真情流露的共鸣。

作品是作者感情的投射，是作者的感受，没有淡定的生活态度，断然写不出这样的散文，我感觉自由、闲适是他的追求，也是他要向接触他的散文的读者推荐的生活态度。这说明，赵良冶在寻求自我精神的写作中，通过追寻和拷问不仅是要把握自己的修身意念，使自己的精神世界得以升华，他更想用其散文作品赢得阅读者对自己人生体验的认同。因为在商品经济社会里，利欲很容易带给人浮躁，而浮躁很容易让人迷失文化的航向。

　　这就让我想起一个问题，笔耕的人总是想追求创新，然而"创新"二字往往使我们陷入困惑，在寻找新路的同时，常常忽略了我们的作品所体现的东西在审美心理上的一个重要方面：承袭。也就是说，审美的复杂性应该是因人而异的。因为，在这个强调"统识"和"共识"的社会，思维确实太容易被定势。写作对于素材的取舍，要不非此即彼，要不非此非彼，很难在开放性的"各识"基础上把握好宽容和沟通尺度。赵良冶在散文创作中恰当地把握这个尺度，在他的散文中我们可以荡漾在古典的意境中，也俯身拾取现代人的情趣、优雅的文字、强烈的镜头感、怀古的幽思，初读时，还以为是对中国古代散文的"继承"，于是，很容易下个结论称其散文为美文。这种说法又让我有点不赞同了，用"美"字来形容一个须眉男儿的作品，让人联想软绵绵的、缺了点阳刚气的词语。所以，文可以美，但最好不能沾染"脂粉气"，重要的是洒脱和自在，有种吸引人的气质，足矣！

　　至此，我好像也还是没给赵良冶的散文建构起明确的形态特色，只是有些许对他的文字特有的气质和风度的感受。然而，当一个作家的作品具备了迥异于他人的气质与风度的时候，他的创作也就步入了个人境界，此刻我又想起了陈忠实先生的话："作家独禀的气质，决定着作品从题旨到文字的基本风貌和总体呈色品相。"因此，作家的作品绝不是披上时代的华服图得招摇过市的一时风光，而是要将自我的修为和对人生的追求融入作品。

　　"散文是一种人生的眺望和揣摩，一种文化的浸入和对话。"赵良冶的散文不是正在吸引和召唤我们去审美和思索人生，接受文化的洗礼吗？

　　　　　　　　　　　　　　　　　　　　2009 年 11 月 5 日定稿于雨城

参考文献：

（1）《周作人早期散文选》，上海文艺出版社，1984 年版，《美文》。

（2）赵良冶《红豆相思谷》，2006 年《四川文学》第 12 期。

（3）李泽厚《美学四讲》，天津社会科学院出版社，2001 年版。

（4）李泽厚《美学四讲》，天津社会科学院出版社，2001 年版。

（5）赵良冶《品味蒙顶》，2009 第 3 期。

（6）《老子·庄子·列子》，岳麓书社，1989 年版，《庄子·天道第十三》P52。

（7）《老子·庄子·列子》，岳麓书社，1989年版，《庄子·刻意第十五》P62。

（8）陈忠实《吟诵关中》，重庆出版社，2008年版。

（9）赵良冶《守望清溪》，《四川文学》2008年第2期。

（10）《中外永恒主题散文精品》，中国广播电视出版社，《前言》，林非、丁亚平。

西康，西康

——写在《西康文学》诞生发刊词

2012年4月，一本以西康命名的文学刊物《西康文学》在雅安创刊。这是一本由雅安市文化馆、四川文化艺术促进会主办，雅安文学界一群热爱文学的作家和资深编辑创办的文学季刊。

《西康文学》出刊以来，引起社会各界的关注。许多市民通过不同途径索要读本，周边地市，乃至河北、广西、山东等地的文学爱好者纷纷投稿。热心读者在阅读后，主动联系编辑们，表达支持，提出改进意见。《西康文学》所引起的蝴蝶效应让编辑们兴奋不已，对办好这本本土文学刊物信心更足，也深感肩上的责任。

《西康文学》创办的初衷是为雅安文学人建立一个文学创作的阵地，提供雅安本土文学展示平台，希望通过一本纯文学刊物凝聚雅安全市爱好文学写作的作家和作者，通过在《西康文学》发表作品相互交流，共同提高，从而推动雅安文学的发展和繁荣。

《西康文学》以已消失的原西康行政区域命名，貌似带有深厚的怀旧韵味。走进《西康文学》，细细品读《西康文学》，方知，怀旧不仅是对过往岁月的刷新，更是要那些业已泛黄散落的地域文化永恒。

以一片早已在共和国行政区域地图上消失了半个多世纪的省份之名作为一本文学刊物的名称是否可行，《西康文学》主要创办者们先后思考了近一年的时间。2011年，从筹备《西康文学》的那一天，一群土生土长的雅安作家就将一颗赤诚的心奉献给这里的山山水水，也用文字之笔展望未来和远方。

中国的地图上，曾经有一个充满吸引力的省份——西康省，它是一片辽阔的土地，是一片神秘的土地。这里一山一水的奇妙组合，仅是地形图上的颜色变化，就足以令人幻想出各种壮丽的景色与冒险风景。在行政上，西康界限被擦掉了，然而，等高线与原住民的脸孔却无法更改；青藏高原、横断山脉，藏、羌人种，丰富的水力、动植物资源、千年的茶马古道、艰险的川藏公路南北线；五六千米以上的极高山，野性原始的河谷；一望无际的大草原、剽悍的康巴汉子，热烈的火把节；举世皆知的大熊猫，流传世界的《康定情歌》……交织出一幅幅动人心弦的画面！

一山一水的横断山脉，让南北民族得以在峡谷中相融、并存。因了这种交融并存，西康文化大量融入了汉族、羌族、彝族、纳西族文化元素，文化多元与丰富凝厚，让西康人不管流着什么民族的血液，都接纳着多重文化，具有宽容、开放等特点。消失的西康，不仅存在于记忆，它依然以独特的生命形态存在于我们身边。

清风雅雨建昌月，溜溜康定跑马山。这片神秘的土地，是厚重的藏汉文化交融汇聚的地方，难道不应该有一本文学刊物以目光注视？

我们有责任，用手中的文字表现西康地域丰厚的文化底蕴，用文字书写这块生生淹没在历史尘埃中的风华。《西康文学》立足于雅安，却不局限于雅安。因为，文学的视野局限于眼前必将狭隘，心胸狭隘的作家目光短浅，作品如何能有深如大海的胸怀？

《西康文学》以大西康概念，意欲展现西康地域的历史文化、民俗民风，作为西康儿女，以饱含西康的文化意识推出《西康文学》，是为了寻找迷失的西康文化，西康人更懂西康，更看重保留骨子里的西康气质。《西康文学》用象形文字掌握西康的根，探寻这片土地现在的精神和未来的走向。

在文学创作上，《西康文学》主张思想开放新锐、欢迎写作手法的实验与探索。这样的办刊宗旨得到各地文化人的鼎力支持和赞许。

《西康文学》刊名由著名作家马识途先生亲笔题字。省作协副主席曹纪祖为这本刊物亲写了卷首语。中国作协会员曹纪祖、石英、徐建成、杨建光、赵良冶、唐毅，国家一级编剧张建蓉，以及不少在全省有影响的作家们纷纷寄来佳作。这些作品文字或凝重、或鲜活，或是诉说西康历史、或审视现实表达生命感悟。思想性和艺术性皆备，趣味性和艺术性共存。因此，《西康文学》创刊号中，强大的作家阵容、优质的文学作品，显示出其高起点、高品位的文学性，表现出雅安作家渴望融入中国文学大江大河，承载历史与现实的决心。中国资深作家贺敬之和袁鹰目前也发来未曾发表的新作，支持《西康文学》。

这是一个开放的时代，也是一个物欲至上的时代。社会众生多追逐浮利，纸醉金迷，文学艺术在于市场接轨的浮躁声中沦陷成快餐，纯文学的边缘化境地日渐严重，许多纯文学刊物举步维艰，发行量不断萎缩。面对文学的迷茫，刊物团队却在《西康文学》孕育之时，对《西康文学》纯文学刊物的定位保持了高度一致。选择纯文学形式的姿态，是《西康文学》办刊团队对文化的坚守，对精神自我的守望，也是对于文学现状的思考与探索。

物质经济高度发达的时代，纯文学应该对大众文化采取"宽容"的态度。纯文学与大众文学实际上代表着文学的"二元"，纯文学是"雅"的代表，大众文学是"俗"的代表。置身于多元化盛行的社会，《西康文学》不单纯地用二元对立的方式去敌对大众文化，而是理智地思考大众文化兴盛的原因，取其精华去其糟粕。刊物渴望用纯文学作品经典的叙事语言、审美思维和对现实的介入去愉悦读者的精神，引发刊物与读者之间的共鸣。

纯文学需要大众文学的市场、读者和发行量，而大众文学也需要纯文学的精深典雅。西康作家以及《西康文学》在保证纯文学本质的基础上实现了文学的"雅俗共赏"。这本地域性纯文学刊物，不排斥借鉴大众文学的传播方式，比如网络、电视等现代传媒技术。毕竟纯与不纯是精神上的，跟选择什么传播手段无关，何况文学价值的实现是在读者接受层面进行，如果没有读者，纯文学的价值何以实现？只要坚持刊物的选稿理念：要求来稿在创作时必须保证纯文学的本质，深邃的人文关怀，指向人心灵最深处的终极关怀。在此基础上走一条纯文学作家的自我调整与融合之路未尝不可，关键是作家要创造出深入灵魂的作品，刊物要推出百姓喜爱的作品。这样才能真正让纯文学焕发旺盛生命。

别林斯基说过："在任何意义上，文学都是民族意识，民族精神生活的花朵和果实。"所以，文学一定离不开本土文化的滋养。纯文学作家应在深入探究社会生活的变化，全身心投入社会生活的深层，感受时代精神和文化的多样性，才能写出适合读者口味的文学作品。同样道理，纯文学刊物要建立在读者的基础上，用读者读得懂的作品去表达人物内心本真的一面，表达终极关怀的生命意义。纯文学作为文学主流不应该在物质丰富、精神缺失的时候退缩固守，而是需要寻找本源，关注现实，向社会发言，与时代共进。

作为作家和文学刊物在坚持表露人性本真的同时，必须意识到人是社会性动物，作家强调个体性，但其先天承袭的社会政治仍然会在其思想中存在，并在某种程度上支配人的行为选择。逃避现实，沉湎于风花雪月的空洞想象，是当前某些纯文学作家一味的向内转现象，使得纯文学走向一种文本自恋的趋向。《西康文学》及其编辑团队，有着承担文学和作家应有的社会责任的自觉，坚决摒弃文本之恋和无病呻吟的文学病态。

与其他刊物不同，《西康文学》没有强大背靠，也没有大笔资金支持，更不钻营商业经营。编辑团队的每个参与者都有自己的生存方式，办刊对于这个团队而言，凭的是对文学的热爱和兴趣，对理想与梦想的追寻与执着。

这是一本纯属民间人士主办的文学刊物，在温煦的雨城，清风送暖的青衣江岸，几杯清茶就着汇集来的作品，团队组建。编辑们用温和的气质和独立的精神创办《西康文学》，用《西康文学》与脚下的土地对接。所以，这本文学刊物将会保持从容温和的气度，办刊人努力将人格魅力植入《西康文学》。

西康，我们来了，用一本《西康文学》去搜寻历史的足迹。

西康，我们来了，用一本《西康文学》去歌颂勤劳善良的生命。

西康，我们来了，用一本《西康文学》向世界展示我们神秘而古老的神态，讲述各民族血脉相连的团结。

即使是山高水深，即使是鬓角染霜，因为有了西康这片土地，因为挚爱脚下的土地，我们在写作，我们在路上。

乡村的温度

——电影《水煮金蟾》中当代农民形象刍议

乡村，渐行渐远。记忆中，乡村勾起淡淡的乡愁，那里有讲不完的故事，说不完的情。人们追忆着乡村尚未被物化的那份淳朴，向往着青山依旧的风景。观众们期待一部农村题材电影真心表现乡村的肌理，传神乡村风情，真诚地讲述村庄里的人与事，农民们的苦与乐。

电影《水煮金蟾》牵引着观众走进当代乡村，去体味人间烟火味，满足了观影者对乡村的期待，它浓郁的人情味给观众心灵满足感，且享受到审美愉悦。

《水煮金蟾》由曾获得金马奖的何蔚庭执导。影片以轻喜剧的形式，讲述了一个叫蛤蟆村的村子里一群农民的凡夫俗子故事。因高速路修建需要占用蛤蟆村土地，村民田胜和其他三户人家面临拆迁。在解决宅基地的问题上，村民委员会主任按民间风俗，决定让四家人抓阄凭运气来选择宅基地。抓阄前，忠厚老实的田胜不愿意给村民委员会主任送礼，而村民四混等另外三家人都给村民委员会主任送礼。因此，参与抓阄的人中只有田胜不知道抓阄的纸团做了标记，结果抓到的纸团上写着没人要的北坡烂地。俗话说，傻人有傻福。在这片人人嫌弃的烂地里，田胜家打井竟然意外地打出了一眼温泉，遇到了发财的机会。

温泉在影片里承担了贯穿故事的线索。因为这眼温泉，田家热闹起来，村民眼红起来，不起眼的田家夫妻成了全村各色人眼中的香饽饽，官员、亲友、老板纷纷造访试探，冀望从中取利。连环的乡村喜剧桥段，风趣的对白语言，演员的到位表演，一展小村庄的人情冷暖。让观众的观影心理沉浮在喜乐与沉重的浪潮，笑过后发出对生活的感叹。从这部乡村喜剧片，观众得以走近且了解当代乡村的各种人情世故，影片着力刻画出利益驱使下众生百态，从而透视出当下农村人的思想变化，观照到当代乡村和农民的精神层面。

影片塑造田胜的中国农民形象堪称成功。影片一开场，厚道老实，行事窝囊的田胜，和其他在铁矿打工的村民一样被铁矿老板王利民欠薪，却拿王老板没办法。这种开篇让观众看到田胜及村民属于生活阶层的弱势一方，与处于强势方的铁矿老板形成了两个立体面，强势方和弱势方，故事发展所需要的戏剧冲突要素已经奠定。虽然田胜没领到工钱，但在回家途中，他却将老婆夏英给他买化肥的钱掏出接济了急需用钱的好友宝来，有股子中国农民的质朴和义气。这个开篇桥段起到为田胜今后遭遇的生活之虞，以及其如何抗衡生活的波折的细致饱满的铺垫作用，从而让剧情人物性格的发展呈放射状，避免了直线的生硬，让观众感到了这个普通农民人格的力度。

和许多中国农民一样，田胜信奉"知足常乐"的生活哲学，享受有土有羊就是"幸"，一口薄田即是"福"的小农生活。他留恋老婆孩子热炕头的平淡，平日里，田胜有点爱吹牛皮，喜欢和朋友喝几口小酒，但与乡亲忍让礼待，和睦相处，保持着的传统乡村相邻间的那份亲情。作为男人，田胜面带憨样，一旦与别人发生争端，总是忍气吞声，主动撤退。在村民大会上，村民委员会主任和村民们为温泉的归属权和夏英争论不休，田胜中途撤退，溜出去和儿子踢球。田胜被欺负时，就幻想自己成为大侠，假想着如何暴打欺负他的人，以此寻求心理平衡，自我安慰。当他面临各色人等就温泉开发的游说时，似乎不如妻子夏英有主见。村民委员会主任用低看口吻说他开发温泉等于是"无资金、无经验、无手续"所谓的"三无产品"，他显得心平气和。他到乡政府找乡长的桥段设计让人忍俊不禁：田胜在小饭馆里巧遇乡长，不知就里的情况下，他吹牛皮说与乡长是发小。在乡政府，一看乡长，知道自己吹牛露馅儿，话没对乡长说完，吓得借口跑茅房，放下温泉水桶开溜。这个角色身上多少还存在着中国农民老实本分的性格，散漫、随性、畏权、畏势、畏钱的痕迹。人性的复杂在观影中乐而得之。

如果影片仅是一味表现田胜胆小、怯弱和退让的一面就流于俗套，与众多乡村影片雷同了。《水煮金蟾》用不同桥段多方面塑造角色，雕刻般的镜头，表现了角色人性的复杂性。田胜惯顺让，却也有愤怒和抵抗。剧情推进中，田胜"愤怒"了三次。这三次"愤怒"，虽然结果都是失败，却让这个朴实农民形象更加具有立体感，更加丰满起来，是影片人物塑造的点睛之笔。王老板为达到夺取温泉开发权，设美人局陷害田胜，导致其与妻子夏英产生误会，夏英带着儿子回娘

家后，田胜"愤怒"了一把，他去找王利民拦车算账不成，反被抢去了已拿到手的工钱。第二次"愤怒"的田胜为了报复王利民的陷害，偷偷去刺破王老板别墅外停放的豪车，结果又被王豢养的恶狗追咬而受伤。第三次"愤怒"是田胜两次被王老板欺负后，镜头跟拍他满怀豪气地在"问天下谁是英雄"的歌声中行走于人流中，镜头切换到他身缠炸药包，冲进KTV包房，吓得王利民一伙儿跪地求饶，正当观众为田胜紧张担心时，田胜拉炸药的引线，引线却脱落而没有爆炸。镜头一转，观众才恍然大悟，这原来是田胜的想象，精神胜利法的再现。这些桥段让观众忍俊不禁，喜剧效果十足。如果没有这三次失败"愤怒"，最后田胜在好友宝来的帮助下，捆绑为虎作伥的四混，搞清王老板陷害自己的真相，向夏英证明了自己的清白，战胜了自己的懦弱等相关联的桥段就会显得凸凹而生硬。但人物经过了不同时间、不同事件、不同方式的尝试、反抗、失败后，田胜洗清不白便显得可信度更高，亲切且真实。观众在笑的同时感觉到一份沉重，有种笑过想哭的心痛。

真正的喜剧，不在于只是逗乐观众，而在于在笑声中感受到什么，《水煮金蟾》就是如此。

影片多处运用了细节打造人物，达到如小说细节描写效果。影片仅用一个细节就勾勒出田胜有主见的一面。在村民委员会主任竭力让他和铁矿老板王利民合作时不露声色，转身却带着温泉水去找乡长化验水质。刻画田胜厚道宽容的特质也用细节表现：打出了温泉后，村民们家家户户提桶拿盆地取用，田家地头，人来人往；村民们争论田胜打出的温泉应该归全村所有，妻子夏英让田胜给温泉上锁，田胜一笑了之。相反，当王老板取得温泉开发权后，村民站在围上栅栏的温泉周围议论纷纷。前后细节形成鲜明的道德对比。尤其是，被大家不屑和欺负的田胜，在两次和王利民为了温泉开发谈判中，咬住必须发放村里所有在王老板的铁矿打工者的欠薪要求上决不让步，最后，逼迫开发温泉心切的王老板同意了结清欠薪。田胜为所有被欠薪的村民拿到所欠薪水这个桥段，显示出"天无私覆，地无私载"以德报怨的传统美德，在他的身上所散发出的是中国农民的纯善厚道、朴实侠义。观众为他的襟怀而动容，由衷产生对这位普通农民的敬佩。

村中"三老"是影片的象征镜头。影片开头，三个老人坐在村口，感叹蛤蟆村蛤蟆越来越少，听不到蛤蟆叫声，担心村子要出大事；田胜家打出温泉轰动全村，镜头再次对准空旷的村口，"三老"议论着祸福相随，开发温泉也许会导致村庄消失，村民要迁祖坟。当田胜被迫将温泉易手王老板后，"三老"第三次出场，言谈里充满对村庄变迁的无奈和对农家生活的不舍。"三老"无疑是传统乡村的象征，"三老"的谈话隐喻经济浪潮冲击下的传统农村正在一步步退隐，这种退隐现状不管是否出自农民的本意，但确实正在消退途中。伴随着工业文明的进一步繁荣，农村城镇化的加速，农民心中那份对土地的留恋将会成为他们心中抹不去的记忆。

影片在田胜被王利民抢走拿到的工钱后，刻意安排了一组切西瓜慢镜头。镜头看似和剧情无关，当镜头转换到田胜脸部特写时，观众便明白了寓意。田胜看着甜蜜的西瓜，完整的西瓜被分割从大到小，切得支离破碎。镜头从甜蜜鲜艳的西瓜瓤切换到田胜沮丧而痛苦的脸，隐喻田胜平淡安稳的生活被复杂的人际关系慢慢切碎。由此，观众对于生命本意和生活表象的思考被引发出来：现实命运中某些貌似美好的东西，可能正打破你已经拥有的美好与幸福；蛤蟆村已经引进铁矿山，经济发展了，水源水位下降，地下水污染，农村传统人际关系中被经济利益覆盖掉的那份亲切感。反复咀嚼这些细节，让观众了解了农民的现实境况，且赋予传统的田胜们以视觉形象上的"高大"。

很长一段时间，影视或舞台文艺作品对于农民形象的塑造充斥低俗的调戏、戏谑、嘲讽，甚至羞辱似的丑化。值得一提的是，观《水煮金蟾》，一反观众习惯中农民形象的解读，独具匠心地改变人们有关农民的观念。主要角色的表演可圈可点。演员没有为了票房而靠过度的夸大搞笑去故意逗乐观众，脱离了程式化的喜剧表演，较好地从内心至外把控了表演维度，生活化表演形式与巧妙的情节设置结合，刻画出田胜的憨厚固执，给观众奉献了一个喜欢喝点小酒、吹下牛皮、害怕老婆、遇事有些慌乱的鲜活生命体，也塑造出蛤蟆村散发着乡土气息的众生，如宝来的仗义、夏英的虚荣有主见、村民委员会主任的贪小便宜、王老板的贪婪狡猾、四混的仗势欺人等等。在观众眼前，这种不概念化、脸谱化、生活化的表演形式，显得朴质自然，所制造出的笑点不做作、不猥琐，且尽显现实生活的真情流露。这群真实可信的农民形象让观众印象深刻，有血有肉、散发着泥土味，一改某些文艺作品中把农民形象塑造成鄙俗、贪婪、狡黠的做法。真诚地演绎出经济发展的社会变革下，传统农民在经济社会语境下的无奈无力。观众会意而笑之后自觉地对现实观照和考量，观影心理抵达审美期望的彼岸，悟到生活真谛。

作为农村题材的轻喜剧影片，《水煮金蟾》鲜有狗血的桥段，没有搔首弄姿、故弄姿态的粗俗场面。尽管是喜剧定位，影片却运用比较古典的叙事手法，呈现写实风格；影片场景很少有搭景，摄影风格色彩鲜艳、饱和度高，给人沉稳抒情之美感；很多镜头采用跟拍，保持了一镜到底，因此，在场景转换、桥段之间衔接自然，观影者难以看出剪辑痕迹拼凑。值得称道的是，《水煮金蟾》的语言极少地域口音，绝大多数对白采用了普通话，这并没有影响到影片的乡土气息，反而疏通了电影故事与观众的交流和理解，扩大了影片受众群体的广泛性。

乡村影片的农民形象是中国人形象谱系中的最重要一脉，因此应该富有时代特征和人文精神的传统。在当代中国文化背景下，文化艺术是和全球化问题、都市化问题、弱势群体问题、环境问题以及与现代人精神有关的寻找精神家园等等话题的相互关联。中国这个农业大国，文化艺术必然和农民生活状态息息相关。在经济转型时期，聚集了诸多农村文化现象。譬如，脱贫致富后的农民和土地关系、农村经济开发，农村城镇化进程中产生的失地农民、农村留守妇女、留守儿童等。乡村影片必将不可回避地直面农村当下的社会文化问题。简单地表现农民勤劳致富已经不能全面反映农民的生活原态，唯有体现农民精神层面的多样态和不同意识指向，才能使农村题材电影拥有艺术深度，符合时代的要求，满足观众的审美期待，引导观众的道德走向。

与正剧表达人文关怀相比，喜剧注入人文关怀往往不好把握。《水煮金蟾》却在喜剧和人文关怀之间找到了属于影片自己的度，对当代农民形象的诠释体现出强烈的人文关怀，让我们感到惊喜。无论情节多么搞笑，田胜生活的诸多不顺还是鲜活地呈现在你面前，影片对农民处境和乡村变化的关注，保证了喜剧的"农民"底色。作为农民形象的"田胜"，不再是具体的或局限于农民身份的"他者"，更多具有和艺术创作者"我"重叠的形象。影片透过蛤蟆村农民们的故事，把现实与艺术相结合，它提醒我们：农村经济发展的污染问题与每一个中国人的生存环境密切相关。影片中农民工被欠薪问题，实际上讲述了中国当代最敏感和最迫切需要解决的乡村生态。可以看出，电影创作者们渐渐认识到，所谓的"精英文化"居高临下的关注，自以为是地做去除农民乃至"国民"劣根性的启蒙者，不如踏踏实实地以镜头表现农民的生活，塑造让中国观众喜爱的农民形象。由此可见，影片对很长一段时期按农民的形象塑造人物，却没有艺术表现和社会思想的文艺创作态度，进行了反证思考。

每一片土地有属于自己的故事，每一个村庄正在上演着或喜或悲的故事。我们正在期待更多的《水煮金蟾》似的农村题材影片！我们期冀着通过《水煮金蟾》一样的影片真切地呼吸到乡村气息，触摸到乡村温度，感受到人的气息，得到道德的感召。只有同中国世界瞩目的经济成就相匹配的正能量电影不断出品，才能与中国文化底蕴相对接，与社会道德水准相对应，让观众在观影过程中感受到道德力量和历史的深度！

《香格里拉之门》如何开启

——对王庆老师小说稿《香格里拉之门》的意见

老师好！

承蒙老师厚爱，将《香格里拉之门》一稿让学生拜读。读后，学生有些感悟，想与老师商榷。如说得不对或语言冒犯，敬请宽谅。

一场灾难，一场痛，"5·12"汶川大地震成为四川人民生命中无法抹去的记忆。家园毁灭于瞬间，亲人在地动山摇中逝去。

一场灾难，一生情。大地震后，来自全国四面八方的无私援建者，无私的手在满目疮痍的灾区托起太阳，播撒希望，谱写大爱真情。

面临如此巨大的自然灾害，中华民族在死亡和鲜血面前显示出了空前的团结，地震震撼了全中国人的心，也震出了中国民众的爱国情怀和民族认同。中国人在大灾大难面前表现出无与伦比的民族凝聚力。《香格里拉之门》正是以这样背景成稿。

这是一部反映湖北人民援建汶川大地震重灾区汉源县的纪实性报告。作者详尽地记录了湖北援建汉源灾后重建工作始末，列举了大量的数据，同时穿插叙述了一些援建者个人的经历和专访谈话，希望以此支撑起报告的真实性。从这些材料看出作者在过去的两年屡次亲临汉源援建现场，所以才搜集了如此丰富翔实的第一手材料，其求实的态度值得赞赏。

佩服作者积累如此大量资料之时，我们更多的是从这部报告面向的受众的阅读角度来思考问题：阅读者是应该把这部报告纯粹地当着一本史料还是纪实类的文学作品阅读？也就是说，《香格里拉之门》的创作定位问题。

如果，定位为一部关于汶川地震后汉源重灾区灾后重建的援建史料，该报告内容翔实，数据细致，人物众多，确实尽力在方方面面记录这一特殊历史阶段，这倒是具有一些为后来人提供此方面可供参考查阅的历史资料之价值；只是，小心翼翼罗列资料，生怕遗漏掉了某个援建单位、忽略了哪个领导重要讲话，极强的负重感，所带来的缺陷不足为奇。即使《香格里拉之门》作为历史资料，对参阅者来说，存在查阅的不便之处。其硬伤在于板块性不明显，材料组织给人凌乱之感。不过是将援建进程中的人物叙述、专访笔录、新闻报道等集合在一起，且前后有些不连贯，给人以跳跃性过大的感觉，不客气地说，该报告没有将如此众多的资料梳理通畅。一定把《香格里拉之门》定位为对历史真实的记录，笔者己见，可以时间顺序为线索，记录湖北人民援建的经过；或者，以汉源县城建设、文化教育、科技、医疗卫生、农业、移民工作等分门别类的板块方式组织材料，或以湖北各地市为板块编辑这些宏大的史料以便为后人留下更加清晰的历史脉络。作为历史的亲历者，记录历史是一种责任，记录下清晰的历史进程，这才是对未来的负责。

关键在于，冗长的史料和繁多的数据，一般读者是没有耐心阅读下去的。笔者做了一个简要调查，把《香格里拉之门》传阅给身边的亲友、同事，谁都没有耐下性子读下去的欲望。阅读者普遍评价：没可读性，语言缺乏美感。这些被调查者文化程度都在大专以上，具备一定的阅读鉴赏能力。那么，文化层次低一些的读者的反应可以窥见。写作《香格里拉之门》肯定是想向读者展现湖北援建汉源期间，湖北人民、湖北援建者无私大爱，援建者动人的事迹，受灾群众与救灾人员之间的鱼水情深。调查所收集的阅读反应肯定有悖于作者创作的初衷。

一部反映地区性深刻历史记忆的作品能在读者之间争相传阅，它必定是满足读者了解历史事件的欲望，并且从阅读中体验到一份感动、坚强、惊异或者好奇的阅读心理。个人认为解决这一问题还是要加强《香格里拉之门》的文学性。报告文学的写作手法恰好符合，利用报告文学真实性、现实性（也有人称为新闻性）、思想性和文学性的特点，重点挖掘出典型的事例、典型人物，进行细致的描写。因为报告文学与新闻报道、通讯有密切关系，但是报告文学不等同于新闻。报告文学是以人带事，事是背景，甚至是朦胧的远景。它把人物推向前台，写人与人之间的关系、摩擦、矛盾、冲突……报告文学有更多的文学色彩，十分注意形象的刻画与细节描写，强调在真人真事的基础上注意文学手段的运用。这些特点恰好可以满足阅读市场读者阅读口味和心理的需求，他们不在乎那些烦冗的数据和某位领导怎么讲话，更多地关心在这场灾难中，那些关乎人的命运的行为和精神，更加在乎一系列顺达的讲述。如同魏巍的《谁是最可爱的人》那样让他们了解更多鲜为人知的事迹，从而体味到中华儿女在灾难面前血浓于水的亲情，看到时代的进步和祖国的强盛。当然，介于高度发达的媒体集群铺天盖地的信息轰炸，与事件并步而行的新闻传播速度，受众对信息接收的高度饱和，多少令报告文学作家涉足这些炙手可热的题材时显出了犹疑和焦躁。突发事件的时效性、读者阅读的耐受力、跟风凑热闹的现象都会影响作家沉下心来独立思考，使他们露出力不从心的疲态。写作报告文学当然就不如一部业绩报告来得容易，不如记录领导讲话能够获得实惠。所以，尽管《香格里拉之门》篇幅长达8000余字，其中有许多让读者不解之处。稍微阅读都可以找出些问题：《香格里拉之门》的一些细节问题，例如文章标题让人产生的疑问：香格里拉和汉源的关系？为何汉源被称为香格里拉之门？尤习贵从西藏到汉源本可以一路风尘，千里驰援的事迹只是段落标题，专访谈话内容互不相干。结果读完这访谈录还是搞不懂什么是汉源之门。汉源人移民加上受灾群众的双重身份本身凸显出汉源灾后重建工作的特殊性，本可以成为《香格里拉之门》浓墨重彩的一笔，遗憾的是一笔带过了。古路村小学一节完全与前后无法关联，突兀得很。《兄弟姐妹》一章，几个组成部分突然插入一个当地文化人李锡东的移民过程，显得突然。诸如此类的问题使阅读兴趣荡然无存。即便让我们这些汶川大地震的亲历者阅读，我们也只能将它当作一部工作总结或者是一本重建纪要而已。

一场地震震撼了我们的家园，一本《香格里拉之门》却没有开启我们的心灵之门，我们在阅读过程中无法收获阅读快感。如果让我们能够在阅读中，哪怕是重新回到那段地动山摇的时段，品尝到家园毁损无助，失去至亲的悲伤，因为，经历的痛苦和悲伤会使我们更强烈感受山崩地裂时湖北人民无私给予的温暖，才能抚摸到这冰冷的物质世界不灭的大爱真情。这不仅对于现在的灾区人有意义，长远地看是对灾区的子孙后代意义重大，如果让他们从一部作品中知道"情义无价"四个字，对那些无私的援助者怀抱感恩之心，这部作品就具备了深远的现实意义。因为感恩不是一时一世，是代代相传的品质。

《香格里拉之门》初稿具有鲜明的新闻性、深入采访性。如果在精心刻画人物和巧妙安排结构上加以强化，融入对这一段历史的自己的看法和强有力的争论，提高文字语言的功力，相信会成为一部反映汶川大地震后援建工作的不错的报告文学作品。

学生薄见，如有不对，请老师指教！

恭请师安！

有一种梦，用文字构筑

——《西康文学》办刊历程

　　雨城雅安，地处北纬 30 度，以川藏线要塞而闻名于世。在文艺大发展态势下，由雅安一群热爱文学的作家创办的《西康文学》文学内刊正在不断以雅安为圆心扩展着文学芬芳的圆周，欲向川西、向全国各地敞开文学襟怀。

　　《西康文学》创刊于 2012 年 3 月。早在 2011 年，以杨宓、山鹰为首的几个同道便开始谋划在雅安创办一个文学刊物，为雅安广大文学爱好者提供作品展示的平台。经过再三商议，大家一致认为，刊物应该沿袭 1989 年停刊的雅安正规刊物《青衣江》，继承《青衣江》的传统，扶持基层作者，繁荣文学创作，以此吸引雅安及原西康省范围的凉山、攀枝花、甘孜州、阿坝州等地文学爱好者参与，共同繁荣川西地区民间文学创作。

　　我们的想法得到了雅安市文化馆的鼎力支持，并获得上级有关部门支持，雅安市文化局新闻出版科按内部刊物管理相关规定，批准原雅安文学期刊《青衣江》复刊，更名为《西康文学》，主管主办单位为四川省雅安市文化馆。

　　2012 年底，刊物成立了编委会，邀请原《青衣江》主编王庆为名誉主编，组成了以杨宓为主编，山鹰为副主编，廖念钥（小说）、李纲（散文）、邓建生、白正飚、王平（诗歌）为责编，市文化馆资深编辑汪文智倾情出任艺术总监的有力编辑团队，并且得到了不少省上名家大家的支持，他们自愿进入到我们的编委会。

　　《西康文学》编辑部经过反复论证和讨论，确立办刊思维：在文学创作上，《西康文学》主张思想开放新锐、欢迎写作手法的实验与探索。

　　办刊宗旨得到各地文化人的鼎力支持和赞许。《西康文学》刊名由前辈著名作家马识途先生亲笔题字。省作协副主席曹纪祖先生很快为创刊号亲写了卷首语。《西康文学》创刊号面世就展示了强大的作家阵容、优质的文学作品，显示出高起点、高品位的文学品质，这是雅安作家融入中国文学的大江大河，承载历史与现实的决心和渴望。

《西康文学》的理想丰满，但也不得不面对现实骨感。众生逐浮利，文学早已在市场接轨的浮躁声中，几乎沦陷成现实快餐。刊物团队成员却在《西康文学》纯文学刊物的定位保持了高度一致：选择保持刊物纯文学姿态，选择坚守文化，守望心中的文学之梦。我们渴望用纯文学的叙事语言、审美思维和对现实的介入，去丰富读者的精神，奏响刊物与读者之间的共鸣旋律，承载社会担当，感谢足下土地。

《西康文学》以保证纯文学本质为前提，努力实现文学雅俗共赏，展现文学魅力。我们不排斥借鉴大众文学的传播方式，比如网络、电视等现代传媒技术，并充分利用现代新媒体手段与刊物合作，充分利用本土网站和微信平台推出刊物及选用的文学作品。我们相信，纯与不纯归属于精神，跟文学传播手段无关，何况文学价值的实现是在读者接受层面进行，如果没有读者，纯文学的价值何以实现？只要我们保证纯文学的本质：谨记文学深邃的人文精神，用作品指向人心灵最深处的终极关怀，我们便能获得读者的追随和爱护。

办刊三年，出刊六期，一路走来，得到文学同道的鼎力支持。中国作协会员曹纪祖、石英、肖克凡、徐建成、杨建光、赵良冶、唐毅，国家一级编剧张建蓉，以及不少在全省有影响的作家们纷纷寄来佳作。这些作品文字或凝重、或鲜活，或是诉说西康历史、或审视现实表达生命感悟。思想性和艺术性皆备，趣味性和艺术性共存。中国资深著名作家贺敬之和袁鹰发来未曾发表的新作，支持《西康文学》的发展。

作为民间文学刊物，《西康文学》努力保持文学的那份纯净，不发关系稿，以作品质量作为选稿宗旨。刊物面向全国来稿选用，只要是好的稿件，编辑不认亲疏，尽量刊发。当然，为了展示西康地域的民俗、文化，展现西康地域生活的原态，我们会对西康题材类作品优先选用。

出刊六期，其中艰辛唯有自知。欣慰的是，我们推出了一批百姓喜爱的作品。在"4·20"地震一周年之际，本刊通过正规出版的特刊《凝聚》将雅安及全国各地爱心人士抗震救灾、灾后重建的感人事迹以报告文学、散文、诗歌的文学手法贡献给读者，引起阅读者共鸣和极大反响，获得社会各阶层的极大认可，表明了《西康文学》及编辑团队的社会担当。

我们以刊物凝聚着人心，培养出不少文学新人，有了一大批投稿支持的作者，以文为介，收获着友情和真心。

如今，只要《西康文学》出刊，雅安和西康地区的文学爱好者及社会各界便争相求阅，每期出刊几天之内便被抢阅一空。在雅安的农家书屋、川藏线上的兵站部、川西片区的旅游景点都能看到《西康文学》的身影。打开我们的投稿邮箱可以看见全国各省、市、自治区的文学稿件。这说明，《西康文学》这本内刊文学刊物越来越得到社会和读者的认可，也得到了全国文友的支持。

立足西康，放眼世界。我们弘扬本土文化，更要以文学传递中华和世界文明。我们的信心就是壮大和办好刊物的力量源泉。

有一种梦，只有用文学构筑；有一种情，唯有随时光放逐。有一种爱永不消逝，我们的《西康文学》，你的西康文学。

2015 年 6 月 11 日

雨城方言　乡音乡情

——《雨城方言》代序

　　2014年春节即过的一天，余志均邀我一起喝茶，说是要让我看一样很重要的东西。于是，我携儿子顶着雨雪，沿着青衣江去聚会的茶馆，想看看到底是什么东西被说得如此重要。到了聚会的茶馆，除了余志均，还有几位在座，经过余志均一一介绍后，我认识了《雨城方言》的另一位作者罗天明。第一次读到了他和余志均一起完成的《雨城方言》初稿。当时，这本书暂名《雅安方言》。

　　于是，我们几个人热聊起老雅安（现雨城区）方言。聊雅安方言，难免就聊到老雅安的许多事情，不知不觉扯到了雅安余姓家族的传说。

　　我外婆姓余。听外婆和母亲说外祖爷来自雨城区大兴镇的一个叫余家堰坎的村落，余家堰坎是雨城区余姓家族的聚集地，《雨城方言》的作者之一余志均，至今也还住在余家堰坎。说着说着，我居然发现，我们在座的几个人都和这个家族有多多少少的血缘关系。

　　很小的时候，外婆告诉我，大兴镇余家的家谱记载，余家原本来自蒙古，是铁木真的后代。余姓是先改姓金，后将"金"去最下面一横，才成"余"字姓。其实，在西南，凡余家都有这个传说。这种说法虽仅在于家族子孙口口相传，却可从中窥见雅安雨城大兴镇的余姓家族从元末移民到此已有六百多年的历史。六百多年的岁月足以将余姓融进了这方土地，余家的爱恨情仇、生活习俗和血液基因深深烙下了"雅安"二字。余家子孙除了记得祖先来自辽阔的蒙古草原，早已不会说蒙古语，余家子孙会说的实质是一口地地道道的雅安话——雨城方言。

　　写了这几句，似乎有点乱，东拉西扯，与要谈的《雨城方言》似乎无关，也真的有关。因为，雨城方言对于生长在雨城这片土地的老雅安人来说，或多或少都储存着家族的记忆。家族的传说，里面却包含着雅安方言的演变信息，也是雨城方言成因的密码碎片，雅安雨城方言与中国历史上向四川大移民关联紧密。

距今大约三千年以前，在秦朝灭巴蜀以前，中国四川地区主要生活着古蜀人。古蜀人建立了比较繁荣的国家，历史上称作古蜀国。

战国时期，秦灭巴蜀，曾"移秦民万家"充实巴蜀；东汉末到西晋，又发生过大规模的移民活动；从唐末五代到南宋初年，有大批北方人迁居蜀地；元末明初，南方移民大批进入四川；明末清初所谓"湖广填四川"的大移民前后延续一百多年。因此，可以这样说，四川人大多数是全国各地移民的后裔。

雅安地处青藏高原和四川盆地接合处，古代曾是古老的青衣羌族活动的范围。它有过古道南方丝绸之路必经之道的辉煌，川藏茶马古道起点的厚重，承载着深厚的汉代文化、茶文化底蕴。至今，雅安仍以"三雅"文化而闻名遐迩。这片有汉、藏、彝等各民族居住的土地上，雅安雨城的方言必然在漫长的历史以及多次移民迁徙中不断变化和充实。

品味《雨城方言》，不难发现，雨城虽地处川西，但其方言仍旧属于北方语系，归属于四川方言范畴。雅安方言承继了四川话鲜明生动、雅俗共赏、妙趣横生、耐人寻味的语言魅力，同时，因为地域处于多民族交往融合的接合部，雨城人的灵气明显有着民族交融气质，雨城方言杂糅进了汉、藏、彝、羌等民族的习俗，这是本土古蜀人的古蜀语与居住相邻的民族语言的长期融合，纷繁丰富又别具特色。

抗日战争时期，沦陷区不愿做奴隶的人们，大量进入了雅安这个抗战的后方，宣传抗日、做生意、搞教育，被雅安原住民称为"下江人"。那时，雨城商贾如云，会馆林立。最大的当属山西会馆、陕西会馆和湖广会馆等，商人们在雅行商，在经济生活中，他们学会了雅安方言，雅安人学会了他们惯用的词汇。许多"下江人"喜欢上这座宁静温婉的城市，在雅安安家立业、繁衍子孙，变成了雅安人的一部分。

新中国成立后的 20 世纪 60 年代，国家三线建设时期，雅安作为川藏线上的重镇，迁来了许多工厂。天津、东北、重庆、四川等地的有志青年们，抱着"哪里需要到哪里去的"志向，走进了雅安，融入了雅安人的生活，和雅安本地的姑娘小伙结婚生子，组成家庭，渐渐地也成了雅安人，他们学会了雅安方言的同时，也为雨城注入了新的语汇，且为雅安原住民接受和运用起来。

因此，从《雨城方言》收集的词条和语汇中，可以看到本土文化与中原文化、南粤文化、湘楚文化、汉族和藏、彝、羌少数民族文化等的不断碰撞磨合，能在雨城方言的发音到词汇中寻找到民族文化交融的特质，因而造就雨城方言纷繁丰富而又别具特色的根本。

雨城方言或言简意赅，或话丑理端，或幽默风趣，或感性直白，或豁达乐观，质朴而生动，善于比喻和拟人。俗中彰显生活的原态。雨城方言传递出雨城儿女的性情；记物叙事间充溢浓郁的生活气息，一平一仄间闪烁智光；从《雨城方言》所收集的词条，我们可以捕捉到雨城人的乡风民俗，处世哲学，生产生活方式，以及社会制度和社会变迁的灵光。

现今，经济飞速发展，交通便捷，世界仅在咫尺。中国各地的人流来雅安工作经商，安家落户，雨城正踏浪于中华民族最大的移民迁徙大潮，雅安本土语言从发音到词汇正在经历着日新月异的变化。更为值得注意的是，在当下电子信息时代，世界语言呈现出相互融合态势，外来词汇进入并叙述本土化，在此文化大背景下，方言稀释在加剧，颇有逐渐被外来语淹没的趋势。雨城方言如远离的乡村，渐行渐远。

因为祖辈于斯，雨城乡音肯定成了罗天明和余志均最为直接表达和交流的手段。无论走出去的罗天明，还是驻守故土的余志均，说得最为顺溜的还是雅安方言。作为生于斯、长于斯的罗天明和余志均看到了雨城方言的这种危机，萌生了收集雨城方言，整理成书，为雨城地方语言的保留做些事情的想法，且付诸行动，四处搜集，不断补充，其中的艰辛不言而喻。在雨城区文联的关怀和支持下，罗天明和余志均经过两年多的努力，收集、整理、编撰出了《雨城方言》，且即将付梓问世。此乃一方水土之幸，更是造福后代之德。对着如今沉甸甸的书稿，且书稿名曰《雨城方言》，即能感受到二位作者所心怀的那份乡恋，能窥见他们所付出的努力。他们为雨城家乡文化的传承和弘扬做出的贡献令人心生敬意。

《雨城方言》的出版，意味着雨城雅安开创了雅安保护本土文化新领域，研究本土的传统文化呈现更加多元化趋势。《雨城方言》是外地人与雨城政治、文化、商务交往工具书；《雨城方言》所收集的词条，涵盖的雨城乡风民俗、处世哲学、生产生活方式、乡土情趣以及社会制度和社会变迁等等，恰恰是文学意境所珍视的、追求的韵味。

中国幅员辽阔，民情文化、习尚语言，随地而异。表现一地的生活，描写一地的人物，必得展示出此地的独有色彩；方言话语，除却传达信息本质功能，往往透射出一方人们的性情喜好、思维和言谈的特点。在本地人和异乡人的眼里，这种话语能显示出地方风韵，传达出乡土情趣。由此可见，其所文化负载对文学和生活却是不可或缺的，是人类文明的珍贵财富。

保护语言核心是保护方言的多样性，方言中所蕴含的古音、古词、语法、文化是至关重要的。今后一旦消亡，是不可逆转的损失。靠口口相传的方式，方言资料根本无法妥善保存，更谈不上深入研究。因此，方言的保护，最好是书面化，形成文字记载。只有书面化了，方言才可能凝固岁月的痕迹，免于方言随时空扩展而消融，为子孙后代研究地方文化，保住乡土底色，发展的本土文化切实措施。《雨城方言》一书，正是世世代代流传于百姓口中的本土方言的书面保护。

"少小离家老大回，乡音无改鬓毛衰。"贺知章诗词里的乡音，不仅是语言的发音，应该还有方言于其中的韵味吧，泄露了诗情来自生活，乡音方言诱发的诗意。所以，对于本土文学创作而言，《雨城方言》是一本具有收藏和参考价值的地方语言志。

方言是远方游子的乡愁，是守望家园的动力，如果一方土地的语言消失，我们将永失去一种美丽的文化。如果梦中少了乡音的喃喃细语，我们何处去寄托望乡的情怀？有太多的"如果"可以假设，但为什么要说那些割裂我们和故乡的"如果"呢？不如，如罗天明和余志均一样，为我们这钟灵毓秀的雨城做点什么，只要做了，总会给未来留下些什么的！

2014 年 12 月 27 日定稿

灾难文艺题材创作二三杂言

长江沉船事件令国人震惊，世界聚焦。几百条人命瞬间消失，几百个家庭毁于一旦，实乃人间惨剧。死难者家属悲恸欲绝，心存良知的人们无不同情和心痛。同情是善良最为直接的表达，心痛缘起对消逝生命的尊重。

当我们在心底为死难的同胞祈福的时候，某些文学创作者情绪兴奋得像打了鸡血，忙于写作船难题材的作品，且三两天便在各种途径上迅速传播。此种文艺现象不由得引人深思和反省。

冷静观察便可发现，近些年来，每逢灾难发生，这种文艺创作便如潮水涌动在网络和媒体，且有愈演愈烈之态势。汶川地震，舟曲地震，芦山"4·20"地震……只要有大灾大难，大量的与灾难相关的作品如现场新闻报道一样同步而来，此起彼伏，充斥着各式媒体。

遗憾的是，现在回读当时的这类文艺作品，发现由于出品仓促，过于注重时效，时间上不允许精雕细刻，显得较为粗糙。在情感方面，有许多作品雷同；思想性挖掘得不够深刻，显得较为肤浅、空洞；在艺术性方面，像一块粗糙的石头，因为缺乏精致的打磨无法变成美玉。没有多少真正达到了思想性和艺术性融合的作品，更别说脍炙人口、发人深思了。尖刻地说，此类文艺作品表达情感的方式，反映了文艺界即时消费生活经验的浅薄之风，反映出某些人人性的丑陋和卑劣。灾难中的应景之作，有一种利用他人伤痛，得一己名利之嫌。即便清代诗人赵翼曾说："国家不幸诗家幸，赋到沧桑句便工。"然而，文艺作品一旦经不起时间和岁月的检验，那就证明这类赶时间、追事件、写出的灾难题材文艺创作有其弊病。因此，不得不让人思考灾难与灾难文学写作的一些问题。

必须承认，文艺作品不等同于新闻消息。在灾难发生同步弄出的应景之作，充其量不过是另一种新闻形式而已。此种浮躁的创作风气是对反映生活、介入现实的一种偏误，是对苦难与死亡的浅知，是在肤浅地理解文艺为人民服务。回顾泰坦尼克号沉没这一世界最大的船难，当时，世界只有哀伤，而没有哪个著名作家的诗歌；世界只有为生命惋惜，而没看见音乐家在为此歌唱。如果有歌声，那仅是为受难者所唱的《安魂曲》。无论是托尔斯泰的《战争与和平》，还是薄伽丘的传世名著的《十日谈》都是经过时间沉淀和作家心灵沉思的作品，而不是急急忙忙面世的文字。

文艺作品必须写生活，反映现实。但文艺作品更要坚守尊重生命底线。别以为，每次灾难，三笔两笔写出的东西便是反映现实。

情感把握的尺度是灾难题材文艺作品必须注意的问题。从心理学角度讲，情感划分为道德感和价值感，情感在人际交流和信息传播中起到重要作用。首先，情感是人适应生存的心理工具。其次，文艺作品的情感在与阅读者交流中起到重要作用，情感能激发心理活动和行为动机，是心理活动的组织者，是人性通信交流的重要手段。灾难题材文艺作品的情感是最丰富的，悲伤、同情、喜悦、振奋、感动等包罗其中，人间悲喜瞬息万变。

灾难题材作品不仅需要作家把握自我情感，更需要掌控灾难情感的基调，反映出对人性的深刻，对事件的深思。灾难题材文艺作品，不是单纯对灾难惨烈、暴虐、血腥、恐怖的渲染和重现，也不是纯粹放大悲伤到极限的煽情。灾难文学艺术作品，其开解的主要问题是如何看待灾难，怎样应对危机，如何尊重生命，怎样与环境和谐，以及人类与万物同存共荣等等，从而让人获得在灾难面前保持冷静和镇定，承担安抚伤痛、心理疏导的社会责任，乃至拥有"向死而生"的人生态度。在作品里，受众可以获得提高心灵的自助与自救能力。毕竟，人生在世，每一个人都是各种灾难的潜在在场者。可见，创作反映灾难的文艺作品，对作者更具有道德和情感的双重考验。它反映出作家本身的人性基调，创作者应慎重对待以灾难题材来创作自己的作品。仅凭一些新闻报道的创作，反映出对题材的轻率和不珍惜，反映了创作态度轻浮的不良风气。

灾难来临时，以生命为题材的创作应该是严肃的。优秀的灾难题材文艺作品应该有三重境界：一是，展现灾难真实，挖掘灾难背后人祸的因素；二是，展现命运压力之下，人们抗争的历程和人类精神的伟大；三是，通过灾难探索人类存在的普遍意义，探索人性的真实。与此相对应，我们也可以从经典的灾难文艺作品分为三类：一是用"寓言描写展现人性善恶斗争"；二是用"灾难场景演绎复杂人生况味"；三是用"科学幻想反思人类文明进程"。这就是说，文艺作品所书写的灾难必须深含人类良知的共识，应该体现出人类与灾难抗争的文明历程。

虽然面对灾难，文艺创作者一样是普通人，是艰难求存和心怀热血的普通人，但是，此刻的文艺创作者更是具有良心、心怀同情、有正常感情和道德的社会人。因此，文艺创作者书写灾难的笔，必须浇筑深思熟虑的笔墨；表达情感的方式应该与受难生灵在情感上给予共鸣与支持，应该展现出扶弱济困、付诸道义的行动，对生者在精神上的安慰，对死者不幸的叹息；文艺创作者的社会担当表现在于文学艺术创作者对灾难中人情冷暖的认识。有了以上认知度，才能加厚艺术家对生命的理解度，促使文艺创作者抱着自觉自我心灵的净化的态度，找回自己在名利场中迷失的某种东西。只有升华的感情能促进一个艺术家对生活与生命的理解和自我人格的完善，由此才能让文学艺术家们的灾难题材作品中蕴含生命厚度，经得起时间的检验，得到百姓的认可。

因此，当灾难发生时，请别再以文艺的名义，过度消费灾难的伤痛。别因为文艺的虚伪、现实的应景制造出苍白的文字，刺激死者家属悲伤的心灵。而是用笔表现出尊重生命的温度。

2015 年 6 月 7 日

再说《爱的天空》的女性心理描写

　　为《爱的天空》做评论时，它还是一部打印稿，而今天捧着一部出版物，作为朋友我感到由衷的高兴，对于我们雅安这样一个山区城市来说，这部小说可以作为我们这个城市文学水平的一个新的标志。

　　一部以情爱为主题的小说反映当代社会人们之间的友情、亲情和爱情，给予阅读者诸多的启示，弘扬了中国传统的儒家思想，而这一切都通过杨宓细腻且精彩的叙述不知不觉地传达出来，没有产生说教式的烦恼，给中年以思考，给少年人浪漫、给老年人感慨，吸引了不同年龄阶层的读者的眼球，这就是杨宓这部作品最大的成功。

　　除了附在小说后面的观点，再读《爱的天空》时，我惊叹于作为一个男性作家，杨宓在小说写作中那种细腻的笔墨，尤其是对当代女性内心深处现代文化和传统文化相互交织的心理描写的独到之处。

　　小说中的李玫让我们看到一个成年的少妇，在无意出轨后，欲隐瞒实情所背负起的负罪感，急于摆脱洛玻的冷漠和内心的颤动，精神上对丁伦的爱情，肉体上对丈夫的背叛，以及那有意无意之间对洛玻的说不清道不明的情绪都细腻地呈现给了读者，读者也真切感觉到故事中人的情感状貌，近距离地看到这一类型人的心灵世界。

　　李岚无奈地沦陷进一场单相思的情阵，为情所惑，她不甘失去寻找快乐和幸福权利的心理，她深深的嫉妒，她对姐姐李玫的仇视，被作者悠悠然然有条不紊地叙述了出来，让读者津津有味地跟着她也进行了一场心理之战。

　　洛薇对于读者中的年轻女性是亲切的，因为作家引着大家重回到了初恋的青涩岁月，感觉到自怜自爱的倔强和小脾气，还有那懵懂中不知和异性接触时昏昏然又惴惴然的细密心思，在对心目中的爱人不知不觉的思念中慢慢地走近成熟的纯洁，多么让人心动！

杨宓在《爱的天空》中不愤激、不影射、不褒贬、不臧否，更无批判，其叙事节奏由人物命运牵着在走，并未刻意开掘所谓文本的意义，但却有一种大巧若拙、褪尽铅华的芬芳，让人品着好小说的无穷韵味。

尽管《爱的天空》并非"女性写作"，但作为女性读者，我们不妨按照女性的体验和理论来一番"女性阅读"。这部好看小说中的女性形象都具有男权话语的集体无意识结构，是男性视野塑造的结果。从外貌来看，她们青春貌美，对男性具有较强的性吸引力，是他们理想的性幻想对象；从身份来看，她们都属于当今社会让人羡慕的白领丽人，体面的工作、高薪、出入高级的社交场合，她们无一例外地为所爱的男性迷失自我，包括身体、智慧甚至生命：李玫精明而富有心计，李岚为了得到洛玻的爱而不惜展露美丽的胴体，主动示爱却是剃头挑子一头热，弄得精神崩溃，最后被另一个男人郭钏的爱所解救；海伦为了吸引丁伦也在丁伦面前裸浴；俐俐的恣意放纵……这些女性宿命的生存困境清晰地指陈着一个社会真相：女性的天空始终是低矮的。

当代中国社会经济发达，尽管妇女已经参与在各个领域里，但是话语权依旧被男性牢固地掌握着，在妇女解放的表象之下，妇女的情感世界依然在不自觉地为男性所左右。古如此，今如此，当代也是如此。尽管我们不愿面对，却无法回避。令人欣慰的是，杨宓让这些女性在情感的漩涡里已经有了精神的自我救赎意识，这些女人没有把对男人的爱情作为生命的全部意义，而对于女人来说，爱本来就仅仅是生命的一部分，而绝不是生命的全部。这些简省凝练的文字生成了一种空灵洗练的美学效果，为读者留下了无穷想象空间；起承转合，一波三折，流转自如，令人不由自主地沉浸其中；作品的心理描写堪称一绝，不管涉世未深的少女，还是老谋深算的妇人，现实生活中女人的委婉心曲、别样情怀都被作家揣摩得丝丝入扣。对作家的女性心理的描摹令人惊叹之后，继而质疑：这世间还有男性无法企及的女性经验吗？

杨宓在《爱的天空》这部小说中的高明之处在于：他把现实生活中敏锐的观察结果，在创作过程中拉升到一个读者容易接受的高度，让读者可以从不同的角度，依据各自不同的人生经验，对那些人和那些事产生发自内心的感叹、喜欢、惋惜等等。合卷之时，可以历数李玫、李岚、洛薇所发生的故事的心路历程，对她们在爱情、亲情、友情上所表现的欲望和挣扎露出会心一笑，赋予宽容甚至同情。

2008 年 7 月 11 日于雨城

心灵捡拾土地之字

——蒋晓灵散文漫记

年轻时，喜欢小酌。川酒"六朵金花"之一的泸州老窖，不知喝过多少次，美酒香醇。每逢微醺，常坠入对酒城泸州的想象，酒城人该是具有如酒性格，清冽而火热，酒城的山水也许浸满酒香。至今却一直不能去往舌尖上的泸州，终是一怀遗憾。如今，读罢蒋晓灵的散文集手稿，方从字里行间感受到泸州这方土地的脉动和内在的魅力，稍弥补了内心对酒城向往而未访的遗憾。

土地上生长花草树木，土地上矗立高山，流淌河流；土地上有说不完的事讲不完的情义。亘古至今，土地用它丰富的物产做人类生存繁衍的基础，人类对土地抱着深深眷恋的情感。蒋晓灵的散文就抒写她对家乡泸州那片土地上的无限深情，她的散文或写泸州的人，或写泸州的山，或写泸州的水，或写泸州的乡村。读完这部关于泸州土地景象的散文集，我把蒋晓灵的散文称之为"用心捡拾土地上的文字"。这些来自土地的文字，无论含着甜蜜还是苦涩都是她用笔说唱的恋曲情歌。

对于写作者而言，文字与当下社会看重的文字类型似乎关联不那么紧密，而与自我感情、对生活的认知，对生命的勘悟更加紧密。热爱生命，专注生活的人往往情感丰富细腻，对自己生存环境的人事更为察之秋毫，动之以情，更容易捕捉到须臾间生命中的与众不同。晓灵的散文如其人，某些地方有女人细腻到极致的韵味，它们自生活的点点滴滴涌出，有着她生命的某个阶段和角度，带着自己生活的热度和感情的领悟。她把从脚下的土地里捡拾起的文字，串成行，述成篇，便让我们读出了风的清凉，花的芬芳，听到了酒城泸州的喃喃急语，高歌慢吟。

　　在提倡散文大境界的写作者眼里，晓灵的散文可能显得"小"，不过却小得有生活的实感；显得很"女人"，但女人的笔也有时代的深痕。在《花忆》中她写道："世间有不少艳丽的花儿，生怕不为人发现，拼着心性浓妆艳扮，红得血喷，粉得妖冶，黄得炫目。也只是徒有俗艳，暂时捕捉了人们的眼光，却难以令人敬佩、留恋和爱慕。"在她的眼里一朵白山茶就让她细细揣摩人性的方方面面。《临渊羡鱼》几百字的微散文，有故事，有风景，也有感悟"欲念得失，进退自如，如此生活，还有何畏"。掷地有声，态度鲜明。她写了一凼溪水洗布凼，一直在写洗布凼曾经的清澈美丽，写得有声有色，撩拨得阅读者神往之际，行云流水之间突然笔锋转向："这汪活水常新、潺湲不绝的水塘，如今荡然无存，先是有人在塘上访搞开发、建房、围水养鱼、压断了水脉。后来，张牙舞爪的挖掘机陆续倒进匪气的建筑泥渣，将她彻底填平，塘不复塘了。"（《洗布凼》）整篇戛然而止于此，意识却依然流动，引人深思，在一味追求 GDP 的某个时段，有些东西只存在于记忆，得到的是冰冷的钢筋建筑，失去的是青山绿水的生存环境。由此看出，散文之大与小，不是篇幅的洋洋万言，也不是文字的玲珑娇小，而是在作品的"硬度"，犹如钻石和鹅卵石的价值。

　　我们都是世俗人，写作者做不到纤尘不染，超凡脱俗。藏家国情怀于心胸的是大境界，譬如鲁迅先生。鲁迅先生的散文即使怀旧，也必解剖国民性，直面惨淡人生。温润敦厚是散文，是另一种大境界。比如梁实秋先生，梁先生写散文从小事物着手，真实、幽默，行文尚古朴之风气，读梁式散文，我们也可以兴，可以观，可以群，可以怨。谁敢说梁实秋不是散文大家？所以，散文写作只要首先感动写作者自己，只要能给阅读者带来阅读愉悦和审美的心理满足，就不乏是好散文。

　　晓灵的散文人如其人，美丽而动人，婉转而悠扬。她擅长用文字勾勒画面，把泸州的风土人情以画的形式呈现给你。这种以文绘画有时如水墨浸染，有时如工笔精谨细腻。大写意小细笔，保持了线条的流动和内容的诗情画意，情感的潮起潮落。在她的散文集第一篇章《大自然之诗》里，每一篇作品充满诗意，写起来得心应手，能听到花开的声音，流水叮咚，劳作号子的苍凉，自然而顺势，不故作姿态。这得益于她对自己生长的土地细致入微的体察。她喜将笔下的事物赋予生命："一颗颗果子饱满起来，就像一位位日渐成熟丰满的女郎，有的很矜持，在厚厚的叶子后面含羞微笑；有的你推我搡挤在一起，裸露在叶面上，甚至还有的再也藏不住幸福的秘密，扑哧一声笑开了花。"（《潇潇端阳雨》）类似的勾线在《五月秀绿》《苞谷》《清明四月天》《临水而居》《夜色随想》《故乡的高粱》《乡村童年夏》《故园四季》《杀年猪》等篇章中频频出现，这种行笔不快却有节奏的描写，让阅读者感觉作家的文字已酝酿在心很久，写起来屏住呼吸，一气呵成，给人们一种视觉联想。所产生的语言之美如风和日丽，轻拨琴弦，悠扬而舒缓。透过这样清雅的文字，当代快节奏生活折磨的人，即使足不出户，捧一卷蒋晓灵的散文，也可以感受到川南酒城浓香热烈之下，实在暗藏着清爽和柔软的一面。

蒋晓灵的散文写作透露她对家乡有着生命的体悟和对生命环境深深的眷恋："故乡、高粱以及其他，惹得人时常怀想。也许那些散佚在故乡的足迹，深深浅浅被泥土淹没，被青草覆盖的足迹，只是假象，真实的足迹已经烙印在心上，无论你走多远，那里的足迹总是在梦中召唤你、拽着你，一定要去重新走一趟。梦里梦外，真实的乡情，其实已经缄默不语，深深地蕴藏在最痛最敏感的部位，像一场谈过爱过嵌入骨髓的恋爱，经意不经意间，突然涌上心头，平添几多惆怅"。（《故乡的高粱》）其细腻敏感情绪，内心丰富的回眸，像潮水一般冲击而过，把生命中的家园、童年、乡村以及擦肩而过的人和其他，坦然地呈现出来，她从来不掩藏，显得纯粹而干净。作家心中抑或感恩，抑或感叹，抑或留恋，让人阅读起来扼腕叹息，痛感隐约。尽管，晓灵写的是故乡的琐细，土地上那些平凡得不能再平凡的乡邻，却时时牵挂，满怀对酒城泸州的爱恋。温暖宁静之间展现了乡村的夜晚、黄黄的苞谷，红艳艳的高粱，暖暖的炊烟，风雨云雾，花鸟鱼虫都充满了轻盈的诗意。尽管对故乡，晓灵似乎忧伤地书写少年时的饥饿、漂泊求学的艰辛自卑，自杀的小鞋匠、病榻上的恩师、遁入空门的好友、村小的学生……平凡的人，家长里短的事，让我们翻动一页页形形色色的生活原态色板，酸甜苦辣，回味悠长。

晓灵的散文跳跃着她对故乡某种说不清、摸不到、难以言传的情思，这种情感如雾缥缈，但却始终朝向明亮的终极："感觉心尖尖被雾包围得淡定和天然吧。我恍惚看见，你就在山岳之巅，云雾之上，虽然看不真切，但能感觉到你灿若阳光般的笑靥，正一点点地走向我洒落过来，于是温暖溢满了我的心房，舞是缥缈的，可我宁愿相信你实实在在地存在，我就沐浴在你朗星般深情的眸辉里，无比的幸福。"她笔下的自然、人生、社会流动出满满的温馨关怀，以女性特有的审美追求，闪烁出艺术价值和人文价值的星光。

读晓灵的散文我时不时心生一种比喻，一颗天真的少女之心，手拿着一枚多棱的水晶，透过这枚水晶看人生冷暖。于是，她的水晶棱镜才能照出了土地的诗意彩色，照出了土地的无奈萧寂。如此，她才可以让散文的关注点呈现出多角度，把人世间纷繁复杂的一面抓住。在《故乡的高粱》《乡村　童年　夏》《村庄的记忆和消亡》《故园四季》《拜年会》等作品中，晓灵有滋有味地描摹着记忆中乡村的景色风土、人情世故。比如《故乡的高粱》，她写了作为植物的高粱声音和色彩并重、喧哗和静寂叠重，写了作为"人"的个体生命的农女高粱，朴实健康，勤劳美丽，下地耕种而后进城务工嫁人，高粱走后，"一把锈迹斑斑的老犁铧，挂在蛛网密布的檐下。几位老人，翕合着瘪瘪的嘴，唠嗑着啥"。几笔勾勒出工业化进程中农村人大量向城市聚集后，乡村人气渐远，农业文明正在陷落的国情现状。她叹息："村庄早已不是曾经的村庄。人气少了，春节氛围淡了，土地荒了，植物也转基因了。说是承包期限三十年的责任田，有的早早就撂了荒。青壮年农民一致背叛土地，去城市追寻自己的理想。留守村庄的老汉们，曾经为争半根田埂不惜口角拳头相向，奈何如今扛不动锄头，只能在旱烟的辛辣里怨叹一代不如一代。"（《村庄的记忆与消亡》）却也一遍一遍地提及"故乡啊，有一天我会回到你身边""当我老了，我会回到故乡，轻轻地匍匐在她的身旁，像一片枯叶依偎着土地"。年少时，背着行囊，离开乡土，去往梦的远方。由此，旅途和故乡成为悖论。路，走得有多远，乡愁就有多长，离得了的家园，回不去的故乡，于是，我们喜欢上了余光中的诗句："小时候，乡愁是一枚小小的邮票，我在这头，母亲在那头。长大后，乡愁是一张窄窄的船票，我在这头，新娘在那头。后来啊，乡愁是一方矮矮的坟墓，我在外头，母亲在里头……"

晓灵的散文没写天南地北、百年沧桑，时间和空间都不无限放大，没有扯开架势纵横捭阖，却落笔在生命的某个拐角处，常常与我们不期而遇。她擅长渲染微妙的情感、微妙的情绪、微妙的心理，和我们在一起聊着她的乡邻、亲人、学生、同事，聊着自己曾经的感受，娓娓动听、徐徐道来，却让我们沉浸其中，勾起那些业已渐淡或隐于心灵角落的怀旧情感。

同样都是写炊烟，《暖暖炊烟起》中晓灵写体肤亲感的饥饿那么真实，姑妈家的炊烟却代表亲情幸福，那么温暖，那种融入血脉的温暖化为文字让我们渐已冷却的细胞有了温度；《遥望炊烟》却细腻地、不厌其烦地描摹乡村的炊烟，朴实平凡的农家生活、劳作过后炊烟下的缓慢时光带着嗅觉、带着声音、带着饭菜的飘香泛黄地播映出"舌尖上的川南农村"，乡村的炊烟，便成为多少走出农村走进城市的游子梦中常忆的温暖："有炊烟的地方，是一份牵挂，是一份缱绻，是日里夜里，无论有多忙，无论隔多远，也要匆匆赶去的地方。"

岁月的舞台上，有喜剧，有悲剧，让我们对冷暖人生充满无奈感叹。《补鞋匠的爱情》写了和聋哑老爹相依为命的小鞋匠之死，贫穷勤劳的小鞋匠因为没文化，相亲时被姑娘拒绝，郁郁寡欢因重感冒而死去，他的聋哑老爹不久也死了。每一个生命都是从出生到死亡，都以线条形式画完，长度不一，直线还是曲线，都折射了社会和历史。小人物生命终结的原因在有些人看来是不能承受时间的宏大，却让我们窥见某个时段小人物的生命状态，为他们渺茫的苦撑而心悸，这种心灵共鸣体现了蒋晓灵人道关怀的力度。《山乡之梦》里的阿姐聪慧伶俐却挡不住家贫辍学，终止了梦想的脚步，做了一名代课教师，在雷电交加的风雨之夜被倒塌的村小压在残垣断壁下；《一篮莲开》里的师范自费生莲，没有机会转正，却以代课教师的身份任劳任怨地在村小坚守了十五年，虽然最后考取了正式教师编制，成了体制内的人，却去了更远更偏僻的村小。我们由此看到乡村教师伟大而光辉的一面，同样看到了乡村教师疾苦无奈的命运。

经济如此发达，远方有着不一样的精彩，但精彩不一定就不属于小人物，就不属于大多数贴紧土地的芸芸众生，他们居于偏隅，为生计为斗米活着，渺小且苟且。《漂泊的少女》《青痕》《青春的黑斑》给人刺痛的感觉，为求学"我"辗转寄宿亲友家中，小小年纪尝到寄人篱下之苦；为有个好前程，"我"努力学习，却在考学时为减轻家庭负担无奈放弃读高中，进入了全公费的师范学校，"我"没有农村的孩子考上师范生是跳出农门的喜悦，过早承受了"当命运的不可抗力大角度扭转人生轨迹的无助"（《青春的黑斑》）。这是丢失梦想的少年之痛，个体之痛折射群体之痛，这样的痛感蕴含着命运的沉重，超越了本我，关乎对群体命运的思考撞击着阅读的我们，传达出对人的终极关怀。

晓灵的散文常有触动心灵的效果。她写景、追求实写细节，语言简洁灵动。写人、写事件喜欢用第一人称"我"叙事来构成对日常生活意义的呈现或追问。由于倾注了自己的感情，有着自己个体体验的浓厚色彩，那些在川南土地上的琐碎之事，勾起人们情感世界中不敢小觑，需要认真对待的东西，比如：友情、亲情、温情、尊严等。在价值观多元化的今天，这种理性的安宁散发着特有的生气，有着特有的自然和平朴，凸显出人格的美感。

当然，蒋晓灵的散文不能改变其性别角色，个人情感的色彩很浓，有的作品在发掘泸州文化习俗方面还显得浮于表面、不够深入，这样的结果是让散文作品有些柔弱。然而，方寸之间，我们还是看到了小女人眼里天地的精彩，她眼里的生活，笔下的泸州，情感里的乡亲，带着岁月的季风，一阵阵吹来，吹开浮尘而让阅读者获得生命真味。

在泸州的土地上，蒋晓灵是一个拾穗人，她俯身于尘，只专注于捡起一粒粒川南大地上的烟雨往事、风土；她刨开浮土，拾起淹没浮尘下的乡情人缘，寄望着把一些纯粹和温暖重新播种，等待有一份纯粹在物质社会里迎来花开季节！那么，就让我们一起寄望吧，即使未来有痛，红尘斑驳，我们还是不改初衷，用心从生命历程中捡拾到值得珍惜的东西！

遥见攀枝花

——《攀枝花文艺界》小议

春节闲来，把《攀枝花文艺界》的 2016 第一期和 2016 第三期反复翻看，像是走进了攀枝花市文学艺术的大花园，精巧且弥散着浓浓的文艺气息，这本文艺季刊既给人赏心悦目之感，又让人泛起诸多感触。

从刊物划分栏目看得出，《攀枝花文艺界》在 2016 年春季创刊时就目标明确，以季度为时光刻度，为攀枝花市文学艺术搭建面向社会的大展台。在这个展台上，你可以了解攀枝花文艺发展的新动向以及文艺人才、文艺新人、文艺新作。

以我手中的 2016 春季刊（创刊号）和秋季刊比较，秋刊的栏目名称在春刊基础上有所改进。刊物从七个栏目缩减为六个栏目，修正了春季创刊号的《特别聚焦》和《文艺看台》内容重复的缺陷，栏目内涵未变却简洁明晰，强化了文艺性，表明刊物体系慢慢趋向定位准确和完善。同时，便于文艺圈外之人士按需求索引需要，有利于从目录开始扩大受众面和刊物精神向度的辐射范围。

《攀枝花文艺界》外观设计与装帧给人以朴实和厚重感。封面以国画为主，一拿到刊物，浓郁的中国风便迎面而来。以本土画家的原创国画为封面的形式，在当下的市级文艺刊物中是比较少见的，从中可窥见攀枝花美术界创作实力，办刊者的精神归属。习主席在论述中国传统文化时指出："要认识今天的中国、今天的中国人，就要深入了解中国的文化血脉，准确把握滋养中国人的文化土壤"。文化基因和精神家园是中华民族安身立命的基础，是中国人生存发展的支撑、身份归属的标志，是我们民族复兴最深沉的力量。文学艺术是中国优秀传统文化的重要组成部分。《攀枝花文艺界》国画艺术的封面表达出攀枝花文化艺术众生的文化自信及其对文化艺术发展的思想导向的鲜明立场。

仔细揣摩刊物，略有遗憾。对于一本众多的文艺协会参与的文艺刊物而言，作品展示还有待丰满，我手中的两期，美术、摄影作品占据了大部分篇幅，只有少许音乐作品和戏剧小品剧本的展示，书法作品、民间文艺和古典诗词未见其中。对攀枝花市以外的读者而言，尚不能多角度了解攀枝花市文化艺术界的发展状况。笔者以为，作为综合性文艺刊物，《攀枝花文艺界》在这方面还有极大的扩展空间和丰富的文艺展示资源。

每本综合性文艺刊物都带有地域蕴含的文化底色，这是此地域性文艺刊物区别于他地域文艺刊物的标配。从攀枝花市立市以来，在攀枝花市定居、生活和从事商业活动的人来自祖国四面八方，这些来自各地的人们在同一块土地上创业发展，实现梦想，繁衍生息。他们所携带而来的各方文化在这块土地上相融共生了半个多世纪，生成了有别于川北、川南、川西和成都平原的具有鲜明特色的地域文化，其文化因为融合而产生的强大的包容性是四川其他市州所不具备的，这是《攀枝花文艺界》的办刊优势和丰厚文化资源，因此，其刊载的散文、小说、诗歌、摄影、美术、绘画作品有鲜明的地域标志。我期待今后刊载一些曲艺表演脚本及地方民风民俗、历史文化方面的研究性文章，既是文艺类型刊物的责任，更完整彰显出这方土地的别样风姿。

春风拂面，大地春回，期待《攀枝花文艺界》在新的一年更精彩的表现，让我们这些地域外的读者通过这本刊物，遥见火红的文艺之花开得更艳！

2016 年 2 月

回望时空的眼睛

——廖念钥小说《小城故事多》小评

　　人的心灵总是隐埋着曾经度过的那些难忘岁月。因为，往往在我们静静思念的时候，那些旧日的人和事情，清晰地浮现在眼前，如同影像一幕幕生动地展现在记忆的屏幕；有些事情尽管我们没有经历，但是，我们耳闻过，我们嗅到过它的气息，由此，出自对于历史的敬重，我们要进入、探究和翻阅。

　　读雅安平民作家廖念钥的作品，总会让我们这些曾经走过那些岁月的人感同身受，为自己曾经的蹉跎嘘唏万分。我相信，廖念钥带自传性的纪实小说《小城故事多》，会让成长在甜蜜中的后人，看到过往的天空，无奈的生灵挣扎，听到雅安市井生命的呻吟。在这部小说中，关于"文革"这段国人不能忘却的历史，雅安人也曾经历。雨城这个西南小城，和我们的共和国一起遭受了一场人祸浩劫。

　　长篇小说《小城故事多》里，廖念钥用自己的笔记录下"文革"武斗这段历史。雅安武斗是"文革"中浓墨重彩的一笔，枪声、烈火、血雨、腥风展示了当时雨城的人生百态和酸甜苦辣，社会底层小民的生存艰辛，草根平民发出的呻吟和呼喊。这是一个作家的人生的自觉，他没有沉浸在风花雪月的吟诵里，没有陶醉在个人的辛苦遭逢之中，没有回避自己的良心，他的文字的触角指向一段历史，用自己悲悯的眼光凝视着这段历史中被压得喘不过气的民众，自觉担当起"人学"的责任，表明了一个作家的良心，让人心生敬意。

　　《小城故事多》能够让读者动容，赋予感叹、同情和怜悯。在小说中的人物身上，老雅安人或多或少可以从中找到生命历程里的相似遭逢；在我们的周遭可以找到相识、相闻或相似的对照。小说讲述的那些小人物的某一个瞬间的、片段的故事，突然会像针一样刺痛我们业已麻木的神经，感受到生存的艰辛和在一个时代潮流的裹挟中，百姓人家对命运的无能为力。同时，我们也从这些最不起眼的底层人物身上看到了中华民族坚韧不屈的性格、努力向上的精神，从而引发人们对于生命的思考，这也是一部文学作品来源于生活的魅力所在。

《小城故事多》平实的叙事，使读者有这样的感觉：即使作家不是丹青妙手，却也用文字为我们勾勒出一个时代的清明上河图；他娓娓道来的讲述引导我们回望时光，重新用客观唯物的态度审视反思，从而引发我们对生命的敬重，因为我们这个曾经浸染着泪水和鲜血的城市正在崛起，众生还有什么理由不对当下生活的宁静倍加珍惜？

为此，作为读者，我们向作家的良心致敬；作为文友，我们为作家的勇气自豪；作为雨城百姓的一员，我们感谢作家用他的笔为后代重现了一段历史，留下历史的真迹。

有了这样的作家、这样的文字，读者的眼睛就穿越时光的隧道，历史的细节就不会被尘封，而人类的历史，就是因为有无数这样的文字存在，才有如此清晰的脉络。

2008 年 5 月 23 日于雨城

川康遍地众生图

——周文小说悲剧意蕴探究

阅四川现代文学作家的作品，可以说每位作家的作品都代表着四川各地域方位的特色。李劼人作品反映着成都平原的民风民俗，沙汀作品是对川西北乡镇社会生态环境的写照，艾芜作品映现出四川岷江、沱江流域农村的社会风貌。20世纪 30 年代，左翼作家周文，也是四川现代文学历史中颇有个性的作家。当我们关注川康地区 20 世纪文学时，周文的作品是每个研究川康边地的文学现象最直接的指向。

周文是生于川康边境的四川作家，他以其生动的川康社会众生相和地域风情，显示了他的美学追求和文化建构，即以悲剧的方式感知、表现人生，置悲剧于社会人生和文化价值模式里去反思川康边地人的生存方式和他们的价值意识。他以积淀于创作意识深层的悲剧情愫，冷峻地关注着他已弃之远离的川康地域的苦难和黑暗，展现了崇山峻岭之间，时时演进的人与社会生存环境、人与人之间的对立、对抗，凸现了川康社会的荒凉沉郁及附着其上的愚昧、残酷和野蛮，从而使周文的川康题材小说具有悲凉的美学风格。本文试图通过分析周文的悲剧思维倾向、周文小说的悲剧主题内涵和悲剧表现方式来对其所蕴含的悲剧意味加以探究。

一

文学作品是由人创作的。那么，研究作品最明显的起因当属了解作者本人。因此，对于周文作品，我们必须了解周文生平。通过对他生长的环境和际遇的考察，来分析周文川康小说创作过程的情感倾向，从而从他的创作思维取向角度有效地把握周文川康题材作品的悲剧意味。

周文出生在现在的四川省雅安地区荥经县。雅安荥经是四川盆地走向青藏高原的过渡地带，跨四川盆地与青藏高原两大地形区，区内山脉纵横，以山地为主。荥经西北就是大雪山和折多山，自古以来这里就属边陲之地，消息闭塞，交通不便，加以与西藏、凉山交界，汉、藏、彝、羌等民族杂居交往，山民生性刁蛮粗犷，信奉鬼神巫术。生长于这种地理环境中的周文6岁丧父，度过了生活窘困的童年，16岁因生活所迫到一个驻西康的军阀部队当文书。随军辗转于川康边境，使他不仅与川康乡村社会有较多接触，目睹了川康乡村世界的野蛮、残酷、破败凋敝，也体验了山民们困顿而悲惨的生活。

20世纪20年代正是四川军阀割据、年年混战的顶峰时期。身处军阀部队的周文亲见了军阀部队欺凌百姓、虐待士兵的罪恶，军阀之间为争夺地盘相互残杀的暴虐，军阀内部的钩心斗角、腐败黑暗。这一切现实的罪恶与苦难在周文心灵中留下了沉重的伤害和痛苦的记忆。他说："像恶魔似的时时紧抓我的脑子，啃噬着我的心，而且在我的梦里翻演着过了的那些不愉快的陈迹。"他对社会黑暗的悲愤，对人生无奈的伤感都存留在记忆的底片上，由此形成了周文以悲凉的目光关注川康世界社会人生的潜在心理。这种含有悲剧情绪的潜意识和现实中与之具有同质内涵的苦难与痛苦聚合碰撞，悲剧意识便以更明显强大的合流之态出现，并在一定程度上融化到周文创作的思维方式和精神气质里，成为随身负荷的其人格建构的一部分。

悲剧情绪存在于周文的潜在意识中，但如果这种潜在意识的暗流不和意识世界中与之同质的主观情绪相契合，是不可能浮现出来的。周文愤慨于故乡的黑暗，决然走出川康群山，期望在川外的世界里寻找到光明的前途。所以他说，那时"漂流对于我是一个极煽动的字眼"。然而，远离故土，逃避了偏僻与闭塞，来到城市的周文却时常处于失业、饥饿的煎熬之中，并且由于生活贫困得了严重的肺病。城市的一切都那么陌生，那么冷漠，那么残酷，周文举目无亲的漂泊，身无分文的贫穷，必然在以金钱财富为衡量人的价值标准的旧中国城市受到冷眼与不屑。背负着远离故土和生活窘困的双重悲哀，周文不得不又把希冀的眼光投向故园去寻找精神的慰藉和寄托，然而，现实中的故园——川康边地，已是破败不堪，令人失望。现实的残酷不容许周文停止漂泊，再回到川康。当他冷静地审视生长于斯的川康故园，回顾故乡生活时，种种落后、沉闷、凄惨、野蛮、愚昧的景象进入视野，那是一片物质贫乏的荒山野岭，一个人类精神的地狱，这种感受成为周文"一个很可怕的重负"，一想到就"烦恼""痛苦"。于是理性战胜了感情，悲剧意识化作思考的结果而进入周文的创伤思维。在这种悲剧意识的诱导下，周文以悲剧审美的方式关注川康地区人民的生存境遇，把川康的贫穷落后、野蛮黑暗、生存其间的人民之不幸与苦难生动地表现出来，从而使自己的创作无时无刻不涌动着一种悲剧意识外化而来的悲剧情绪。

至此，我们清晰地梳理出周文生命轨迹，检索出他由家道不幸，从军经历到漂泊异乡的生涯，以及他所产生的悲哀、悲愤、伤感等悲剧情绪的心路历程。这些情绪始终萦回于其情感世界，使他在创作历程中的情感倾向与其意识深层潜在的悲剧情绪相互聚合，从而以悲剧审美的方式关注审美对象，在他所营造的川康世界的小说中，呈现出鲜明的悲剧网络。

二

周文的写作一开始就得到了鲁迅先生的指导与帮助。在周文眼里，鲁迅是可敬的长辈，更是思想的导师，鲁迅精神深深地影响着周文。可以看出，周文的作品在努力承继着鲁迅的文艺思想，是决意发扬鲁迅批判国民性的产物。他始终牢记着鲁迅"暴露"黑暗的教诲、秉承了鲁迅终生奉行的科学民主观念，他不仅以客观冷静的态度关注现实人生，而且将科学民主观念融化到其小说的文化思想内核之中。因此，周文的悲剧创作鲜明显现出对现实的批判和对人的价值的关注这两个主题倾向，并以此显示出悲剧内涵的丰富。

鲁迅笔下的科学是一个泛科学的概念，常与愚昧、封建、封闭对立，而与文明、进步、人性等观念等同。当周文以这样的科学观去观照自己的创作时，必然在作品中呈现出一个基本的悲剧主题——批判封建、愚昧，呼唤现代文明。

首先，在研读周文作品时，我们发现，从周文成名之作《雪地》到长篇小说《烟苗季》等一系列作品中都出现了川康地区独特的地理环境——山。文本所讲述的人间惨景大都在山上发生：戍边的士兵在大雪山冰掉十指（《雪地》），背茶人在风雪弥漫的山上失足崖下丧生（《茶包》），这还只是山这个自然之物给人类的灾难，是人所无法抗拒的自然之力。

进而，借山作为地理环境，由人所造成的人间悲剧就更让人触目惊心了：《雪地》里士兵们受到军阀营副的鞭打，陈占魁被军阀营长踢下悬崖丧生；《退却》中败兵狂奔在山上，掠夺老人最后一口粮食；《山坡上》一场混战后，尸横遍野，伤兵躺在死人堆里目睹野狗掏食死去伙伴的肚肠；《山坡下》赖老太婆眼睁睁看着野狗争抢自己被炸断的小腿……军阀们在为私利争斗着，枪刀相见，制造着惨剧，无辜的百姓、底层士兵却为之丢却人最宝贵的东西——生命。山，作为悲剧故事发生的环境，也是川康人生活的见证。更让人感兴趣的是，那些悲剧制造者在内心中也有一种对山挥之不掉的依恋：《烟苗季》中的旅长是一个拥有兵权、崇尚实力、阴险狠毒的军阀，在处于钩心斗角的劣势时，心里不断闪念的退隐之地是鹅毛山，一个"像骆驼背似的连绵起伏的不大不小的山，山上长满蓊郁的森林，一直延到山脚下的一条潺流水的小河边"。无独有偶，夹在吴参谋长与旅长两大派系斗争间的小人物余参谋在遭到两派猜疑、进退两难时，其脑子里闪出的也是："那蓝天下的远极，也有山，也有水的地方，也许该有我托脚的地方吧？"人物不同，心情相似，这些人物都把山作为精神的回归之处，这种地理形貌在周文的作品里描写得那样细致，它既表现了人物潜意识里的精神归宿，也是创作者周文对川康故土的一种回眸。

山，是作家割不断的记忆之链，是周文营造川康世界的有机组成部分；山，作为地理条件和历史现实，造就了川康人的生活方式。在封闭的群山中，川康人逐渐衍化，形成了以强悍、野性、悲凉、贫穷、落后等为价值取向和外部特征的地域文化的结构形态。

其次，周文的作品淋漓地展现了僻远的川康地区的冷酷和野蛮。在周文笔下我们不仅看到形形色色的野蛮愚昧，甚至从字行里闻到了血腥味，感觉到死亡的恐怖。这里有封建宗族对孤儿寡母财产的侵吞和欺辱（《恨》）；地痞似的县长对不谙世事的年轻服务员的戏弄刁难（《在白森镇》）；更有对生命的残酷剥夺——陈占魁因挡道就被营长踢进雪坑；军阀混战后士兵尸横遍野，成为野狗的美餐，狗吃人，人杀人，何等野蛮残暴。同时，我们还看到一个被鸦片侵害的川康生存原态，看到川康人因鸦片腐蚀而鄙陋的精神世界。

《父子之间》里荀福全沉迷鸦片，成天只想偷窃父亲的钱物，《第三生命》里在生命攸关的战场上士兵还在轮流换班抽烟，《茶包》里背夫生活无着也在吸鸦片，对毒品的痴迷胜过于生命亲情的人间之痛，这鄙陋的民风，成为周文作品一个重要而普遍的内容。在这一描写过程中，周文强力揭示了对于川康人本身就是悲剧载体的种种生存陋习的那种麻木无知乃至推崇和欣赏的心理状态。

周文把在人类已经逐步进入文明的时候，僻远的川康仍处于那么原始、野蛮、混沌、无知的精神状态，麻木不觉的川康人仍生活在血与泪中，遭愚弄蹂躏的悲惨境遇，毫不留情地呈现出来。即使偶有反抗，如《雪地》里士兵的暴动，《烟苗季》里士兵们质问军官为什么克扣军饷，商人们联名上告，农民联合抗交烟苗税，学生们的抗议都以失败告终，川康人似乎有残酷野蛮的强大桎梏无力摆脱。正是通过展现川康人的悲剧，周文揭露和控诉了 20 世纪初川康社会的黑暗，表现了自己对川康生活的痛苦思索，对现实生活的悲愤关注，也表达了他对现代文明所包含的合乎历史进步社会发展的现代观念，对进步而开放的行为方式和思维准则的强烈渴望和呼唤。

再次，周文重笔描写了军阀肆虐下川康人的悲惨生活。在闭塞落后经济凋敝的川康地区，苦度时日的川康人生活本就十分贫困悲凉，兵祸战乱又把苦难人生推向绝境，制造出一轮轮新的人生悲剧。赖老太婆被炮弹炸断腿（《山坡下》），士兵们败退和打杀进城后的掳掠（《山坡下》），败兵抢吃白发老人的豆渣（《退却》），团丁借剿匪勒索过路商人（《在白森镇》），《烟苗季》里民国十三年，军阀已将税收收到了 27 年后，即使有钱的商人元享久、鼎泰老板也时受军阀敲诈。生成于军阀派系争斗的夹缝中的人也充满了悲剧性，《烟苗季》里余参谋尽管装聋作哑，模棱两可于两派，不愿得罪任何一方，但仍遭猜忌，只好逃跑。《在白森镇》一篇中，施服务员既不谙争斗，又幻想靠书本知识干一番事业，结果被人利用，备受耍弄。《烟苗季》里那些热衷派系斗争的旅长、吴参谋长、周团长、赵军需官等大大小小人物，哪一个不是整天提心吊胆，如惊弓之鸟？稍有不慎就命丧黄泉。这些人间悲剧有力地说明了动荡不安的社会环境，只能加深人民的苦难，只能把更深重的悲剧带给人民。要想驱除苦难，避免悲剧，建立安宁正常的人类生活，必须首先从根本上清除一切动荡不安的因素，营造一个公正和平的生存环境。

周文小说的悲剧性无情暴露川康地区的残酷黑暗乡村陋习，源自其呼唤现代文明的主题来揭示悲剧的内在原因。他用对于人的价值关注的目光，带着悲悯之心的书写，揭示出川康社会的悲剧实则是人的悲剧，实际是人的生存权利被侵害，生命价值被忽略的悲剧。这种风格，浓重的民主文化内涵和人道主义色彩，正是左翼作家所提倡和践行的文学理念。

在民主意识和人道主义精神的感召下，周文关注人的价值，以平等的情感观照世人。他的作品尤其注重普通人，因此他笔下的人物多是士兵、农民、小职员，而少英雄和贵族，呈现了平民化悲剧特色。这种平民化悲剧中常存在两种类型的主人公：一是，既是悲剧的制造者，也是悲剧的承受者，承担着双重悲剧。这在周文反映军阀部队生活的《烟苗季》中尤为明显，那些军官们一方面敲诈百姓，争权夺利，一方面也惶惶不可终日，被他人陷害丧命；二是，完全的悲剧承受者。他们逆来顺受地生活在贫困中，不敢对生活有过高要求和奢望，但悲剧依然降临到他们头上，像赖老太婆、脚夫、秋香（《烟苗季》），无论哪种类型的悲剧人物，他们的基本生存权利都被剥夺，人的生命价值总是处于被否定中。

　　生存是人的第一需要，每个人都渴望得到生存的权利。而求生，可以说是一个人的本能，任何一个人道社会都将满足于做人的这一基本需要，并作为奋斗的根本目标。只有如此，人的生存权利才得以被重视，悲剧才会避免。然而，在周文小说里我们看到川康人当下的生活与之相去甚远，我们不能不为《雪地》里被踢下悬崖的士兵、炸断腿的老人、背苦的脚夫们的生存权利被残酷剥夺而悲愤，这些生活的权利都没有的人，他们的命运除了悲剧之外还有别的命名吗？他们的生命价值被忽略、轻视，像弃兵吴刚、丫鬟秋香那样被赵军需官一伙诬陷枪杀、吴参谋长把小丫头当作礼物送给钱秘书，人的生命被视作儿戏，生命价值彻底失陷。于是在这种失陷与被践踏中，"将人生有价值的东西毁灭给人看"的悲剧效果就凸显了。

　　如果生存权利的丧失、生命价值被否定的人生悲剧，肯定表现为肉体层面上的毁灭的话，那么，由于川康人在这种困顿、愚昧的生存环境里苟活，人的思想观念被禁锢，精神得不到解放，导致的精神层面的人生悲剧展示出的则是苦闷彷徨，精神压抑就带给人的黑暗感、无助感，才是最可怕的人间悲剧。对于具有理性的人来说，肉体的痛苦可以忍受，精神上的虐杀才是人生悲剧的终极表现。

　　周文小说中的一些人物恰恰给我们展示了这种精神上的悲剧，他们原本怀有对自由和幸福的渴望，却为世道不容，在腐朽反动的观念所铸成的精神枷锁中挣扎沉浮，像《恨》中的杨明，丧父后母子二人备受封建宗法的迫害，怀着希望去从军却在军阀部队备受欺凌，是一个"与社会隔绝"社会也从来隔绝他的人。精神的压抑和苦闷使他发出"生死在人家手头，不如一只鸡"的哀叹，"我要挣扎，凭什么没有生存和自由的权利"的悲声。在《分》中小知识分子剑寒尽管走到外界，然而精神上苦闷和彷徨，只能借酒浇愁，无所事事。这些人物不但缺乏独立的精神，而且精神的压抑触目惊心，由此，我们可知周文作品从方方面面刻画和描绘，实则要力求表现人在现实生活中物质上和精神上的全面悲剧化。

三

我们知道，中国传统的悲剧创作由于受到儒家中和观和老庄自然观影响，创作往往以"大团圆"作为理想结局。鲁迅曾尖锐地把这种不敢正视现实的中国传统悲剧观称为"瞒和骗"。提倡"真诚地、深入地、大胆地看待人生并且写出他的血和肉来"的悲剧理论。作为左翼青年作家，周文深得鲁迅教益，并承袭了鲁迅的悲剧原则，以清醒的现实主义笔调揭示人生、对人生以及人与人的生存环境作真实的、不加修饰的描写，很少虚幻迷离的色彩。他"一般是采用白描的方法"给我们绘制川康人的人生图景。不但细致刻画山川风物、世俗民情，而且通过"实力派""鸦片"等死亡意象，实实在在地展示出川康长期停滞所造成的落后愚昧。他在创作中以积极姿态投入描写，却又有意识地与真实的川康保持一定的艺术距离，尽量避免过多自我情感的投入。因此"著作中很少插入作者的评语和说明"，在其悲剧情感的表达上决不直抒胸臆，而是在真实具体的场景或气氛描写中让主观感受自然流露，这种平实、冷峻的写实态度与创作方式，使其作品体现了以生活为真实、为根本的悲剧特色。

周文的悲剧创作特别注意营造悲剧氛围，常以肃杀、阴冷、恐怖、荒凉、沉郁的环境氛围来构筑其笔下的世界，以此烘托发生于其中的人生悲剧。在他的川康题材小说里描写天空总是把川康特有的山区气候带入其间，那里的天总是"死灰色的""暗灰色的"，以此隐喻川康人死气沉沉的生活，他善于用清冷的月辉、沉寂的黑夜和静寂的山林作为环境，而从中总是伴着逃跑死亡、杀戮；用凄厉的笔调勾画出残酷和野蛮，让读者从中感受到阴冷和血腥。在周文的这些川康题材作品中，死亡、流血和逃亡成为异常鲜明的意象，这种对悲剧氛围的刻意追求不只反映了悲剧内容，且充溢着与内容相适应的气氛，因而使其作品的悲剧色彩更为浓郁厚重。

总之，在鲁迅悲剧观的影响下，周文以其独有的地域特色和悲剧表现方式，体现了他悲剧创作中的审美追求，为现代四川文学的画廊增添了一幅生动的川康众生图。

参考文献：

（1）《周文选集》上、下册，四川人民出版社，1980 年版。

（2）《周文选集》，人民文学出版社，1981 年版。

（3）《鲁迅杂文全集》，河南人民出版社，1994 年版。

（4）《现代四川文学的巴蜀文化阐释》，李怡著，湖南教育出版社，1995 年版。

原载《四川三峡学院学报》（社会科学版），第 14 卷 1998 年第二期，收录中有文字修改和调整。

成都，带不走的只有你

——读徐建成川味儿随笔《老成都街坊龙门阵》

　　对喜欢读书的人来说，读书是一种必修课，是生活的一种享受；但处于资讯爆炸的时代，阅读书本已不是人们获得信息的唯一手段。甚至我曾听周围的人说：许多年没经过书店，累一天下来，拿着书就瞌睡，有手机看，买书的钱就省去了……资讯发达，大数据推送，人类科技文明日新月异的同时，知识的获取趋于实用主义，让人的知识变得碎片化。由此，碎片化的知识、信息及浮躁的生存状态，使那种泡一杯茶，捧一本书，细嚼慢咽地从字里行间寻找和揣摩的乐趣，离人们渐行渐远。

　　最近一周，一直在读一本书。这本书可以让人边读边笑，甚至大笑不止。书中事，想一想，似乎在身边就有发生；书中的人物，捋一捋：老知青，老成都，老街坊，时髦青年，文人骚客，名医名角，下岗工人，街边小贩……各行各业，鲜活如影像。在阅读中，一条从20世纪中叶知识青年上山下乡到如今改革开放的历史脉络凸显出来，让人唏嘘、感叹、自豪、振奋。久违的阅读愉悦，让我对著名作家徐建成的川味儿随笔《老成都街坊龙门阵》爱不释手。

　　徐建成用川话方言写作的《老成都街坊龙门阵》洋溢着浓郁的地域特色。翻开书本起读，亲切感扑面而来。作家在运用顺口溜、川方言、流行语、歇后语这些语言特色时，信手拈来，恰到好处。笔下人物绰号准确地勾画出每个人的性格或外貌特征，我们可以从中看到其对现当代四川文学作品语言精髓的刻意继承。

　　徐建成川味儿语言写作的娴熟功力，得益于作家丰富的人生经历。他当知青，经历过苦难磨炼；做记者，接触到形形色色的社会个体；做教师，心中有对学生的柔软爱心。更重要的是，作家在经历之中，颇具独立思考，对生活有细致的观察体味，因而，才能把成都这座城市滋味酿成笔尖的麻辣鲜香，咸淡适宜，尽显四川人的幽默、大度、随性和坚韧的个性。如果说，散打评书名家李伯清是用嘴的功夫表现成都人灵性；那么，徐建成川味儿随笔《老成都街坊龙门阵》就是关于成都的文学散打，其笔墨所到之处，浸染着对成都的深情，更多了一份对人心的体贴。

无论是写知青岁月，还是写街坊同事；无论是写专家学者，还是写平凡市民，《老成都街坊龙门阵》都充满了人文情怀，有着生活浓郁的底色，随笔中的人物让人觉得亲如邻家兄弟姐妹，个性鲜明，或幽默，或狡黠，或实在，或虚伪，人生百态跃然纸上。一个个街坊故事，记载下几十年的成都岁月，准确地说更是四川岁月。阅读中的会意一笑，摇头感叹，忍俊不禁，合卷沉思，让人从字里行间，抚摸到一座城市的温馨与浪漫、人情与冷暖。

一本书的阅读体验，包括给予阅读者精神和心理的触动，这种触动抑或思考，抑或愉悦，抑或悲伤，抑或欢乐，还有就是轻松，从中获得对人生的参照和指导。

《老成都街坊龙门阵》因为川话运用，整部书的风格质朴通俗，语言来自民间，风趣和幽默，深入浅出的文字，适合各种文化层次的人群，老少皆宜。书中对生命领悟看得出是作家源自成都人家长里短的提炼总结的用心，情趣中的道理和思考让读者易于接纳，老一辈可以从中忆起曾经的芳华，回望成都的静好岁月，年少者，可以从中了解成都最民间的历史，增加一份文化自信。我在想，如今，成都正在成为西南最大的国际化城市，许多年轻人正涌入这座大都市打拼前程，他们如能读读徐建成的新作《老成都街坊龙门阵》，将会让他们从细微之处了解成都，更快地与这座城相融合，成为新成都人。《老成都街坊龙门阵》出版，是践行文学要走入大众，满足人民群众不断增长的精神文化需要。期待着，有更多这样接地气，通俗易懂，读起来不累的书面世，将让更多的人参与阅读，从书中领略传统文化的魅力，且增加民族文化之自信心。

合上《老成都街坊龙门阵》时，邻居家传来赵雷的歌曲《成都》，伴随着这首歌的节奏，我也哼起：成都，带不走的只有你。和我一起读这书，老成都的街坊龙门阵，在心中停留，喔……

在雨城，与音乐相遇

如果选择直接抵达心灵的方式，音乐是许多人不会错过的选项。于我而言，理解文学的过程多少理解了些音乐。有人要问，音乐和文学属于两种文艺表达形式，二者何以相通？窃以为，其实，文艺形式的不同，只是人类表达感情的方式不同，殊途同归皆是人表达情感的方式而已。

走进中国文学的沧海长河，我们不难发现，音乐和文学所表现的主题、情感等，存在许多共通之处。文人雅士们笔下的精美诗词，一旦与音乐结伴，陡生魅力。漫步中国古典文学的瑰宝《诗经》《楚辞》《唐诗》《宋词》《元曲》，这些中国古典文学的迭起高峰，每一座巅峰犹听得音乐流淌，琴瑟飘逸。文学与音乐密不可分的关系，早已进入文学史研究，诗与歌从不分家，源于音乐的说唱，记录下文辞且得妙语诗篇。譬如《诗经》的风、雅、颂，宋词的词牌名、元曲的词牌等等，先贤雅士们，以词牌格律填写出脍炙人口、流芳百世的锦绣诗词。"诗言志，歌永言，声依永，律和声"，写唱、吟咏之间，文学和音乐完成了中国古代哲学、思想、科学、文学、艺术方面的精神聚合。

自古以来，中国文人把精通琴、棋、书、画、诗、词、曲、赋作为才情横溢之标准，中国文人以精通音律为豪的例子比比皆是。读《论语》：子在齐闻《韶》，三月不知肉味，曰："不图为乐之至于斯也。"读《三国》会意周郎顾盼。高山流水、余音绕梁、含商咀徵、阳春白雪……众多成语和音乐有关，每一个典故浮现出鲜活的历史人物。步入博大精深的华夏文化，看看历代文人的音乐情怀，作为一个喜好文字的人，笔者在创作作品时，也愿仿效先贤，从音乐中吸取营养，学习借鉴某些表达的形式，以音乐熏陶精神，从而促进对文学艺术的品鉴力。

2010年雨城区文联成立。我有幸接触到雨城区境内一批优秀的音乐人。得近水楼台之便，不时讨教一番，弥补了一些音乐方面所欠缺的知识，进一步加深了文学和音乐相通的认知，应他们的邀请尝试着写写歌词，谈谈对他们新作的感受，这一切让自己的眼界延伸到更多艺术门类，自我学养得以充实。我想了解这些音乐人，懂得他们，与他们相知。

在旁人看来，音乐人过着整天唱唱跳跳、欢乐轻松的日子，尤其是在当下人人想做明星的风气中，不乏浅薄地认为只要能吼两声，皆能成为音乐家。这些认知是对音乐的谬解，对音乐人的曲误。生活中，真正的了解不是闻名而得心，须是与近之以解心，观其行而知其意，解其意而知其心。接触雨城区音乐人近十年，我懂了他们热爱音乐，热爱生活的初心，尽管喧嚣而浮躁的时风盛吹，他们却耐得住寂寞，心想着社会担当，守望着音乐之梦。

从耄耋老人到80后的年轻乐人，他们来自不同行业，有的是倾心音乐教育的教师，有的是基层文化工作者。因音乐，因为共同志趣，他们走到一起，携手共进。这些年来，雨城区音协在区文联领导的支持下，在雨城区音协吕子健主席的带领下，以满腔的热情，融入音乐创作实践。通过访问民风民俗、行走雨城山水，他们潜行在人民间，体验百姓的悲欢离合、喜怒哀乐，搜集整理提炼源于生活的生动题材，相互研讨交流，虚心请教，将所见所闻所感用或质朴、或热情、或清新、或通俗的笔调写成歌词，他们把对生活、对人生、对艺术的美好向往融入音符谱写成曲，奉献给雨城百姓一首首感人肺腑、朗朗上口的好歌曲。他们用旋律记录下雨城改革开放四十年的奋进征程，用真情讲述这座滋润之城百姓生活的变迁，洋溢出安居乐业的幸福感。为时代而歌，为祖国而唱。他们是一群值得尊敬的文艺工作者，是雨城人民自己的音乐家！

这群雨城音乐人，自觉地肩负着基层文化的普及者、组织者、表演者的责任。为丰富雨城雅安百姓的精神文化生活默默地奉献自己的时间精力，为录制歌曲甚至省吃俭用。从他们身上，我看到对文化的守望、对梦想的追求、对艺术的执着。他们充实学养，谦逊热情，追求创新，焕发出熠熠生辉之人格魅力。毋庸置疑，任何艺术形式的呈现，任何好的作品的出现，必然与艺术家的品格相关，艺术造就人的格调，人格升华艺术作品的品质，相辅相成，不可缺一。尽管这些音乐人身居雨城，受到地域限制，没有炫目星光，但不妨碍他们的眼睛仰望蔚蓝星空、踏实前行。

改革开放以来，在雨城这片多情的土地上，雨城区音乐创作始终如一股清流，保持着潺潺流淌的活力与自信，且创作丰厚。年过八十的音乐人徐汝康勤奋耕耘，创作《月亮桥》等作品，八旬的熊光斗老骥伏枥，创作《高唱复兴歌，实现中国梦》等几十首作品。更令人欣喜的是，年轻的音乐群体正在崛起，出现了丁一、魏华刚、马志远、李毓震、柳刚等年轻音乐人，他们年轻活跃的身影是雅安音乐的一抹亮色，雨城音乐创作呈现江山代有新人的局面。欣赏区音协会员丁一创作的《青衣渡》等一系列优秀作品，让我们看到年轻乐人对雨城厚重文化的深刻理解和创新之潜力，其旋律中地域民间音乐元素和流行元素的结合，令听者耳目一新，听之难忘；丁一的音乐尤其突破了雅安本地音乐过去惯常的宏大感和对北方民歌的模仿感，带有本地方言和山歌的元素，这种音乐的出现，证明雅安音乐正在脱离所谓的学院教科书影响，朝有思想、有创新、有地域特色的方向发展。这点用事实更能说话。近两年，丁一的作品频获大奖：《一带山茶一路飘香》获四川省第二届"群星奖"三等奖，《薪火砂器》《一带山茶一路飘香》分获四川省第三届民歌大赛金奖、铜奖，《青衣渡》获由文化部全国公共文化发展中心主办的第二届西南民歌赛十佳创作金奖，《嘉绒四季·春》获四川省第八届少数民族艺术节一等奖。这一系列获奖展示出以丁一为代表的雅安年轻音乐人不凡的创作实力，更说明，无论什么艺术门类，如果没有创新，没有文化自信，没有深入生活，所写的作品都将苍白无力，无法受到老百姓喜爱。

《奋进40载——百首美曲谱雨城》是雨城区音乐家协会通过广泛征集音乐作品的方法，精心挑选出的一批纪念改革开放、歌唱雨城大美山川的音乐作品，音乐家们以自己的音乐向改革开放四十周年纪念致敬；这些抒发对雨城（雅安）山川河岳的热爱、对梦想的追求、对追求坚守的歌曲，以或豪迈，或婉约、或深情、或悠扬的曲风，让家乡、让雨城唱响着飞扬的旋律，走向全国。

当然，因时间仓促，准备略显不充分，入选的作品尚带遗憾和瑕疵。不过，瑕不遮瑜，有心补之。他们说，汇编成册不是音乐创作的句号，只是对雨城音协十年来创作成果的一次总结。借这本书恳请同行专家予以批评指正，以利于对作品再度打磨和修正。

《奋进40载——百首美曲谱雨城》得之不易，她的面世得到了雨城区政协、雨城区文联的组织支持，倾注了雨城区音协同好们精心整理汇编的汗水才得以付梓。这本书配套音碟，形式更趋完善，承载着雨城区文化大发展大繁荣的厚望，是雨城音乐人献给改革开放40周年的赞歌。新时代，新征程，雨城区的音乐人正满怀豪情地向着更高的艺术境界挺进，争取创作出更多更好的音乐作品以满足百姓日益增长的精神需要。

墨香色彩付真心

为书法家和美术家写点儿句子，确实令我汗颜。

小时候，被老辈人逼着练毛笔字，练了一阵，但终因年少且正值改革开放伊始，热衷于英语的学习，而中断了书法的练习。电脑普及后，写作和工作依仗电脑，疏远笔墨，更不敢轻言会用笔写字了。

再说到绘画，当为门外汉。读师范时，教授美术的陈昌明老师是当时四川油画名家，陈老教我这愚生，实在痛苦，我所交绘画作业，不是人物比例失调就是色彩搭配不当，弄得老师哭笑不得。但我喜欢看画，且能看出画中的感觉，说给陈老听，也得老师首肯。记得老师笑说过，我在美术上，只能耍嘴皮子，而不能动手。

回忆起年少的糗事，师长的教诲还历历在目，犹如昨天。温馨中悔意常起，在书法和绘画上，我便是"少壮不努力，老大徒伤悲"的现实版。

幸好，2010年雨城区文联成立，我有机会接触到雨城区境内一批优秀的书法家和美术家，在如何品鉴书法和绘画上有了老师可以请教，然而，仅是限于欣赏层次，不敢造次舞笔挥毫。日子长了，在书法和绘画方面欠缺的知识有所弥补，让自己的眼界不再局限于文学，延伸到更多的艺术门类，扩展了知识的疆域。

近墨者，懂墨；近画者，晓画。我觉得，我懂的是人。艺术，在旁人看来，貌似轻松之事。但，当你走近从事书法和美术的这群人，真正对他们有所了解时，你会发现，在他们精妙的书法、传神的画作背后，那种对文化的守望、对梦想的追求、对艺术的执着的心会深深打动你。很多人从青年时的喜好开始，几十年如一日，自我充实，不断学习，创新追求，那一切所展示出的人格魅力，熠熠生辉，鼓舞人心。毋庸置疑的是，任何艺术形式的呈现，任何好的作品的出现，必然和书写者、绘画者的品格相关，艺术造就人的格调，人格升华艺术作品的品质，相辅相成，不可缺一。尽管这些书法家、美术家身居雨城，受到地域限制，但不妨碍他们因为书法、因为绘画、因为喜好而成就一个大写的"人"字，不妨碍他们的目光仰望蔚蓝星空。

翻开《百件美帖书雨城　百幅美画绘雨城》，如同走进一个宁静而热烈的世界。面对书中的书法作品，人心安宁，消除了红尘浮躁之气，粗俗之气。在一撇一捺，一勾一画的面前，行色匆匆会转向脚步沉稳，焦灼烦躁会走向内心平和。字体章法无处不体现着心态之安稳、折射着执笔人性格的坚定，流露着美与善，让人体悟出中华文化的博大精深。

书中的书法作品皆出自雨城区书法协会会员之手。他们为响应雅安市雨城区委办公室"百件美帖书雨城"的号召，在书协主席罗文龙先生亲自指导下，创作出百余件优秀作品。这些作品有临摹经典，也有会员创作新作。件件作品布局章法底蕴深厚，墨韵气势恢宏，笔力遒劲。笔情墨趣尽显书法之风骨神韵。其中，有的参加了国展，有的参加了省内外联展。这些作品是雨城区书法家们，为纪念改革开放四十周年的倾心之作，书法家用字形之美记录了改革之成果，展现了雨城之魅力。书法作品表达出不忘初心跟党走，凝心筑梦新时代的心声，烙下了雨城书法艺术发展的印记。

《百件美帖书雨城　百幅美画绘雨城》中的每一幅美术作品都蕴含一种境界。这些美术作品回归自然而富有灵性，自然也因艺术的渲染而更添生机。为了创作出这批优秀的作品，雅安市美协写生中国雅安分部的老师们常常带领各位艺术家在雅山雅水之间辛勤创作，用心灵去倾听着村庄溪流的低语呢喃。在漫野黄花的菊香中，他们用油彩、用水墨去描绘青山绿野的原始与美丽，让手中的画笔在这欢乐的时光中尽情地跳跃飞舞。正是有了如此的生活底色和艺术积累，赏画者才能欣赏画作的一草一木、一山一石、一景一物，领略到生态雅安的美丽山水、人文风物的魅力和历史文化的厚重。这些作品尽显作者深厚的绘画功力，浸润着画作者对家乡的热爱、寄予着画家们对美好生活的向往。

人生遇到一个守望梦想的人是喜事，能遇到一群守望梦想的人，生命没有遗憾。这些书法家、美术家，自觉地守望雨城的文化，在喧嚣的世界，他们是一群对生命静得下心、沉得住气的人，我们对生存方式、对生命价值的一致认同，让我们相遇。生命匆匆，而吾无憾。感叹之余，我更为雨城区的美术家和书法家们喝彩，祝愿他们在今后的岁月里写出更精妙的书法，画出更精美的图画。

　　《百件美帖书雨城　百幅美画绘雨城》的面世得到了雨城区政协、雨城区文联精心地关怀，雨城区书法家协会和美术家协会一丝不苟地选稿并举行了"纪念改革开放四十周年书法、美术展"，在广泛征求意见后，才付梓成册。这本以书法和美术为语言的书，承载着人们对雨城区文化大发展大繁荣的厚望，是雨城书法家、美术家以笔为曲，以色彩为乐章，献给改革开放四十周年的赞歌。新时代、新征程，雨城区的艺术家们满怀豪情地向着更高的艺术境界挺进，争取创作出更多更好的艺术作品以满足百姓日益增长的精神需要。

聚焦雨城年轮的人们

——《百张美图秀雨城》序

　　树的年轮以木纹方式见证，人的年轮是生命走过的足迹，而一座城的年轮，在建筑、街道，在居者的人情世故、喜怒哀乐中，这些曾经有过的和正在创造的元素，决定了城市年轮的纹路紧密与否。

　　城市物理的证言也许会随着时代变迁，渐行渐远，尘埃落定。幸而，每个时代的步伐里，总有那么一些人，用文字、用歌唱、用摄影、用书画去记录，这些人类精神领域的艺术方式将一座城的文明之火传递。它们告诉后来者：我们的城，我们的奋斗，我们曾经拥有过和业已失去的，我们是亲历者、见证者。

　　在这些艺术形式里，摄影无疑最为直观，最为普罗大众接受。因为摄影作品属于视觉艺术，更易抓住眼球。眼睛是人类观察和了解世界最重要的器官。心理学家认为，眼睛是感知外界环境的重要感官之一。人类对事物的认知首先由眼睛捕捉到，继而形成信息的"接受"，通过"联想、态度、感受"这几大机制进行加工，最后进入记忆空间形成长期记忆，影响人对事物的看法。所以，当我们受到摄影作品所产生视觉冲击时，就会有所感悟，且留下某种印象。

　　百姓生活富裕了，消费从吃饱穿暖到追求生活质量，"照相"自然而然进入普通百姓生活。旅游经济的发展更让摄影与时代结合；尤其是，拍照手机技术的日益成熟和价格下降，摄影更充当了休闲和娱乐的好伴侣。人们热衷于通过摄影观察身边的人和事，用全新的角度来欣赏生活；用更平和、更细腻、更朴实的心态，观察并记录自己的生活。

　　全民摄影的时代，在一般人心中摄影不再神秘，摄影家似乎遍地皆是。其实不然，这是对摄影这门艺术的浅识。摄影之为艺术，需要讲求光线、影调、线条和色调等构成图像的造型语言。摄影家正是借助这些语言来构筑摄影艺术的美，表达自己对世界的认识和摄影家的人生态度，摄影作品体现出摄影者的艺术格调，更由摄影人个人品格所决定。

改革开放四十年来，雨城有这么一群人，他们用相机与时光对话，用独特的影调、线条、色彩和光线语言为家乡记录年轮的纹理。2010 年雨城区文联成立。我幸运接触到雨城区境内一批优秀的摄影人。得近水楼台之便，不时讨教一番，弥补了一些摄影方面所欠缺的知识，进一步加深了对摄影的认知，让自己的眼界延伸到更多艺术门类，充实摄影学养。与他们交往和合作的次数一多，便惺惺相惜，心存敬意。

接触雨城区摄影人八年，我懂了他们热爱摄影、热爱生活的初心。尽管喧嚣而浮躁的时风盛吹，他们却耐得住寂寞，心想着社会担当，守望在影像的原野。在人数上，雨城区摄影家协会是文联所属协会中会员最多的艺术群体。年龄结构从 40 后到 80 后。他们平时在不同的行业拼搏，因热爱摄影，因为共同志趣，他们走到一起，为同一个梦相聚。

这些年来，在雨城区音协主席王五一的带领下，雨城区摄影家们以满腔的热情，从事摄影创作。他们拍摄民风民俗，拍摄雨城山水，聚焦历史；他们潜行在民间，体验百姓的悲欢离合、喜怒哀乐，镜头始终聚焦雨城改革开放四十年来最生动的景象。他们利用业余时间定期举办讲座，或三五同好聚在一起相互研讨交流。为了获得美的画面，深沉的画感，他们跋山涉水，风餐露宿，走街串巷。他们把对生活、对人生、对艺术的美好向往倾注在影调、线条、空间、色彩之中，追求最佳质感和动感，力求节奏感和韵律感的和谐，致敬雨城改革开放四十年的奋进征程，真诚讲述这座滋润之城百姓生活变迁，用镜头语言表达出我们这座城市民众安居乐业的幸福感。节假日，他们放弃享受家人团聚的温馨，走向街头，举办摄影图片展，用摄影作品给雨城百姓美的享受，激励人们生活的热情；用图像为时代放歌。他们是一群值得尊敬的人，是雨城人民自己的摄影家！

从这些摄影家身上，我懂了对文化的守望、对梦想的追求、对艺术的专一。他们谦逊真诚，追求创新，即使桀骜不驯，也焕发出令人钦佩的人格魅力。毋庸置疑，任何艺术形式的呈现，任何好的作品的出现，必然与艺术家的品格相关，艺术造就人的格调，人格升华艺术作品的品质，相辅相成，不可缺一。尽管这些摄影家身居雨城，受到地域限制，头上没有什么炫目的星光，但不妨碍他们的目光眺望远方、踏实前行、保持思想独立和个性鲜明。

在雨城厚重的文化土地上，雨城区的摄影创作始终如一股清流，保持着潺潺流淌的活力与自信，且创作丰厚，实力不可小觑！仅 2018 年，谢应辉的摄影作品《元宵舞狮精神所向》入选中国摄影家协会主办的中国梦影像公益广告大型摄影作品征集活动；《藏家的节庆》《今日新疆》入选国家民委、文化部、内蒙古自治区政府主办的 2018 全国少数民族地区优秀摄影作品展；《甜蜜的事业》入选文化部、陕西省政府主办的第五届丝绸之路国际艺术节摄影作品展；黄继元的摄影作品《风驰电掣》入选中国摄影家协会主办的中国梦影像公益广告大型摄影作品征集活动；《田园绿道》入选四川省摄影家协会主办的纪念改革开放 40 年第一季"图说四川故事"比赛；何碧秀的摄影作品《草原暮色》获中国数码摄影家协会科漫杯"自然与生命的瞬间"主题月赛一等奖，其摄影作品《乡村阅览室》《硗碛上九节》入选四川省摄影家协会纪念改革开放 40 年第二季"治蜀兴川中的乡村振兴"比赛。

这本《奋进 40 载——百张美图秀雨城》画册，是在雨城区政协、雨城区文联的领导和关心下，雨城区摄影家协会为贯彻落实党的十九大精神，纪念改革开放四十年的摄影精品汇编。翻开画册，我们从摄影作品中，看到雨城城市的变迁、美丽乡村的振兴，涵盖了工业发展、商贸物流、特色旅游、交通水利、科教文卫、生态环境等各个领域，形象地展示了改革开放四十年来，雨城区城市变迁、百姓生产生活、人民精神风貌。它更是雨城区摄影家拥抱新时代、践行新思想、实现新跨越，"不忘初心跟党走、凝心筑梦新时代"的体现。

《奋进 40 载——百张美图秀雨城》得之不易，倾注了雨城区摄影家协会的同志们精心整理汇编的汗水才得以付梓。这本画册承载着雨城区文化大发展大繁荣的厚重，是雨城摄影家献给改革开放四十周年的赞歌。

雨城的年轮还在不断粗壮。我们若要查看雨城每一圈扎实硬朗、质地丰满的年轮，那么，打开《奋进 40 载——百张美图秀雨城》这本画册吧。往事扑面，历历在目，恍如昨天。而拍摄的人却正在路上，他们的镜头，一如既往，执着而坚定！

这些年，他们一直在路上

——《百篇美文看雨城》后记

以文为伴三十载，说不清为什么迷上写字爬格子，哦，现在叫敲键盘。

在我看来，文学爱好者的乐趣不是到达预定的终点，而是把一篇小说、一篇散文、一首诗的构思当成起点，一旦动笔出发，便行走路上。写完了一篇，又开始出发，周而复始，不得停滞。因了一直走在路上，出发和行走成为写作人的生命常态。如果以成败论英雄，那么，据我观察，生活在基层的文学爱好者，也许永远成不了英雄，与其称他们为作家，不如称作写字的人更好，更坦然些。

2010年的冬天，雨城区作家协会成立。雨城区文学爱好者终于有了自己的组织，改变了雨城本土文学爱好者单打独斗的局面，一群爱好写作的人开始抱团取暖。那个冬天，成为雨城文学爱好者温暖的记忆。我有幸参与其中，结识了本土许多文朋诗友，获益颇多。在与文友们相处的八年中，我们一起研讨作品，一起下乡采风，一起参加讲座，一起办刊，携手在文学创作的路上。从初见到相识相知，从小心翼翼地客气到为了作品争得面红耳赤，一想起来，细枝末叶都历历在目，恍若昨天。

雨城区作协的写作者们社会身份不同，来自社会的各个层面。他们中有体制内的公务员、教师、警察；有体制外的下岗工人、农民工、自由职业者等，文学将这些社会身份不同的人黏合为整体；写作让他们拥有志趣相同的朋友。大家把业余时间花在构思新作上，把休闲时光花在与文友切磋交流上。尽管，在他们中间，有人自己的生活尚欠温饱和稳定，有人家境有这样或那样的困难，生活的压力无处不在，但是，他或她始终在坚持，且时常听到一篇又一篇新作发表的捷讯，读到他们用心写出的佳作。

纸醉金迷者的眼中，写作者是一群不懂生活的人，甚至脑筋出问题的人。然而，他们哪里懂得文学给予写作者的是什么！

不为过地说：一个人爱上文学，便有了无穷的力量。因为，书写一篇作品就让自己怀抱一个梦想，吟咏一首诗歌是生命发出歌唱。迷失时，经典的文学作品点亮认知；疲惫时，想写的作品点燃激情；困难时，笔下的字宣泄了喜怒哀乐，心灵涌起恬静和坚强。这些年，我看到雨城的写作者们的笔下，有雨城这片温润的天空，有雨城文化底蕴的土地，有祖国改革开放的伟大变革时代，有家乡欣欣向荣的景象，日新月异的巨变。他们要写的是那么多，要歌唱的是那么美，哪有时间为个人的得失沉浸于哀怨叹息。他们只想用文字写下对生命的感悟、对家乡的热爱、对时代的讴歌。对于他们这些写作者来说，获得这样的人生，足够丰富，足够精彩，心满意足。

区县作协要形成积极向上的创作风气，勤于笔耕、心怀人情的带头人非常关键。雨城区作协成立八年来，在诗人倪宏伟的带领下，走出了一个一个踏实脚印。他不断鼓励大家创作，每次研讨会，无论他工作多忙，他都会挪出时间参加研讨，并谦逊地带头拿出自己的新作，让大家提意见。他对会员平易近人，经常关心困难会员，会员们都愿意与他交心攀谈。因为有这样的带头人，雨城区作协的人心凝聚在一起，团结协作，积极向上，通过开讲座、开作品研讨会、参观学习等形式，提高大家的写作水平。通过提供投稿信息，组织参加征文，鼓励多写多投，让大家获得更多的成功感。从建会时的十几个人，发展到现在的三十几人，且新发展的人员趋向年轻化，实属不易。

协会中青年会员的成长与雅安文学圈前辈的指导和扶持密不可分。每一次协会活动，王庆、廖念钥、汪文智等前辈倾情参与，对晚辈的作品悉心点评和指导；知名影视编剧、长篇小说作家杨宓欣然加入雨城作协，担任荣誉主席。八年来，区作协会员在各级报刊发表了上千篇作品，作品形式涵盖了小说、诗歌、散文、影视剧本、评论等，作品题材广泛、思想健康向上，在本土范围影响不断扩大，部分作品还获得了全国和省市级奖励，出现了吴春平、李纲、王斌等一批优秀的作家，他们的作品不断登上各级报刊，且收获颇丰。

2018 年，适逢改革开放四十周年，党的十九大精神鼓舞着写作者们为时代书写的激情。区作协有意汇编协会成立八年来的会员作品《百篇美文看雨城》一书，用他们的文字纪念改革开放四十周年，记录祖国波澜壮阔的伟大历史进程。通过生动展现四十年来雨城经济社会的快速发展、人民群众生活的改善，为全面建成小康社会、全面深化改革助力。雨城区作协与雨城区政协、区文联三方谋划后，雨城区作协骨干会员担任收集稿件、整理稿件、校对等具体工作。经过长达近一年的准备，《百篇美文看雨城》终于即将付梓。

《百篇美文看雨城》所选作品，以雨城区作协会员的作品为主，得到知名散文家雅安市作协主席赵良冶、知名诗人何文、胡雪蓉、知名记者罗光德等优秀作家的作品支持。雅韵诗社的诗人热情地用古体诗词和韵。该书分为三部分：散文、诗歌、文史。力求通过讲述雨城故事、讲述雨城人的生活，反映改革开放四十年来，雨城城市变化，百姓安居乐业，地域经济腾飞，雨城厚重的历史文化，雨城秀丽风光，以及经历"5·12"特大地震和"4·20"大地震的雨城人抗震救灾的不屈精神和灾后重建中的辉煌成果，从而以雨城折射出国家的兴盛、人民的幸福，让人们通过这些作品感受到民族复兴的强劲步伐。

从专业的角度看，《百篇美文看雨城》收入的作品仍存在许多瑕疵。个别篇幅存在篇章结构和遣词造句的问题，会员亟待进一步提升基本功，对作品修改和打磨的环节尚待精益求精。另外，作者在创作中对于围绕题材提炼素材、加工素材时的思维发散，以及思想的深度方面皆应在今后的写作中加以重视。由此，参与编辑者心存忐忑和歉意。

从事写作需要耐得住寂寞，写出的作品发表后却经常发现留下某些遗憾。所以，诚如这篇后记一开笔，我把构思比喻成"起点"，把写作比喻为"在路上"，一旦爱上写作，我们和起点结缘，在写作一些东西的路上，不停歇地走着。写作这条路，既然选择了，唯有坚持，才不负初心。

古道侠行藏汉情

——读杨宓小说《藏茶传奇》

　　小满后，雨城的夏季没如期来临，雨季忠实如约而至，三五天雨云飞空，淅淅沥沥地在窗外恣意。独坐窗前，沏一壶藏茶，阅读由四川党建期刊集团四川民族出版社出版的长篇小说《藏茶传奇》，倒是有了一番景天相应、文茶合一的游想感触。

　　近些年，随着户外旅游的发展，处于川康的茶马古道向世人掀开了神秘面纱。这是一条汉地通往雪域高原的商贸古道，因为雅安藏茶销往藏地而延绵千年，人情千载，藏茶幽香，古道依然，怀味长歌，其文化底蕴不可小觑。难免让人探究：这古道有什么样的故事？怎样的情怀？历史的天空曾经有过哪一片云彩？雅安长篇小说作家杨宓新著的《藏茶传奇》以风云际会，铁血侠义，刀光剑影的川藏茶马古道为地理坐标的故事，就是一部充满藏汉儿女的真性情、揭开川藏茶马古道的古朴神秘的长篇小说，这部小说尽可满足读者对川藏茶马古道的思古情怀和人文探秘。

　　《藏茶传奇》讲述了清末民初雅安古镇罗纯到康藏地区的川藏茶马古道上，藏汉茶商和古道背夫们为反对外茶销藏，保护汉茶销藏，反对英国侵略西藏的故事。作家在运用其熟悉的以爱情叙事笔调基础上，杂糅了武侠小说和影视剧本的叙事方式，故事显得情节曲折激荡。从这部小说来看，杨宓始终意在展示茶马古道人情际会的文化选择与认同，凸显了《藏茶传奇》围绕"说史、言情、侠义"六个字来构筑作品现代感的轴心。

　　《藏茶传奇》言情笔法的出彩在于能够充分把握茶马古道和藏茶人家内心的矛盾、人性的挣扎、爱恨交织的复杂情怀。汉族义士风萧萧，剑胆铁血，性格沉稳；藏族女侠波嘉，侠骨柔肠、敢作敢为；昌都次仁大锅庄的彪悍耿直，大智大勇；茶商肖成龙的知书达理，用情专一；肖母的雍容华贵，洞察世事春秋；女背夫茶花的勤劳善良、不畏牺牲；茶女杨芬内敛柔弱，却坚守爱情。这些人物性格鲜明，都带有川康交界的人间烟火，看得出作家为小说人物的群像而倾注心血，写情，则缠绵悱恻、荡气回肠；写义，则慷慨侠烈、血泪交迸，并因此想通过笔下人物谱写一番川康大地曾经深沉而抒情的命运交响曲。

小说言情的深刻之处在于：它不仅看重小说人物具有普通人的真性情，更以此证言汉藏民族的兄弟手足之情的绵长恒久，通过抒写对家乡文化的热爱和弘扬，以抵达作家自我和读者对中国传统文化的身份认同。女主人公波嘉的父亲是藏族，母亲是汉族，波嘉这个汉藏爱情的结晶隐喻藏汉早已经血脉相通；当她得知心仪多年的詹姆斯是伯特的侄儿时，决然斩断与他的情缘，跟居心叵测的詹姆斯家族一刀两断。她在倾力小心地维护藏茶进藏的过程中，义无反顾爱上了背夫首领风萧萧，波嘉通过对爱情的选择完成了自己的文化身份认同。

小说中男主人公、将门之子风萧萧，曾在一军阀部队任团副。他为解一团之危枪杀了欲强奸民女的师长，被执行"枪决"，后逃往云峰寺避难，因厌恶军阀混战和尔虞我诈，又被通缉在案，产生了坠入空门的念头。削发剃度这天他被波嘉略施小计，从出家的受戒仪式上拽出同回到罗纯古镇，做起了背夫首领行走茶马古道，押运肖杨两家的藏茶上路。在大规模运茶行动中，风萧萧冲锋在前，危难险境之处总有他的身影。他将维护雅安藏茶进入康藏地区为己任，体现出对故土的热爱。他对女背夫茶花的同情以及当他亡命江湖，被军阀部下追杀时，路遇土匪地痞抢劫背夫，不顾自身安危欲挺身而出，出手相救的风范都表现出"重大义，轻生死"的侠义精神，他的行为信念、伦理道德的典范性代表着一种优秀的民族文化精髓。作家通过风萧萧这一人物的塑造而确立了小说的高昂性和深沉性，表现出对积极的人生讴歌的格调。风萧萧这个人物情感的丰富和多面，透露出中国侠文化的侠义精神。

司马迁在《史记·游侠列传》写道："今游侠，其行虽不轨于正义，然其言必信，其行必果。"这就是说，据中国传统文化对侠的定义需具备内外两个条件：侠产生的外因是社会的混乱和黑暗，人间有众多灾难和不公；侠成立的内因是具有血性良知和侠义气质。《藏茶传奇》中的风萧萧所生存的年代，正值清末民初，军阀混战、外族肆虐、内忧外患的年代，作家用浓墨重彩塑造的风萧萧这个人物，其实是在阐释自我对侠义精神的理解。这部小说在笔渊墨河中荡涤着一股不畏强势，大义在胸的精神气场，让人动容于小说营造的那种扶弱济贫、生死相依的亲情。古道、悬崖、高原、铁血、奔马，刀枪在手，古道铁血；这一切恰如长虹，唤醒了阅读者澎湃的热血，满足了读者潜意识里的英雄情结。由此，这部小说所言之情不言而喻，情到深处也成就了作家对传统文化强烈的依恋感和皈依感。

作为成长于中国茶文化土壤中的知识分子，杨宓的创作始终立足在社会价值观念和丰厚本土文化的基石上。乍一看，《藏茶传奇》里的风萧萧和波嘉仗剑古道，带有浓厚的侠客侠女行为和精神，阅读者很容易将小说定位于武侠小说。然而，阅读后细细一想就发现这是一种错觉，侠义演绎故事，不过是作家让小说更有趣味，远离一本正经说教的手段而已。主人公行侠仗义的背后，隐藏着作家对雅安这片土地具有深厚底蕴的茶文化的文化认同，对自我文化身份的明晰，言说本土藏茶文化史的一份心意。

四川省雅安市是世界种茶业和茶文化的发祥地。早在两千多年前的西汉时期，开创了人工种茶的历史。东晋的常璩在中国最早的地方志书《华阳国志》便讲述了周武王灭纣后，西南巴蜀人就开始人工栽培茶树，并以茶作为最珍贵的礼物进贡给当时的天子周武王。陈宗懋主编的《中国茶经》，在其《附录——中国茶叶大事记》中载："西汉时，甘露禅师吴理真结庐于雅安蒙顶山，亲植茶树。"是佛教僧徒种茶的最早记载。

藏茶兴于唐而盛于宋。唐贞观十五年，川藏茶马古道从现在的四川雅安出发，向西经泸定、康定、巴塘、昌都至拉萨。再由拉萨向西，经日喀则、亚东等地通到境外的不丹、尼泊尔。勤劳勇敢的汉藏人民在这条长近八千里，世界上地势最高、山路最险、距离最遥远的茶文明古道上，书写了波澜壮阔的史诗。

杨宓生活在川藏茶马古道的始发地。生于斯，长于斯的雅安，藏茶文化为作家提供了创作小说的丰富养分。为创作《藏茶传奇》杨宓耗费了整整十年，他查阅了大量史料，走访了雅安众多的藏茶世家的后人和健在的背夫，听他们讲述雅安藏茶的前世今生和茶马古道上的逸闻趣事，其间，对小说进行了几十次反复修改，耗费心血可见一斑，最终才得以定稿出版。在十年的创作过程中，作家终于将小说主要线索定位在了近代历史上本土藏茶最令人感动的一节。鸦片战争以后，英帝国主义为了侵略西藏，力图使外茶取代汉茶在西藏行销，企图通过外茶取代四川藏茶的地位达到垄断西藏之政治与经济之目的。为此，英帝国主义甚至用武力入侵拉萨，强迫外茶输藏。从此，以雅安为主的川茶又成为汉藏民族共同反对英帝国主义侵略西藏的武器。反对外茶销藏，保护汉茶销藏，成了汉藏人民反对英国经济侵略西藏的重要内容。作家在小说创作前期所做的一系列准备，早已经为小说故事和小说人物打上了藏茶文化的深深烙印。安东妮·吉登斯认为："身份是一种思维方式，是一项身份工程。"小说文化身份通过人物的性别、国别、年龄、种族、道德、政治立场等因素宣誓得相当强烈，明显带有作家自己在个体与群体、单位与整体之间所属与属于、意识与被意识的关系的认知和认同。

一条千年走来的川藏茶马古道，一叶雅安水土养育的藏茶，浸透了藏茶人家对藏茶文化的坚守和痴情。川藏茶马古道也是西南丝绸之路的重要组成部分，茶马古道的兴起将华夏与欧亚大陆的商贸往来更加紧密地连接起来，小说《藏茶传奇》让阅读者不仅触摸到藏茶和茶马古道的历史脉搏，更有其深刻的现实意义。随着雅安本土正在打造和发展的茶叶种植面积日益扩大、以藏茶生产加工为特色的区域经济的发展，作家以自己擅长的文学艺术参与其中，其小说所呈现的民族多元性，"五里不同音，十里不同俗"的文化原生态，以及沿途绮丽的自然风光，奔驰的骏马，凶悍的藏獒，嶙峋的山水，接踵的背夫，出鞘的刀剑，古道雪域的剑侠情怀必将给阅读者带来遐想，同时也将吸引更多的旅游者的脚步，由此发展出一条绝美的旅游路线，肯定对提高古川藏茶马古道沿途区域的旅游经济和百姓经济收入都有着助力作用。

到目前为止，杨宓每一部长篇小说的主题皆立足于脚下，力求尽显本土地域的民生风情、文化和历史。《藏茶传奇》应该是作家对本土人文弘扬志向的典型代表作品。将这部小说和作家已经出版的长篇小说比较，我们也能看出令人欣喜的东西，那就是作家不是一个固守习惯的人，每一部小说都在叙事方式和风格上寻得突破自我、力争出彩的自我要求。在他笔下，《藏茶传奇》的人物行为虽多为虚构，但由于作家巧妙地用了川藏茶马古道和藏茶这两样真实的历史实物作为虚构故事的稳固支架，把情节融于读者所知道或笃信的历史片段的框架中，使整个故事煞有介事并饶有趣味。小说因而有了虚虚实实、亦幻亦真的艺术效果，恰如齐白石论国画的那句"艺术妙在似与不似之间"，增强了小说的真实感和吸引力。

《藏茶传奇》塑造人物形象是以人物为体，古道为景，注重对人物多元化性格的展现。以藏族姑娘波嘉为例，作家通过一系列综合的故事给予表现，展示她的命运轨迹和性格构成，从而完成其侠肝义胆、疾恶如仇、武艺高强、有志有节和深明大义的高尚武德和品格。为达这一目的，作家设计了"护茶"这条线索构架和推动故事。在故事中，叙事重在对人物性格的群像展现，无论是波嘉的出生丧母、义救背夫、男扮女装变脸行义、赠风萧萧竹箫以作定情信物、深入匪窝临危不惧等等一切既有藏家女子的豪放，也有汉族女儿的柔软；汉族侠客风萧萧意欲出家、巧遇变脸侠、护送背夫队伍，他逃离匪巢后，为了拿回波嘉给自己的竹箫又返回，明知山有虎偏向虎山行，铁汉柔情可窥一斑。故事中，肖成龙的儒雅痴情，杨芬的贤惠内敛，杨德宏的耿直厚道，深明大义；英商老詹姆斯、绅士举止、温文尔雅的外表下歹毒的心机；日本间谍王尔康的阴险狡诈，匪首夏巴的凶狠残忍……他们都以丰富的形象性、生动性组成了鲜活的形象群体，让人备感人物性格的多重化和厚实性。这些人物的塑造兼顾了藏汉两种文化特征，并且糅合了当代人和近代人双重价值观和审美观。在围绕护茶的打斗描写上作家不是单纯追求武打或枪战的刺激性，而是把枪战打斗与人物的性格相联系，通过"打"和"悬"来丰厚人物性格的刻画，使力量美与人格美互动互补。

在《藏茶传奇》中，作家运用了自己擅长的言情说史构建故事之外，其耐读和趣味都有不俗的表现。这源于作家有意引入了侦探推理小说以及影视戏剧的表现手法，让小说的结构更多样和有趣味。小说开篇就带有悬念紧张气氛："折多山下，风高月黑之夜，黑衣蒙面人手持尖刀，从山坡上跃下，直扑不远处的四方客栈。次仁运茶去了拉萨，客栈的一间客房里，他的汉族妻子杨德香刚生下一个女婴。女婴似乎有某种预感，突然停住了哭声，睁大了一双眼睛。蒙面人闯进房间，举刀上前。杨德香为救婴儿拼命抓住凶手持刀的手腕，抓断了他手腕戴着的一串珠链，珠子撒落到地上。凶手的尖刀刺进了杨德香的胸膛。就在凶手拔刀刺向婴儿时，窗外飞身射进另一蒙面人，挡开他持刀的手腕，一掌将他击退，抱着女婴跃出了窗外。凶手急切地在四处收拢散落的珠子。门外响起了脚步声，蒙面人只得从窗户中跃了出去……杨德香的手掌中，攥着颗从凶手手腕上抓下的发着亮光的珠子——夜明珠。"

凶手、女婴、黑衣人、夜明珠等为故事的发展预埋下悬念。围绕藏茶入藏的过程，死人案件的不断发生、线索出现又被掐断，每一章都是一个惊心动魄的事件，并为后来的故事埋下伏笔，作家有意在每一个章节的结尾都留下悬念。小说以搜集线索和揭露发现事件的始作俑者构成了故事的不断推进的主体结构。发现的真相，揭露出隐藏在身边的敌人，展示出川康藏茶人的胆识和智慧，这种以推理与悬念的设置融入人物的成长中，往往更具有文学性和艺术感染力。

由于作家近年来在影视编剧方面的发展，他自觉地借鉴了影视文学的手法。

小说中经常出现由描述语言剪辑的各种场景化的跳跃式镜头组接而成、镜头紧跟人物的活动场景，以突显人物的性格，形成了独特而严密的结构模式。小说在需要增加故事节奏感的地方，运用了影视画面的时空并列的手法，让两个故事同时发生，不断切换，让读者知道故事具有因果联系。例如，当次仁锅庄在昌都把夜明珠给波嘉，告诉女儿夜明珠是杀死波嘉阿妈的凶手留下的；远在印度的老詹姆斯对助手发着指示，要他给潜伏在昌都的狼人发报，尽快打听到佛珠的下落。再如，在运茶进藏的一章里，当背夫队伍行到汉源清溪镇遭遇军阀混战，通往进藏的道路被阻断时，作家采用了三维时空的写法：第一维是，次仁得知四万条藏茶滞留在清溪非常着急，一些外茶商们到处散布谣言，说藏茶无法入藏销售，让藏民们陷入恐慌，次仁抵制外茶的行动面临着巨大的困难。第二维是，在雅安，肖母正在面见刘军长，晓之以理、动之以情地陈述藏茶入藏的重要性。第三维是在清溪，背夫队伍在风萧萧带领下和混入运茶队伍的日本间谍斗智斗勇。昌都、清溪、雅安三地，风萧萧、次仁、肖母三个人物，以及外茶商、背夫、士兵，主要人物，和群体人物都在三维空间同时出现。紧张的气氛陡然而起，众多元素不断闪现却不显纷乱不显枯燥，依然条理清晰精彩纷呈。作家把主要人物风萧萧、波嘉塑造成武功高强、胆识过人，行走在川藏茶马古道上的侠客义士，但并不抹去小说发生在那段纷乱复杂、军阀割据的历史时期。外敌入境、国弱民穷的历史背景，这种历史原态让读者对小说人物产生了真实感，但人物超出常人的武功所产生的侠客江湖又让读者保持了几分清醒。古道之萧肃、藏茶之香醇，此乃真实的现实体，人物武功玄妙而超越常人，此谓虚构夸张，虚实二者结合体现出鲜明的主体意识，从小说离奇的情节和不断制造的悬念，凸显出杨宏这个致力突破自我的雅安小说作家丰富的想象力和创造力，以及令人惊叹的虚构故事能力。作家能把小说写得刀光剑影、跌宕起伏，必然是经过较长时间的纯文学创作和电影剧本创作淬炼的结果。

以历史性和社会性的统一，《藏茶传奇》弘扬了爱国精神的精髓。小说书写的茶马古道壮美风光、康藏边地的人情风俗，透露出崇高的审美格调。在美学概念中，崇高通常称为壮美、阳刚美，它显示实践主体同客观现实之间尖锐激烈的矛盾和斗争，以其独特的审美形态，表现着人类发展进步过程的复杂性、曲折性和艰巨性。长篇小说《藏茶传奇》里的英雄侠士和背夫形象，生命尽管遭受折磨、却能战胜自我和征服困境，闪现着迷人的人性之光，他们代表着历史方向。茶马古道上风萧萧们、波嘉们对恶势力和殖民者无所畏惧的抗争实现了社会性和历史性的统一。他们坚韧、不屈不挠的精神代表着中华民族的不屈精神，让阅读者在阅读历程中为民族尊严、民族坚韧而发自内心自豪，感受到中国茶文化炫目的魅力，让阅读者的心灵经历了一次崇高的洗礼。

茶马古道，千载一路，融汉藏兄弟亲情；人背马驮，以茶为亲，铸华夏山河更美。《藏茶传奇》所抒写的那些隐埋在川藏茶马古道深处的情谊和情义，汉藏儿女的爱恨情仇、英勇牺牲让我热泪奔涌，与纷飞雅雨一起浸润进脚下故乡的土地。

由著名与非著名而想到（后记）

山 鹰

2017 年，心中萌发了一个想法，把我为雅安和川西南的文友们写的几十篇文艺评论结集成册。这愿望一旦产生，就在时间的窖池里发酵，且越来越强烈。我想要把它作为我退休之年，自己给自己的礼物。因为，生命已经过半，写了十几年的文艺评论，虽说属于小打小闹类，但每一篇都认真对待过，耗费过精力。犹豫两年，最终，还是决定给这些年敲键盘写的文字打个总结。

整理出书稿后，我花了数月的时间，对书稿录的评论作品，一篇篇认真校对和修订。尽管都是些曾发表过的东西，校对中还是发现许多问题，早些年完成的某些评论显得"惨不忍睹"。既然要印成铅字，那就只有认认真真地修订，在不影响原文主题和观点的前提下，让语言和修辞显得成熟些吧。

这本属于我个人文艺评论集的《文影拾趣》，一共集结了 40 篇文艺评论，涉及文学作品评论、影视作品评论、地方刊物观察以及文艺协会描述。作家作品主要针对雅安本土作家，也涉及四川其他地方作家的作品。征求意见时，有朋友建议我今后写文艺评论应该瞄准著名作家的作品，这样更可能获成功。

我个人的生活经历决定了写作的心态，对于评论著名作家的作品还是非著名作家的作品没有刻意为之。首先，乡村从教三十七载，我的视野扩展除了阅读就是不间断地在职求学，写文艺评论不过是写笔记和观影的心得而已，第一要素是愉悦自己，让自己始终保持简单的心。其次，作为祖辈居住在四川雅安的老雅安人，我很依恋这片土地，而据我所知，在雅安专门写文艺评论的文艺评论人极少，不客气地说，家乡的文艺评论土壤贫瘠而不为人所关注，这正好迎合了我个人的处世习惯和性格，我愿意在空旷而人迹少见的地方，享受安静，远离喧嚣，像我做乡村教师一样，默默做些自己觉得有意义的事情，算是为故乡的文学艺术尽自己绵薄之力。当然，我也幻想着在若干年后，为研究雅安文艺的人留下点参考资料；让雅安的老百姓能通过我的《文影拾趣》，了解来自川西南地区那些写了一辈子却没成为著名作家的非著名作家们。

关于著名和非著名的问题，我个人认为，著名作家已经天下皆知，主动为著名作家写评论的大有人在，而且，肯定比我这个乡村教师写得好，比我更加专业，我去凑热闹是多此一举。而非著名作家却生活在我周围，他们就在老百姓中间，他们为老百姓创作了很多生活原态的作品，尽管他们的作品有这样那样的技术问题，也是他们对生活的体悟，对人生的体验，这些作品也是他们的心血之作，值得我去关注和评论。所以，《文影拾趣》里，读者对有些评论的作者并不熟悉。因此，这就涉及书中评论的取向问题：多分析，少批评。个人认为，对非著名作家的作品应分析、挖掘其作品蕴含意义，挖掘出基层作家的作品中暗藏的创作潜力或者创作趋向。以此，帮助他们有意识地在创作中自我发展其优势，这也是文艺评论的价值之一。所以，这些年，写本土作家的作品评论时，我一直在"分析挖掘"这四个字上用功，希望用我的理性思考和研究，让更多读者去阅读这些基层作家的心血之作；希望用我的评论为非著名作家助威鼓劲。如果今后还写文艺评论，我依然会选择非著名作家的非著名作品。这源于我固执地认为：很多年后，我们这一代皆化为尘土，哪一部作品能真正流传下去呢？哪些作家的作品才真正让后来人了解我们生活的原貌，了解这片广阔的地域里曾经的喜怒哀乐呢？谁也不知道！唯有等时间去检验了！

写文艺评论这些年，我坚持一个原则，要对作品或者作家进行评述，自己须尽力对其作品或经历进行深入细致的研究。作为评论者，我的任何研究都以作品或者作者存在而存在，尽可能做到尊重作品本身和遵从自己内心对于作品的感受。我认为，每一部文艺作品虽然表现形式不同，但都是作家对现实生活的反映和对现实的观照。因此，在评价文艺作品时，我把作品与现实相对照，依据现实生活来对文艺作品作出评价和判断，去发现作品思想的深广度，找出表现方式上的文艺性特质，以达到对作家和读者更切实际的启示和帮助。

特别说明的是，《文影拾趣》里有几篇关于周文的散文《茶包》的研究，这皆是为纪念周文先生诞辰一百周年的周文研讨会而写，当时写出来为一万多字，由于在报纸、期刊发表有字数限制，所以，应编辑要求进行过浓缩或者删减。也就是说，三篇关于茶包的研究，最完整的一篇收录由上海鲁迅纪念馆编、上海社会科学院出版社出版的《周文研究论文集》。因此，在收录入书时，我觉得既然篇幅、例证方面有不同之处，该一并收入书中更为完整地表述我对周文先生和《茶包》的研究及观点。因为，雅安是藏茶的原产地，川藏茶马古道的起点，藏茶文化祖先留给雅安这方土地的儿女珍贵的物质文化遗产，且至今仍呈现勃勃生机。如今，藏茶经济为雨城新农村建设，农民脱贫致富起到不可忽视的作用。在雨城区和名山区，茶旅融合的乡村游吸引着川内外游客前来。先前和当下，都需要像《茶包》这样的能流传后人的地域作品。

2010 年以来，雅安文学艺术界紧跟文艺大发展的脚步，呈现出良好的发展势头，全市各区县作协或文联都自办了内部文艺刊物，起到了为基层文学爱好者提供作品展示平台、扶持基层作者的重要作用。近十年，雅安在散文、小说、诗歌、影视文学等方面涌现出一批优秀作家；书法、美术、摄影作品入达国家级艺术展，且获大奖有之；音乐、舞蹈作品频频在国家省市级的大赛获奖，一批优秀的美术家、书法家、音乐人和舞蹈人才正在崭露头角。遗憾的是，因为个人精力限制和学养不足以全面涉及，我不敢对雅安书法、美术、音乐、摄影、舞蹈等门类作品写品鉴文章，只是对文学和电影作品进行了浅评。

在有些人眼里，文艺评论写作属于为他人作嫁衣的事情，这点我不敢苟同。经历多年的文艺评论写作，我个人认为，基层文艺评论者除了掌握文艺评论之方法，需要不断学习和吸收文艺理论知识外，更需要勇气和耐得住寂寞，一篇文艺评论的出炉，要对得起作者和作品，必须静下心来，认真地研究文本，花时间和耐心与采访作者沟通。

文艺评论，必须涵盖"评"和"批"两个方面，评论是对作家作品进行理性的评价和分析，而批评则是对作家作品的不足而进行中肯的建议和论理。现在，批评本土作者的作品不足，是一件相当为难的事情，不得不考虑人情世故，注意遣词造句对作者创作积极性的影响，尤其是批评方面的东西，弄得不好就得罪人了。这导致很多基层文艺评论人不愿意对本土作家作品评论。我妄猜，这也是文艺评论人愿意选择著名作家作品评论，而少有对非著名的基层作家作品评论的原因吧。

文艺评论家和作家作品的关系应该是相辅相成的。作家与评论人的积极互动，能够让评论者充分了解作家的创作初衷，这种互动，能让评论者感受到一篇作品形成过程中作家无意识注入作品的某些东西，这些潜在的心理意识才是作品最为真实和不可或缺的，从文字中打捞出作品真正的闪光珠贝。可惜的是，许多作家仅仅将评论当作为自己作品说好话、打广告、吹喇叭的手段，由此，压缩了文艺评论者思考空间，影响文艺评论的风气。天下无完美的文艺作品，理性评价作家作品是文艺评论者的文德，而理性对待自己的作品，谦虚和宽容对待自己作品的评论者及善意批评，也是一个作家或者基层作者需要具备的素质。这样才能推动更多读者去认识作家和品鉴作品，作家与评论家才能共同成长，带来文艺作品和文艺批评作品的共赢。

　　还是回到最终的主题，著名或非著名，都不由某个评论者决定。作为喜欢文艺评论写作的我，把《文影拾趣》付梓以期用这本书向文艺评论同道们讨教，得到行家的指点和批评。为这些年的写作画个句号，也以此为余生的写作重塑起点。